CUENTOS
IMPRESCINDIBLES DEL SIGLO XX DE
AMÉRICA LATINA

ALMA CLÁSICOS ILUSTRADOS

CUENTOS
IMPRESCINDIBLES DEL SIGLO XX DE
AMÉRICA LATINA

Ilustrado por
Mariana Villanueva

Compilación, prólogo y notas de
Daniel Centeno Maldonado y Carlos Sandoval

www.editorialalma.com

@almaeditorial

Diseño de la colección: lookatcia.com
Diseño de cubierta: lookatcia.com
Maquetación y revisión: LocTeam, S.L.

ISBN: 978-84-10206-20-5
Depósito legal: B-13029-2025

Impreso en España
Printed in Spain

Este libro contiene papel de color natural de alta calidad que no amarillea (deterioro por oxidación) con el paso del tiempo y está hecho de material proveniente de bosques certificados FSC® bien manejados y de otras fuentes controladas.

FSC www.fsc.org MIXTO Papel | Apoyando la silvicultura responsable FSC® C202626

ÍNDICE

PRÓLOGO 7

YZUR 17
Leopoldo Lugones

LA INSOLACIÓN 29
Horacio Quiroga

LA FIESTA DE LAS BALAS 39
Martín Luis Guzmán

EL DIFUNTO YO 55
Julio Garmendia

EL LIBRO DE ARENA 65
Jorge Luis Borges

EL JOROBADITO 73
Roberto Arlt

LA EXPIACIÓN 93
Silvina Ocampo

VIAJE A LA SEMILLA 109
Alejo Carpentier

BIENVENIDO, BOB 127
Juan Carlos Onetti

LAS ISLAS NUEVAS 139
María Luisa Bombal

La noche boca arriba 163
Julio Cortázar

¡Diles que no me maten! 175
Juan Rulfo

El guardagujas 185
Juan José Arreola

La mujer más pequeña del mundo 195
Clarice Lispector

Mister Taylor 205
Augusto Monterroso

El último rostro 215
Álvaro Mutis

El rastro de tu sangre en la nieve 233
Gabriel García Márquez

Chac Mool 255
Carlos Fuentes

El huésped 269
Amparo Dávila

La insignia 277
Julio Ramón Ribeyro

Menciones 285

PRÓLOGO

En contraste con las manifestaciones narrativas de Europa, donde la novela ocupa, desde fines del siglo XIX, ostensible lugar de aceptación pública y de proyección de motivos, tendencias y autores —al punto de que deviene terreno de emancipación de algunos corpus creativos nacionales—, en América Latina el cuento resulta el género que mejor define el estado de la literatura de la región en cualquier momento de su historia. Tal vez esto se deba al hecho de que la urgencia de la vida en estas tierras no deja margen para acometer empresas de mayor envergadura y sostenidas en el tiempo, aunque por supuesto la novelística latinoamericana ocupa un sitio singular entre los materiales escritos de Occidente.

No obstante, cualquier bibliografía al uso da cuenta de la ingente producción de relatos en América desde los días de instalación de las primeras imprentas en el ámbito de expresión española y portuguesa en el continente y, todavía más, de la versatilidad del formato y de su espíritu, los cuales solían trasegarse en otras manifestaciones: las crónicas de Indias, las leyendas, las tradiciones, los cuadros costumbristas.

Asimismo, no debe olvidarse que el género es de los más recientes en el campo de la literatura. Aun cuando es sabido que desde la antigüedad clásica se dispone de amplios registros de cuentos, su cristalización como formato fictivo ocurre en el marco del romanticismo. Es lugar común considerar las teorizaciones que el estadounidense Edgar Allan Poe desarrolla en su reseña al libro *Twice-Told Tales* (1837), compuesto por su compatriota Nathaniel Hawthorne, como inicio de las formulaciones acerca de la naturaleza y desarrollo del relato, esto es, como territorio de cultivo consciente de un novedoso cuerpo estético. Aquí entraron en juego aspectos extraliterarios; el más destacable: el impacto de la prensa periódica que desde el siglo XVIII y, sin solución de continuidad, hasta fines del XX se convirtió en importante vehículo de transmisión de estructuras y contenidos literarios. Así, los semanarios, los tirajes quincenales, los diarios fungieron como editores de cuentos y sus autores recibieron estatuto de escritores de oficio en un medio social en el que la dinámica de la economía había transformado las relaciones entre productores y consumidores de literatura, lo que ciertos acercamientos socioliterarios denominan «expansión del capitalismo».[1]

En el caso de América Latina, el hecho de que en Estados Unidos, vecino incómodo o admirado (según se viera), se verificara esta primera cercanía doctrinaria sobre la forma y manifestaciones del cuento por mano de uno de sus principalísimos cultivadores permitió la rápida difusión de aquellos conceptos y sus ejemplos, al punto de que muchos de los cuentistas modernos de los países al sur del río Bravo siguieron a pie juntillas las enseñanzas del maestro bostoniano.[2] Andando el tiempo estos aportes teóricos se incrementarían con las experiencias y reflexiones de otros escribas de contextos disímiles, como las cartas que sobre el género dejó el ruso Antón Chéjov, y, luego, de los propios autores latinoamericanos; el paradigma aquí resulta Horacio Quiroga.

Pero no solo en el seno del romanticismo (fines del XVIII-penúltimo tercio del XIX) se dan las condiciones para postular los fundamentos teóricos y las prospectivas del cuento, sino que en ese amplio lapso también

1 Véase E. Bradford Burns, *La pobreza del progreso*, México, Siglo Veintiuno Editores, 1990.

2 El adjetivo *moderno* indica que nos referimos al género concebido a partir del romanticismo, sin desconocer los profusos antecedentes que están en la base de la historia de esta tipología genológica.

se produce la emancipación de las colonias españolas de América, lo que implica que las literaturas nacionales de las nuevas repúblicas nacen como parte del mismo movimiento espiritual. Así, uno de los relatos más célebres del periodo es «El matadero», del argentino Esteban Echeverría, compuesto hacia fines de los años treinta del siglo XIX, pero dado a conocer en 1871. Se trata del texto que para un sector de la crítica literaria da inicio a la andadura del cuento latinoamericano, en el que se combina la representación de la realidad, la disquisición política y la materia ficticia (elemento cardinal para su consideración como relato). La pieza revela, pues, las trazas de lo que por aquellos días de establecimiento del Estado-nación constituía un trabajo creativo vinculado al género, pero que luego, al irse perfilando los rasgos de su materialización, se decantaría hacia un inmanentismo más plástico. Esta depuración genológica ocurre al rayar el siglo XX, en tiempos del modernismo.

De manera que en América Latina el relato nace en el romanticismo, pero será en el transcurso del movimiento modernista cuando galvanice como una estructura estética de vastas resonancias: los textos que leemos hoy como producto de una tradición que hace del continente americano la región por excelencia del cuento literario.

Tierra de cuentistas, entonces, en la que algunos autores construyeron su poética narrativa sobre la base exclusiva de la práctica del relato: Jorge Luis Borges, Amparo Dávila y Julio Garmendia, por ejemplo; y otros que pese a haber publicado novelas son reconocidos, básicamente, por su dominio magistral del cuento: Juan José Arreola, Leopoldo Lugones, Augusto Monterroso, Horacio Quiroga. En otros casos el dominio narrativo de los escritores es indistinto en cualquiera de los géneros.

A principios del siglo XX el cuento latinoamericano es ya una especificidad literaria con variadas realizaciones: desde las tentativas románticas en las que aún no se deslastraba de una vocación de denuncia de malestares sociales y aún encascotado con elementos de otras discursividades (artículo de costumbres, leyendas, tradiciones) hasta su pleno desarrollo en el modernismo y, luego, potenciando sus alcances con la constante incorporación de influjos técnicos y temáticos gestionados por el realismo, el naturalismo y la vanguardia.

El abanico de materializaciones es de tal magnitud que abundan las antologías de relatos latinoamericanos planeadas desde diversas perspectivas: histórico-críticas, nacionales, temáticas, por movimientos estéticos, por subgénero narrativo, armadas por el mero entusiasmo del conjuntador, etc. No obstante, emprender la selección de una muestra con base en lo que consideramos cuentos imprescindibles o inevitables de la tradición del cuento producido en América, en virtud de sus calidades estético-formales, nos ha parecido una buena oportunidad para someter al escrutinio de nuevos lectores textos considerados clásicos en la literatura no solo del continente americano, sino en el tablero de la cuentística occidental.

Así pues, y sin ánimos de exhaustividad historicista, hemos compilado veinte relatos de autores latinoamericanos publicados en el siglo xx, con el interés de ratificar la solidez estructural, semántica y simbólica de estas piezas, y sobre todo por la alta capacidad de atención que genera la lectura de ellas gracias a la sabiduría narrativa con la que fueron construidas. En este sentido, se corrobora, asimismo, el enganche que cada uno de estos trabajos tiene en el imaginario de los lectores como efecto de sedimentación de una cultura compartida, lo cual precipita, cómo no, una dimensión no desdeñable de entretenimiento.

Los cuentos seleccionados constelan varios registros: realismo, universos fantásticos, historias y atmósferas absurdas o raras, alguna incursión policial. Por supuesto, no hay pureza en la concreción, esto es, un relato en el que, pongamos, se produce una irrupción sobrenatural pudiera comportar, al mismo tiempo, una resolución absurda o realista. Llegados a este punto comentamos, de manera general, la materialidad de los trabajos compilados.

Diez cuentos se hallan adscritos a la tendencia fantástica; dato sintomático que indica la penetración que en Latinoamérica tuvo la narrativa de Edgar Allan Poe, a quien se traducía con frecuencia en la prensa de Lima y México, pero también la de escritores franceses, alemanes y anglosajones (Guy de Maupassant, E. T. A. Hoffmann, W. W. Jacobs) muy leídos en Argentina. La penetración del cuento fantástico en América Latina fue tal que el crítico literario Emilio Carilla afirma que ese género de composición permitió echar las bases del relato, no solo al de carácter fantasioso, en esta parte del mundo.[3] No quiere decir que los relatos acá reunidos sean meros sucedáneos de los trabajos de aquellos autores europeos y del norteamericano, antes bien, los nuestros han enriquecido la tradición relacionada con esa especie narrativa.

Abrimos la selección fantástica con «Yzur», de Leopoldo Lugones, donde se relata el empecinamiento de un investigador que intenta, mediante drásticos procedimientos, hacer hablar a un chimpancé. El protagonista lleva al límite al pobre animal quien al parecer se niega a articular palabra.

De Horacio Quiroga, uno de los más célebres cuentistas latinoamericanos, escogimos «La insolación», texto cuyo punto de vista lo sostienen varios perros. Esta manifestación de lo fantástico se incrementa al corporizarse la muerte. Relato ambientado en un mundo premoderno y rural en el que la soledad del hombre, mister Jones, ocupa espacio importante.

El desdoblamiento de la personalidad es el motivo que se desarrolla en «El difunto yo», cuento de Julio Garmendia. Tópico fantástico por antonomasia, el del doble, en el relato sin embargo la duplicación del sujeto no causa temor o miedo, sino que mueve a risa, una de las derivaciones que, en el caso del subgénero de representación de lo sobrenatural, resulta efecto directo de la vanguardia.

Quizá sea Jorge Luis Borges el escritor más reconocido y celebrado de la América hispanoparlante de, por lo menos, los últimos cincuenta años. Sus cuentos se reconocen como paradigmas de maestría en el manejo de la lengua y la estructura y, al mismo tiempo, como zonas de especulación ontológica. Presentamos aquí «El libro de arena», relato sobre un volumen infinito y asombroso que por sus características semeja una invención diabólica, acaso como la escritura misma.

En «La expiación», Silvina Ocampo nos ofrece, mediante el adiestramiento de unos canarios que inyectan veneno, una manera de retratar las

---

3 Emilio Carilla, *El cuento fantástico*, Buenos Aires, Editorial Nova, 1968.

tensiones ocasionadas por el amor y los celos. La protagonista no alcanza a comprender el comportamiento de su marido respecto de la frecuentación en casa de un amigo del hombre. Relato que dibuja una oscura forma de venganza.

Con el golpe de un cayado ejecutado por un anciano negro la vida de un fallecido se recompone en una vertiginosa carrera hacia el origen. Nos referimos a la historia que Alejo Carpentier despliega en «Viaje a la semilla», cuento que revela un impresionante manejo técnico entre las volutas de un estilizado lenguaje barroco, signo caracterizador de la poética del autor. La pieza semeja un cinematógrafo en reversa con ostensibles marcas de surrealismo.

Una dama con gestos de pájaro que intriga al protagonista de «Las islas nuevas», cuento de María Luisa Bombal, pronto da muestras de que no eran simples visajes: en realidad es un ave o un insecto alado escondido en cuerpo humano. Por si esto no fuera suficiente como efecto fantástico, unas islas móviles aparecen y desaparecen en un lago cercano a la casa que habita la mujer. Relato de atmósfera ambigua, con arreos de vanguardia.

De otro de los maestros del cuento latinoamericano, Julio Cortázar, seleccionamos «La noche boca arriba», texto en el que se combinan el motivo del doble, el sueño y la recreación de hechos históricos vinculados con la llamada «guerra florida» de los aztecas. El salto de temporalidades es otro de los hallazgos del relato. La composición mantiene un sutil equilibrio entre los elementos que permiten la irrupción fantástica.

En «Chac Mool», Carlos Fuentes utiliza, asimismo, un aspecto precolombino —mexicano— para activar los engranajes de este cuento en el que el protagonista, Filiberto, alimenta a un ídolo ancestral, hecho de piedra y de algún otro desconocido componente, en el sótano de su casa. Paulatinamente el tótem va adquiriendo movilidad hasta que logra desplazarse por propia cuenta para infectar al mundo con sañuda maldad.

Amparo Dávila es la autora del último de los cuentos fantásticos incorporados a la muestra: «El huésped». Dos mujeres: la dueña de casa y su asistenta; y tres chicos: los hijos de la patrona y el vástago de la mucama. El patrón aparece un día con una especie de muchacho de ojos amarillos.

Lo acomodan en uno de los cuartos. El hombre asegura que eso que parece un joven es inofensivo. Sin embargo, el ambiente se enrarece, el ser ataca al niño de la criada y los hechos se precipitan. El relato logra producir horror ante lo desconocido y constituye una reflexión sobre el otro.

Seis son los cuentos que, en el conjunto, evidencian estrategias composicionales del realismo, movimiento literario europeo de fuerte impacto en la cultura latinoamericana, el cual dio carnalidad a las necesidades expresivas de aquellos narradores que entendían la comunicación literaria como un mecanismo de indagación estética del contexto, pero sin desmedro de inmersiones en la psicología de los personajes, pues por los años de auge de las propuestas realistas la mixtura con elementos surgidos de otras maneras de entender el hecho literario, como el psicologismo elaborado como una línea técnica de un sector del modernismo y de la llamada «novela del artista»,[4] era moneda corriente.

Por ello incluimos «La fiesta de las balas», de Martín Luis Guzmán, cuento en el que se recrea un episodio de la revolución mexicana: la ejecución de trescientos prisioneros por orden de un sanguinario comandante de las huestes de Pancho Villa. El detalle minucioso de la matanza y la vesania con la que se comporta aquel militar, Rodolfo Fierro, alcanzan tal relieve que la pintura no podría ser más vívida.

En la historia de la literatura latinoamericana la obra de Juan Carlos Onetti es fiel monumento de tenacidad a una idea: el mundo es un lugar precario y simple que gira en torno de pulsiones sexuales y alrededor de las maneras para lograr satisfacer esas necesidades primarias. En «Bienvenido, Bob», relato que hemos escogido, esta poética se enmarca en la venganza que pretende llevar a cabo el protagonista: Bob, hermano de la chica que el personaje pretendía en algún tiempo remoto, evitó que se consumara la relación debido a la excesiva diferencia de edad entre el hombre y la jovencísima mujer. Una tarde el viejo descubre a Bob en un derruido bar. La rabia lo gana, quiere golpearlo, pero se contiene al ver

4 Véase Rafael Gutiérrez Girardot, *Modernismo*, Barcelona, Editorial Montesinos, 1983.

que no es más que una sucia piltrafa que babea las vacías botellas que acumula sobre una mesa.

El pasado siempre viene a encontrarnos, es la sensación que deja la lectura del relato «¡Diles que no me maten!», de Juan Rulfo. De ambientación rural en un universo de fragilidades institucionales, el cuento revela que en esos pueblos perdidos de Dios los asuntos civiles se resuelven sin trámites legales, solo la venganza puede restituir el orden social extraviado. Rulfo, maestro del calco de la oralidad campesina, nos introduce en la conciencia del personaje pronto a ser ajusticiado.

Menos lúgubre en su tono, aunque por igual cargado de presagios mortuorios, el cuento de Augusto Monterroso, «Mister Taylor», deviene serio chascarrillo sobre las veleidades del capitalismo. Un extravagante negocio florece desde las selvas de Sudamérica: desde allí sale la materia prima; los inversores de la empresa despachan y comercializan el producto en Estados Unidos. Todo marcha bien hasta que la mercancía se agota debido a su artesanal peculiaridad: cabezas humanas reducidas. Desternillante, el texto tiene aire de informe protocolar y de sesgado cuestionamiento al consumo.

Los días finales de Simón Bolívar conforman el argumento del relato «El último rostro», de Álvaro Mutis. Se trata, entonces, de un cuento sustentado en hechos históricos, pero que el autor ha convertido en una nostálgica situación: la de la muerte que acecha aquella casa donde mengua el Libertador derrotado por la tuberculosis. Por la naturaleza de la trama, en la pieza se ventilan asuntos políticos y sociales de su momento; no obstante, la consistencia humana del personaje destaca como logro estético del trabajo. Mutis utiliza la estrategia de indicar que lo que leemos es el trasiego de un diario escrito por un coronel polaco.

Con «El rastro de tu sangre en la nieve», Gabriel García Márquez logra una entrañable historia de amor a la medida de una inolvidable tragedia. Dos jóvenes colombianos de clase alta: ella, músico; él, un tarambana que corrige su rumbo al haberse enamorado de aquella maravillosa chica, recorren Europa en viaje de luna de miel. Un nimio accidente, casi insignificante, lleva a la muchacha a la sala de urgencias de un hospital de

París. Es internada. El reciente marido no conoce la ciudad ni el idioma. Sobreviene una serie de equívocos; el final no resulta halagüeño. En apariencia, el cuento no se halla adscrito al realismo mágico; sin embargo, hay un detalle que el lector curioso filiará con aquella técnica que convirtió la obra de García Márquez en rotundo arte.

Los tres relatos que resta por comentar encajan también en el campo del realismo, pero contienen un aspecto que los diferencia: la abultada presencia del absurdo como mecanismo que socava los asideros lógicos que sirven para interpretar el mundo representado. Sin embargo, los textos funcionan artística y literariamente, con corrección y estilo.

De Roberto Arlt seleccionamos «El jorobadito», cuento en el que al protagonista se le ocurre, para disolver el noviazgo que mantiene con una chica que no le corresponde debidamente, involucrar a un jorobado que conoce por azar en la calle. El novio propone una estratagema delirante: que el pequeño sujeto solicite un beso a la mujer a quien desea despedir. Las situaciones generadas por esta acción resultan absurdas; los diálogos, inefables. El planeta al revés, sin más.

Asimismo, el archiconocido relato «El guardagujas», de Juan José Arreola, fusiona lo inverosímil con cierto dejo de posibilidad, visto que, en nuestra América, no solo la retratada en el cuento escogido, hay áreas en las que impera la precariedad, la falta de previsión y, sin duda, el olvido de las funciones que deben cumplir las autoridades. Sociedades premodernas, como se ha dicho en otros casos ya referidos. Sin embargo, la descripción del viejecillo y su discurso (tiene respuesta para todo) hace sospechar que estamos ante un enajenado. De modo, pues, que los trenes puede que fallen, pero al final aparece un convoy que salva al viajero.

Por lo que respecta a «La mujer más pequeña del mundo», de Clarice Lispector, debe decirse que el absurdo se presenta en la manera como el protagonista encara el descubrimiento de una raza de pigmeos en la persona de una mujer miniatura embarazada y de risa extraña. Absurdo que se potencia, y es este el núcleo del argumento del relato, en las disquisiciones que las buenas familias elaboran sobre la pigmea y su estado de gravidez, y las consecuencias que ello traerá a las sociedades normalizadas.

Cerramos nuestros comentarios en relación con los relatos seleccionados con la pieza de Julio Ramón Ribeyro «La insignia», tributaria de la línea que llamamos del absurdo. En este cuento el personaje alcanza logros materiales y de ascenso social solo por haber recogido de un basurero un pequeño distintivo de metal que luego prende en la solapa del saco. Las puertas de una suerte de sociedad secreta se abren de forma paulatina en el transcurso de los años sin apenas sospechar por qué. Irracional, disparatado, ilógico.

El orden de presentación de los cuentos en la antología sigue el sencillo método basado en el año de nacimiento de los autores, de modo que las explanaciones que hemos hecho segmentando los relatos en tres grupos según sus materialidades temáticas y estructurales (fantásticos, realistas, absurdos) no guardan relación con el índice.

Finalmente, nuestro interés fundamental al compilar esta muestra de cuentos imprescindibles e inevitables de la narrativa latinoamericana del siglo XX es poner en circulación en un solo conjunto los relatos más señeros de esa tradición.

DANIEL CENTENO MALDONADO
CARLOS SANDOVAL

Yzur

LEOPOLDO LUGONES (1874-1938)

Fue uno de los intelectuales argentinos que dejó más profunda huella en sus contemporáneos. Con él se inaugura la figura del escritor erudito, políglota, fundador de revistas y sociedades, ideólogo político y cultor de diferentes géneros en prosa y poesía. Para muchos el modernismo en Hispanoamérica comenzó con Lugones. Su abanico de obsesiones creativas era inmenso, quizá por ello cada 13 de junio, fecha de su nacimiento, se celebra el día del escritor en Argentina. «Yzur» es un cuento de final inesperado compuesto bajo una de las clásicas premisas de la literatura universal: el empeño del hombre en jugar a ser Dios.

YZUR

LEOPOLDO LUGONES

Compré el mono en el remate de un circo que había quebrado.

La primera vez que se me ocurrió tentar la experiencia a cuyo relato están dedicadas estas líneas, fue una tarde, leyendo no sé dónde, que los naturales de Java atribuían la falta de lenguaje articulado en los monos a la abstención, no a la incapacidad. «No hablan —decían— para que no los hagan trabajar».

Semejante idea, nada profunda al principio, acabó por preocuparme hasta convertirse en este postulado antropológico:

Los monos fueron hombres que por una u otra razón dejaron de hablar. El hecho produjo la atrofia de sus órganos de fonación y de los centros cerebrales del lenguaje; debilitó casi hasta suprimirla la relación entre unos y otros, fijando el idioma de la especie en el grito inarticulado, y el humano primitivo descendió a ser animal.

Claro es que si llegara a demostrarse esto quedarían explicadas desde luego todas las anomalías que hacen del mono un ser tan singular; pero esto no tendría sino una demostración posible: volver el mono al lenguaje.

Entre tanto había corrido el mundo con el mío, vinculándolo cada vez más por medio de peripecias y aventuras. En Europa llamó la atención y, de haberlo querido, llego a darle la celebridad de un *Cónsul*; pero mi seriedad de hombre de negocios mal se avenía con tales payasadas.

Trabajado por mi idea fija del lenguaje de los monos, agoté toda la bibliografía concerniente al problema, sin ningún resultado apreciable. Sabía únicamente, con entera seguridad, que *no hay ninguna razón científica para que el mono no hable.* Esto llevaba cinco años de meditaciones.

Yzur (nombre cuyo origen nunca pude descubrir, pues lo ignoraba igualmente su anterior patrón), Yzur era ciertamente un animal notable. La educación del circo, bien que reducida casi enteramente al mimetismo, había desarrollado mucho sus facultades; y esto era lo que me incitaba más a ensayar sobre él mi en apariencia disparatada teoría.

Por otra parte, sábese que el chimpancé (Yzur lo era) es entre los monos el mejor provisto de cerebro y uno de los más dóciles, lo cual aumentaba mis probabilidades. Cada vez que lo veía avanzar en dos pies, con las manos a la espalda para conservar el equilibrio, y su aspecto de marinero borracho, la convicción de su humanidad detenida se vigorizaba en mí.

No hay a la verdad razón alguna para que el mono no articule absolutamente. Su lenguaje natural, es decir, el conjunto de gritos con que se comunica a sus semejantes, es asaz variado; su laringe, por más distinta que resulte de la humana, nunca lo es tanto como la del loro, que habla sin embargo; y en cuanto a su cerebro, fuera de que la comparación con el de este último animal desvanece toda duda, basta recordar que el del idiota es también rudimentario, a pesar de lo cual hay cretinos que pronuncian algunas palabras. Por lo que hace a la circunvolución de Broca, depende, es claro, del desarrollo total del cerebro; fuera de que no está probado que ella sea *fatalmente* el sitio de localización del lenguaje. Si es el caso de localización mejor establecido en anatomía, los hechos contradictorios son desde luego incontestables.

Felizmente los monos tienen, entre sus muchas malas condiciones, el gusto por aprender, como lo demuestra su tendencia imitativa; la memoria feliz, la reflexión que llega hasta una profunda facultad de disimulo, y la atención comparativamente más desarrollada que en el niño. Es, pues, un sujeto pedagógico de los más favorables.

El mío era joven además, y es sabido que la juventud constituye la época más intelectual del mono, parecido en esto al negro. La dificultad estribaba solamente en el método que se emplearía para comunicarle la palabra. Conocía todas las infructuosas tentativas de mis antecesores; y está de más decir, que ante la competencia de algunos de ellos y la nulidad de todos sus esfuerzos, mis propósitos fallaron más de una vez, cuando el tanto pensar sobre aquel tema fue llevándome a esta conclusión:

Lo primero consiste en desarrollar el aparato de fonación del mono.

Así es, en efecto, como se procede con los sordomudos antes de llevarlos a la articulación; y no bien hube reflexionado sobre esto, cuando las analogías entre el sordomudo y el mono se agolparon en mi espíritu.

Primero de todo, su extraordinaria movilidad mímica que compensa al lenguaje articulado, demostrando que no por dejar de hablar se deja de pensar, así haya disminución de esta facultad por la paralización de aquella. Después otros caracteres más peculiares por ser más específicos: la diligencia en el trabajo, la fidelidad, el coraje, aumentados hasta la certidumbre por estas dos condiciones cuya comunidad es verdaderamente reveladora; la facilidad para los ejercicios de equilibrio y la resistencia al marco.

Decidí, entonces, empezar mi obra con una verdadera gimnasia de los labios y de la lengua de mi mono, tratándolo en esto como a un sordomudo. En lo restante, me favorecería el oído para establecer comunicaciones directas de palabra, sin necesidad de apelar al tacto. El lector verá que en esta parte prejuzgaba con demasiado optimismo.

Felizmente, el chimpancé es de todos los grandes monos el que tiene labios más movibles; y en el caso particular, habiendo padecido Yzur de anginas, sabía abrir la boca para que se la examinaran.

La primera inspección confirmó en parte mis sospechas. La lengua permanecía en el fondo de su boca, como una masa inerte, sin otros movimientos que los de la deglución. La gimnasia produjo luego su efecto, pues a los dos meses ya sabía sacar la lengua para burlar. Esta fue la primera relación que conoció entre el movimiento de su lengua y una idea; una relación perfectamente acorde con su naturaleza, por otra parte.

Los labios dieron más trabajo, pues hasta hubo que estirárselos con pinzas; pero apreciaba —quizá por mi expresión— la importancia de aquella tarea anómala y la acometía con viveza. Mientras yo practicaba los movimientos labiales que debía imitar, permanecía sentado, rascándose la grupa con su brazo vuelto hacia atrás y guiñando en una concentración dubitativa, o alisándose las patillas con todo el aire de un hombre que armoniza sus ideas por medio de ademanes rítmicos. Al fin aprendió a mover los labios.

Pero el ejercicio del lenguaje es un arte difícil, como lo prueban los largos balbuceos del niño, que lo llevan, paralelamente con su desarrollo intelectual, a la adquisición del hábito. Está demostrado, en efecto, que el centro propio de las inervaciones vocales, se halla asociado con el de la palabra en forma tal, que el desarrollo normal de ambos depende de su ejercicio armónico; y esto ya lo había presentido en 1785 Heinicke, el inventor del método oral para la enseñanza de los sordomudos, como una consecuencia filosófica. Hablaba de una «concatenación dinámica de las ideas», frase cuya profunda claridad honraría a más de un psicólogo contemporáneo.

Yzur se encontraba, respecto al lenguaje, en la misma situación del niño que antes de hablar entiende ya muchas palabras; pero era mucho más apto para asociar los juicios que debía poseer sobre las cosas, por su mayor experiencia de la vida.

Estos juicios, que no debían ser solo de impresión, sino también inquisitivos y disquisitivos, a juzgar por el carácter diferencial que asumían, lo cual supone un raciocinio abstracto, le daban un grado superior de inteligencia muy favorable por cierto a mi propósito.

Si mis teorías parecen demasiado audaces, basta con reflexionar que el silogismo, o sea el argumento lógico fundamental, no es extraño a la mente de muchos animales. Como que el silogismo es originariamente una comparación entre dos sensaciones. Si no, ¿por qué los animales que conocen al hombre huyen de él, y no los que nunca le conocieron?...

Comencé, entonces, la educación fonética de Yzur.

Tratábase de enseñarle primero la palabra mecánica, para llevarlo progresivamente a la palabra sensata.

Poseyendo el mono la voz, es decir, llevando esto de ventaja al sordomudo, con más ciertas articulaciones rudimentarias, tratábase de enseñarle las modificaciones de aquella, que constituyen los fonemas y su articulación, llamada por los maestros estática o dinámica, según que se refiera a las vocales o a las consonantes.

Dada la glotonería del mono, y siguiendo en esto un método empleado por Heinicke con los sordomudos, decidí asociar cada vocal con una golosina: *a* con papa; *e* con leche; *i* con vino; *o* con coco; *u* con azúcar, haciendo de modo que la vocal estuviese contenida en el nombre de la golosina, ora con dominio único y repetido como en *papa*, *coco*, *leche*, ora reuniendo los dos acentos, tónico y prosódico, es decir, como fundamental: *vino, azúcar.*

Todo anduvo bien, mientras se trató de las vocales, o sea los sonidos que se forman con la boca abierta. Yzur los aprendió en quince días. Solo que a veces, el aire contenido en sus abazones les daba una rotundidad de trueno. La *u* fue lo que más le costó pronunciar.

Las consonantes me dieron un trabajo endemoniado, y a poco hube de comprender que nunca llegaría a pronunciar aquellas en cuya formación entran los dientes y las encías. Sus largos colmillos y sus abazones, lo estorbaban enteramente.

El vocabulario quedaba reducido, entonces a las cinco vocales, la *b*, la *k*, la *m*, la *g*, la *f* y la *c*, es decir todas aquellas consonantes en cuya formación no intervienen sino el paladar y la lengua.

Aun para esto no me bastó el oído. Hube de recurrir al tacto como un sordomudo, apoyando su mano en mi pecho y luego en el suyo para que sintiera las vibraciones del sonido.

Y pasaron tres años, sin conseguir que formara palabra alguna. Tendía a dar a las cosas, como nombre propio, el de la letra cuyo sonido predominaba en ellas. Esto era todo.

En el circo había aprendido a ladrar como los perros, sus compañeros de tarea; y cuando me veía desesperar ante las vanas tentativas para arrancarle la palabra, ladraba fuertemente como dándome todo lo que sabía. Pronunciaba aisladamente las vocales y consonantes, pero no podía asociarlas. Cuando más, acertaba con una repetición de *pes* y *emes*.

Por despacio que fuera, se había operado un gran cambio en su carácter. Tenía menos movilidad en las facciones, la mirada más profunda, y adoptaba posturas meditativas. Había adquirido, por ejemplo, la costumbre de contemplar las estrellas. Su sensibilidad se desarrollaba igualmente; íbasele notando una gran facilidad de lágrimas.

Las lecciones continuaban con inquebrantable tesón, aunque sin mayor éxito. Aquello había llegado a convertirse en una obsesión dolorosa, y poco a poco sentíame inclinado a emplear la fuerza. Mi carácter iba agriándose con el fracaso, hasta asumir una sorda animosidad contra Yzur. Este se intelectualizaba más, en el fondo de su mutismo rebelde, y empezaba a convencerme de que nunca lo sacaría de allí, cuando supe de golpe que no hablaba porque no quería.

El cocinero, horrorizado, vino a decirme una noche que había sorprendido al mono «hablando verdaderas palabras». Estaba, según su narración, acurrucado junto a una higuera de la huerta; pero el terror le impedía recordar lo esencial de esto, es decir, las palabras. Solo creía retener dos: *cama* y *pipa*. Casi le doy de puntapiés por su imbecilidad.

No necesito decir que pasé la noche poseído de una gran emoción; y lo que en tres años no había cometido, el error que todo lo echó a perder, provino del enervamiento de aquel desvelo, tanto como de mi excesiva curiosidad.

En vez de dejar que el mono llegara naturalmente a la manifestación del lenguaje, llamele al día siguiente y procuré imponérsela por obediencia.

No conseguí sino las *pes* y las *emes* con que me tenía harto, las guiñadas hipócritas y —Dios me perdone— una cierta vislumbre de ironía en la azogada ubicuidad de sus muecas.

Me encolericé, y sin consideración alguna, le di de azotes. Lo único que logré fue su llanto y un silencio absoluto que excluía hasta los gemidos.

A los tres días cayó enfermo, en una especie de sombría demencia complicada con síntomas de meningitis. Sanguijuelas, afusiones frías, purgantes, revulsivos cutáneos, alcoholaturo de brionia, bromuro..., toda la terapéutica del espantoso mal le fue aplicada. Luché con desesperado brío, a impulsos de un remordimiento y de un temor. Aquel por creer a la bestia una víctima de mi crueldad; este por la suerte del secreto que quizá se llevaba a la tumba.

Mejoró al cabo de mucho tiempo, quedando, no obstante, tan débil, que no podía moverse de su cama. La proximidad de la muerte habíalo ennoblecido y humanizado. Sus ojos llenos de gratitud, no se separaban de mí, siguiéndome por toda la habitación como dos bolas giratorias, aunque estuviese detrás de él; su mano buscaba las mías en una intimidad de convalecencia. En mi gran soledad, iba adquiriendo rápidamente la importancia de una persona.

El demonio del análisis, que no es sino una forma del espíritu de perversidad, impulsábame, sin embargo, a renovar mis experiencias. En realidad el mono había hablado. Aquello no podía quedar así.

Comencé muy despacio, pidiéndole las letras que sabía pronunciar. ¡Nada! Dejelo solo durante horas, espiándolo por un agujerillo del tabique. ¡Nada! Hablele con oraciones breves, procurando tocar su fidelidad o su glotonería. ¡Nada! Cuando aquellas eran patéticas, los ojos se le hinchaban de llanto. Cuando le decía una frase habitual, como el «yo soy tu amo» con que empezaba todas mis lecciones, o el «tú eres mi mono» con que completaba mi anterior afirmación, para llevar a un espíritu la certidumbre de una verdad total, él asentía cerrando los párpados; pero no producía sonido, ni siquiera llegaba a mover los labios.

Había vuelto a la gesticulación como único medio de comunicarse conmigo; y este detalle, unido a sus analogías con los sordomudos, hacía redoblar mis preocupaciones, pues nadie ignora la gran predisposición de estos últimos a las enfermedades mentales. Por momentos deseaba que se volviera loco, a ver si el delirio rompía al fin su silencio.

Su convalecencia seguía estacionaria. La misma flacura, la misma tristeza. Era evidente que estaba enfermo de inteligencia y de dolor. Su unidad orgánica habíase roto al impulso de una cerebración anormal, y día más, día menos, aquel era caso perdido.

Mas, a pesar de la mansedumbre que el progreso de la enfermedad aumentaba en él, su silencio, aquel desesperante silencio provocado por mi exasperación, no cedía. Desde un oscuro fondo de tradición petrificada en instinto, la raza imponía su milenario mutismo al animal, fortaleciéndose de voluntad atávica en las raíces mismas de su ser. Los antiguos hombres de la selva, que forzó al silencio, es decir, al suicidio intelectual, quién sabe qué bárbara injusticia, mantenían su secreto formado por misterios de bosque y abismos de prehistoria, en aquella decisión ya inconsciente, pero formidable con la inmensidad de su tiempo.

Infortunios del antropoide retrasado en la evolución cuya delantera tomaba el humano con un despotismo de sombría barbarie, habían, sin duda, destronado a las grandes familias cuadrumanas del dominio arbóreo de sus primitivos edenes, raleando sus filas, cautivando sus hembras para organizar la esclavitud desde el propio vientre materno, hasta infundir a su impotencia de vencidas el acto de dignidad mortal que las llevaba a romper con el enemigo el vínculo superior también, pero infausto, de la palabra, refugiándose como salvación suprema en la noche de la animalidad.

Y qué horrores, qué estupendas sevicias no habrían cometido los vencedores con la semibestia en trance de evolución, para que esta, después de haber gustado el encanto intelectual que es el fruto paradisíaco de las biblias, se resignara a aquella claudicación de su extirpe en la degradante igualdad de los inferiores; a aquel retroceso que cristalizaba por siempre su inteligencia en los gestos de un automatismo de acróbata; a aquella gran cobardía de la vida que encorvaría eternamente, como en distintivo bestial, sus espaldas de dominado, imprimiéndole ese melancólico azoramiento que permanece en el fondo de su caricatura.

He aquí lo que, al borde mismo del éxito, había despertado mi malhumor en el fondo del limbo atávico. A través del millón de años, la palabra, con su conjuro, removía la antigua alma simiana; pero contra esa tentación que iba a violar las tinieblas de la animalidad protectora, la memoria ancestral, difundida en la especie bajo un instintivo horror, oponía también edad sobre edad como una muralla.

Yzur entró en agonía sin perder el conocimiento. Una dulce agonía a ojos cerrados, con respiración débil, pulso vago, quietud absoluta, que solo interrumpía para volver de cuando en cuando hacia mí, con una desgarradora expresión de eternidad, su cara de viejo mulato triste. Y la última noche, la tarde de su muerte, fue cuando ocurrió la cosa extraordinaria que me ha decidido a emprender esta narración.

Habíame dormitado a su cabecera, vencido por el calor y la quietud del crepúsculo que empezaba, cuando sentí de pronto que me asían por la muñeca.

Desperté sobresaltado. El mono, con los ojos muy abiertos, se moría definitivamente aquella vez, y su expresión era tan humana, que me infundió horror; pero su mano, sus ojos, me atraían con tanta elocuencia hacia él, que hube de inclinarme de inmediato a su rostro; y entonces, con su último suspiro, el último suspiro que coronaba y desvanecía a la vez mi esperanza, brotaron —estoy seguro—, brotaron en un murmullo (¿cómo explicar el tono de una voz que ha permanecido sin hablar diez mil siglos?) estas palabras cuya humanidad reconciliaba las especies:

—AMO, AGUA, AMO, MI AMO...

La insolación

HORACIO QUIROGA (1878-1937)

Narrador, ensayista y poeta uruguayo, reconocido como uno de los maestros del cuento moderno latinoamericano. En su formación literaria ocupan lugar importante las obras de los grandes cultores del relato anglosajón. Como ellos, Quiroga reflexionó sobre este género en títulos ya clásicos como «La retórica del cuento». Sus piezas, en las que refulgen obsesiones como la muerte, la locura y la fuerza de la naturaleza, no han dejado de influir en varias generaciones de escritores. El cuento «La insolación», recogido en esta muestra, es una joya en la que figuran dos perros como protagonistas.

LA INSOLACIÓN

HORACIO QUIROGA

El cachorro Old salió por la puerta y atravesó el patio con paso recto y perezoso. Se detuvo en la linde del pasto, estiró al monte, entrecerrando los ojos, la nariz vibrátil, y se sentó tranquilo. Veía la monótona llanura del Chaco, con sus alternativas de campo y monte, monte y campo, sin más color que el crema del pasto y el negro del monte. Este cerraba el horizonte, a doscientos metros, por tres lados de la chacra. Hacia el oeste el campo se ensanchaba y extendía en abra, pero que la ineludible línea sombría enmarcaba a lo lejos.

A esa hora temprana, el confín, ofuscante de luz a mediodía, adquiría reposada nitidez. No había una nube ni un soplo de viento. Bajo la calma del cielo plateado el campo emanaba tónica frescura que traía al alma pensativa, ante la certeza de otro día de seca, melancolías de mejor compensado trabajo.

Milk, el padre del cachorro, cruzó a la vez el patio y se sentó al lado de aquel, con perezoso quejido de bienestar. Ambos permanecían inmóviles, pues aún no había moscas.

Old, que miraba hacía rato a la vera del monte, observó:

—La mañana es fresca.

Milk siguió la mirada del cachorro y quedó con la vista fija, parpadeando distraído. Después de un rato dijo:

—En aquel árbol hay dos halcones.

Volvieron la vista indiferente a un buey que pasaba y continuaron mirando por costumbre las cosas.

Entretanto, el oriente comenzaba a empurpurarse en abanico, y el horizonte había perdido ya su matinal precisión. Milk cruzó las patas delanteras y al hacerlo sintió un leve dolor. Miró sus dedos sin moverse, decidiéndose por fin a olfatearlos. El día anterior se había sacado un pique, y en recuerdo de lo que había sufrido lamió extensamente el dedo enfermo.

—No podía caminar —exclamó en conclusión.

Old no comprendió a qué se refería. Milk agregó:

—Hay muchos piques.

Esta vez el cachorro comprendió. Y repuso por su cuenta, después de largo rato:

—Hay muchos piques.

Uno y otro callaron de nuevo, convencidos.

El sol salió, y en el primer baño de su luz, las pavas del monte lanzaron al aire puro el tumultuoso trompeteo de su charanga. Los perros, dorados al sol oblicuo, entornaron los ojos, dulcificando su molicie en beato pestañeo. Poco a poco la pareja aumentó con la llegada de los otros compañeros: Dick, el taciturno preferido; Prince, cuyo labio superior, partido por un coatí, dejaba ver los dientes, e Isondú, de nombre indígena. Los cinco foxterriers, tendidos y beatos de bienestar, durmieron.

Al cabo de una hora irguieron la cabeza; por el lado opuesto del bizarro rancho de dos pisos —el inferior de barro y el alto de madera, con corredores y baranda de chalet—, habían sentido los pasos de su dueño, que bajaba la escalera. Mister Jones, la toalla al hombro, se detuvo un momento en la esquina del rancho y miró el sol, alto ya. Tenía aún la mirada muerta y el labio pendiente tras su solitaria velada de *whisky*, más prolongada que las habituales.

Mientras se lavaba, los perros se acercaron y le olfatearon las botas, meneando con pereza el rabo. Como las fieras amaestradas, los perros conocen el menor indicio de borrachera en su amo. Alejáronse con lentitud a echarse de nuevo al sol. Pero el calor creciente les hizo presto abandonar aquel por la sombra de los corredores.

El día avanzaba igual a los precedentes de todo ese mes: seco, límpido, con catorce horas de sol calcinante que parecía mantener el cielo en fusión, y que en un instante resquebrajaba la tierra mojada en costras blanquecinas. Mister Jones fue a la chacra, miró el trabajo del día anterior y retornó al rancho. En toda esa mañana no hizo nada. Almorzó y subió a dormir la siesta.

Los peones volvieron a las dos a la carpición, no obstante la hora de fuego, pues los yuyos no dejaban el algodonal. Tras ellos fueron los perros, muy amigos del cultivo desde el invierno pasado, cuando aprendieron a disputar a los halcones los gusanos blancos que levantaba el arado. Cada perro se echó bajo un algodonero, acompañando con su jadeo los golpes sordos de la azada.

Entretanto el calor crecía. En el paisaje silencioso y enceguecedor de sol, el aire vibraba a todos lados, dañando la vista. La tierra removida exhalaba vaho de horno, que los peones soportaban sobre la cabeza, envuelta hasta las orejas en el flotante pañuelo, con el mutismo de sus trabajos de chacra. Los perros cambiaban a cada rato de planta, en procura de más fresca sombra. Tendíanse a lo largo, pero la fatiga los obligaba a sentarse sobre las patas traseras, para respirar mejor.

Reverberaba ahora adelante de ellos un pequeño páramo de greda que ni siquiera se había intentado arar. Allí, el cachorro vio de pronto a mister Jones que lo miraba fijamente, sentado sobre un tronco. Old se puso en pie meneando el rabo. Los otros levantáronse también, pero erizados.

—Es el patrón —dijo el cachorro, sorprendido de la actitud de aquellos.

—No, no es él —replicó Dick.

Los cuatro perros estaban apiñados gruñendo sordamente, sin apartar los ojos de mister Jones, que continuaba inmóvil, mirándolos. El cachorro, incrédulo, fue a avanzar, pero Prince le mostró los dientes:

—No es él, es la Muerte.

El cachorro se erizó de miedo y retrocedió al grupo.

—¿Es el patrón muerto? —preguntó ansiosamente. Los otros, sin responderle, rompieron a ladrar con furia, siempre en actitud temerosa. Pero mister Jones se desvanecía ya en el aire ondulante.

Al oír los ladridos, los peones habían levantado la vista, sin distinguir nada. Giraron la cabeza para ver si había entrado algún caballo en la chacra, y se doblaron de nuevo.

Los foxterriers volvieron al paso al rancho. El cachorro, erizado aún, se adelantaba y retrocedía con cortos trotes nerviosos, y supo de la experiencia de sus compañeros que cuando una cosa va a morir, aparece antes.

—¿Y cómo saben que ese que vimos no era el patrón vivo? —preguntó.

—Porque no era él —le respondieron displicentes.

¡Luego la Muerte, y con ella el cambio de dueño, las miserias, las patadas, estaba sobre ellos! Pasaron el resto de la tarde al lado de su patrón, sombríos y alerta. Al menor ruido gruñían, sin saber hacia dónde.

Por fin el sol se hundió tras el negro palmar del arroyo, y en la calma de la noche plateada los perros se estacionaron alrededor del rancho, en cuyo piso alto mister Jones recomenzaba su velada de *whisky*. A media noche oyeron sus pasos, luego la caída de las botas en el piso de tablas, y la luz se apagó. Los perros, entonces, sintieron más el próximo cambio de dueño, y solos al pie de la casa dormida, comenzaron a llorar. Lloraban en coro, volcando sus sollozos convulsivos y secos, como masticados, en un aullido de desolación, que la voz cazadora de Prince sostenía, mientras los otros tomaban el sollozo de nuevo. El cachorro solo podía ladrar. La noche avanzaba, y los cuatro perros de edad, agrupados a la luz de la luna, el hocico extendido e hinchado de lamentos —bien alimentados y acariciados por el dueño que iban a perder—, continuaban llorando a lo alto su doméstica miseria.

A la mañana siguiente mister Jones fue él mismo a buscar las mulas y las unció a la carpidora, trabajando hasta las nueve. No estaba satisfecho, sin embargo. Fuera de que la tierra no había sido nunca bien rastreada, las cuchillas no tenían filo, y con el paso rápido de las mulas, la carpidora saltaba. Volvió con esta y afiló sus rejas; pero un tornillo en que ya al comprar la máquina había notado una falla, se rompió al armarla. Mandó un peón al obraje próximo, recomendándole cuidara del caballo, un buen animal, pero asoleado. Alzó la cabeza al sol fundente de mediodía, e insistió en que no galopara ni un momento. Almorzó en seguida y subió. Los perros, que en la mañana no habían dejado un segundo a su patrón, se quedaron en los corredores.

La siesta pesaba, agobiada de luz y silencio. Todo el contorno estaba brumoso por las quemazones. Alrededor del rancho la tierra blanquizca del patio, deslumbraba por el sol a plomo, parecía deformarse en trémulo hervor, que adormecía los ojos parpadeantes de los foxterriers.

—No ha aparecido más —dijo Milk.

Old, al oír *aparecido*, levantó vivamente las orejas. Incitado por la evocación el cachorro se puso en pie y ladró, buscando a qué. Al rato calló, entregándose con sus compañeros a su defensiva cacería de moscas.

—No vino más —agregó Isondú.

—Había una lagartija bajo el raigón —recordó por primera vez Prince.

Una gallina, el pico abierto y las alas apartadas del cuerpo, cruzó el patio incandescente con su pesado trote de calor. Prince la siguió perezosamente con la vista y saltó de golpe.

—¡Viene otra vez! —gritó.

Por el norte del patio avanzaba solo el caballo en que había ido el peón. Los perros se arquearon sobre las patas, ladrando con furia a la Muerte, que se acercaba. El caballo caminaba con la cabeza baja, aparentemente indeciso sobre el rumbo que debía seguir. Al pasar frente al rancho dio unos cuantos pasos en dirección al pozo, y se desvaneció progresivamente en la cruda luz.

Mister Jones bajó; no tenía sueño. Disponíase a proseguir el montaje de la carpidora, cuando vio llegar inesperadamente al peón a caballo. A pesar de su orden, tenía que haber galopado para volver a esa hora. Apenas libre y concluida su misión, el pobre caballo, en cuyos ijares era imposible contar los latidos, tembló agachando la cabeza, y cayó de costado. Mister Jones mandó a la chacra, todavía de sombrero y rebenque, al peón para no echarlo si continuaba oyendo sus jesuíticas disculpas.

Pero los perros estaban contentos. La Muerte, que buscaba a su patrón, se había conformado con el caballo. Sentíanse alegres, libres de preocupación, y en consecuencia disponíanse a ir a la chacra tras el peón, cuando oyeron a mister Jones que le gritaba pidiéndole el tornillo. No había tornillo: el almacén estaba cerrado, el encargado dormía, etc. Mister Jones, sin replicar, descolgó su casco y salió él mismo en busca del utensilio. Resistía el sol como un peón, y el paseo era maravilloso contra su mal humor.

Los perros salieron con él, pero se detuvieron a la sombra del primer algarrobo; hacía demasiado calor. Desde allí, firmes en las patas, el ceño contraído y atento, veían alejarse a su patrón. Al fin el temor a la soledad pudo más, y con agobiado trote siguieron tras él.

Mister Jones obtuvo su tornillo y volvió. Para acortar distancia, desde luego, evitando la polvorienta curva del camino, marchó en línea recta a su chacra. Llegó al riacho y se internó en el pajonal, el diluviano pajonal del Saladito, que ha crecido, secado y retoñado desde que hay paja en el mundo, sin conocer fuego. Las matas, arqueadas en bóveda a la altura del pecho, se entrelazan en bloques macizos. La tarea de cruzarlo, seria ya con día fresco, era muy dura a esa hora. Mister Jones lo atravesó, sin embargo, braceando entre la paja restallante y polvorienta por el barro que dejaban las crecientes, ahogado de fatiga y acres vahos de nitrato.

Salió por fin y se detuvo en la linde; pero era imposible permanecer quieto bajo ese sol y ese cansancio. Marchó de nuevo. Al calor quemante que crecía sin cesar desde tres días atrás, agregábase ahora el sofocamiento del tiempo descompuesto. El cielo estaba blanco y no se sentía un soplo de viento. El aire faltaba, con angustia cardíaca, que no permitía concluir la respiración.

Mister Jones adquirió el convencimiento de que había traspasado su límite de resistencia. Desde hacía rato le golpeaba en los oídos el latido de las carótidas. Sentíase en el aire, como si de dentro de la cabeza le empujaran el cráneo hacia arriba. Se mareaba mirando el pasto. Apresuró la marcha para acabar con eso de una vez... Y de pronto volvió en sí y se halló en distinto paraje: había caminado media cuadra sin darse cuenta de nada. Miró atrás, y la cabeza se le fue en un nuevo vértigo.

Entretanto, los perros seguían tras él, trotando con toda la lengua afuera. A veces, asfixiados, deteníanse en la sombra de un espartillo; se sentaban, precipitando su jadeo, para volver en seguida al tormento del sol. Al fin, como la casa estaba ya próxima, apuraron el trote.

Fue en ese momento cuando Old, que iba adelante, vio tras el alambrado de la chacra a mister Jones, vestido de blanco, que caminaba hacia ellos. El cachorro, con súbito recuerdo, volvió la cabeza a su patrón, y confrontó.

—¡La Muerte, la Muerte! —aulló.

Los otros lo habían visto también, y ladraban erizados, y por un instante creyeron que se iba a equivocar; pero al llegar a cien metros se detuvo, miró el grupo con sus ojos celestes, y marchó adelante.

—¡Que no camine ligero el patrón! —exclamó Prince.

—¡Va a tropezar con él! —aullaron todos.

En efecto, el otro, tras breve hesitación, había avanzado, pero no directamente sobre ellos como antes, sino en línea oblicua y en apariencia errónea, pero que debía llevarlo justo al encuentro de mister Jones. Los perros comprendieron que esta vez todo concluía, porque su patrón continuaba caminando a igual paso como un autómata, sin darse cuenta de nada. El otro llegaba ya. Los perros hundieron el rabo y corrieron de costado, aullando. Pasó un segundo y el encuentro se produjo. Mister Jones se detuvo, giró sobre sí mismo y se desplomó.

Los peones, que lo vieron caer, lo llevaron a prisa al rancho, pero fue inútil toda el agua; murió sin volver en sí. Mister Moore, su hermano materno, fue allá desde Buenos Aires, estuvo una hora en la chacra, y en cuatro días liquidó todo, volviéndose en seguida al sur. Los indios se repartieron los perros, que vivieron en adelante flacos y sarnosos, e iban todas las noches con hambriento sigilo a robar espigas de maíz en las chacras ajenas.

La fiesta de las balas

Martín Luis Guzmán (1887-1976)

Narrador, periodista y diplomático nacido en México. Es considerado uno de los iniciadores de la novela de la revolución mexicana, conflicto que se entendió entre 1910 y 1920. Guzmán participó en esa contienda bajo las órdenes de Pancho Villa, experiencia que le permitió escribir varios textos narrativos, en clave de ficción, en los que se muestran algunas de las barbaridades propias de esas situaciones, como queda expuesto en «La fiesta de las balas», el cuento que hemos seleccionado.

LA FIESTA DE LAS BALAS

Martín Luis Guzmán

Atento a cuanto se decía de Villa[1] y el villismo, y a cuanto veía a mi alrededor, a menudo me preguntaba yo en Ciudad Juárez qué hazañas serían las que pintaban más a fondo la División del Norte: si las que se suponían estrictamente históricas, o las que se calificaban de legendarias; si las que se contaban como algo visto dentro de la más escueta realidad, o las que traían ya tangibles, con el toque de la exaltación poética, las revelaciones esenciales. Y siempre eran las proezas de este segundo orden las que se me antojaban más verídicas, las que, a mi juicio, eran más dignas de hacer Historia.

Porque ¿dónde hallar, pongo por caso, mejor pintura de Rodolfo Fierro —y Fierro y el villismo eran espejos contrapuestos, modos de ser que se reflejaban infinitamente entre sí— que en el relato que ponía a aquel ante mis ojos, después de una de las últimas batallas, entregado a consumar, con fantasía tan cruel como creadora de escenas de muerte, las terribles órdenes de Villa? Verlo así era como sentir en el alma el roce de una tremenda realidad cuya impresión se conservaba para siempre.

1 Francisco «Pancho» Villa, revolucionario mexicano.

Aquella batalla, fecunda en todo, había terminado dejando en manos de Villa no menos de quinientos prisioneros. Villa mandó separarlos en dos grupos: de una parte los voluntarios orozquistas a quienes llamaban colorados; de la otra, los federales. Y como se sentía ya bastante fuerte para actos de grandeza, resolvió hacer un escarmiento con los prisioneros del primer grupo, mientras se mostraba benigno con los otros. A los colorados se les pasaría por las armas antes de que oscureciese; a los federales se les daría a elegir entre unirse a las tropas revolucionarias o bien irse a sus casas mediante la promesa de no volver a hacer armas contra los constitucionalistas.

Fierro, como era de esperar, fue el encargado de la ejecución, a la cual dedicó desde luego la eficaz diligencia que tan buen camino le auguraba ya en el ánimo de Villa, o, según decía él: de «su jefe».

Declinaba la tarde. La gente revolucionaria, tras de levantar el campo, iba reconcentrándose lentamente en torno del humilde pueblecito que había sido objetivo de la acción. Frío y tenaz, el viento de la llanura chihuahuense empezaba a despegar del suelo y apretaba los grupos de jinetes y de infantes: unos y otros se acogían al socaire de las casas. Pero Fierro —a quien nunca detuvo nada ni nadie— no iba a rehuir un airecillo fresco que a lo sumo barruntaba la helada de la noche. Hizo cabalgar a su caballo de anca corta, contra cuyo pelo oscuro, cano por el polvo de la batalla, rozaba el borde del sarape gris. Iba así al paso. El viento le daba de lleno en la cara, mas él no trataba de eludirlo clavando la barbilla en el pecho ni levantando los pliegues del embozo. Llevaba enhiesta la cabeza, arrogante el busto, bien puestos los pies en los estribos y elegantemente dobladas las piernas entre los arreos de campaña sujetos a los tientos de la montura. Nadie lo veía, salvo la desolación del llano y uno que otro soldado que pasaba a distancia. Pero él, acaso inconscientemente, arrendaba de modo que el animal hiciera piernas como para lucirse en un paseo. Fierro se sentía feliz: lo embargaba el placer de la victoria —de la victoria, en la cual nunca creía hasta consumarse la completa derrota del enemigo—, y su alegría interior le afloraba en sensaciones físicas que tornaban grato el hostigo del viento y el andar del caballo después de quince horas de no apearse. Sentía como caricia la luz del sol —sol un tanto desvaído, sol prematuramente envuelto en fulgores encendidos y tormentosos.

Llegó al corral donde tenían encerrados, como rebaño de reses, a los trescientos prisioneros colorados condenados a morir, y se detuvo un instante a mirar por sobre las tablas de la cerca. Vistos desde allí, aquellos trescientos huertistas hubieran podido pasar por otros tantos revolucionarios. Eran de la fina raza de Chihuahua: altos los cuerpos, sobrias las carnes, robustos los cuellos, bien conformados los hombros sobre espaldas vigorosas y flexibles. Fierro consideró de una sola ojeada el pequeño ejército preso, lo apreció en su valor militar —y en su valer— y sintió una pulsación rara, un estremecimiento que le bajaba desde el corazón, o desde la frente, hasta el índice de la mano derecha. Sin quererlo ni sentirlo, la palma de esa mano fue a posársele en las cachas de la pistola.

«Batalla, esta», pensó.

Indiferentes a todo, los soldados de caballería que vigilaban a los prisioneros no se fijaban en él. A ellos no les preocupaba más que la molestia de estar montando una guardia fatigosa —guardia incomprensible después de la excitación del combate— y que les exigía tener lista la carabina, cuya culata apoyaban en el muslo. De cuando en cuando, si algún prisionero parecía apartarse, los soldados apuntaban con aire resuelto y, de ser preciso, hacían fuego. Una onda rizaba entonces el perímetro informe de la masa de prisioneros, los cuales se replegaban para evitar el tiro. La bala pasaba de largo o derribaba a alguno.

Fierro avanzó hasta la puerta del corral; gritó a un soldado, que vino a descorrer las trancas, y entró. Sin quitarse el sarape de sobre los hombros echó pie a tierra. El salto le deshizo el embozo. Tenía las piernas entumecidas de cansancio y de frío: las estiró. Se acomodó las dos pistolas. Se puso luego a observar despacio la disposición de los corrales y sus diversas divisiones. Dio varios pasos hasta una de las cercas, sin soltar la brida, la cual trabó entre dos tablas, para dejar sujeto el caballo. Sacó de las cantinas de la silla algo que se metió en los bolsillos de la chaqueta, y atravesó el corral a poca distancia de los prisioneros.

Los corrales eran tres, comunicados entre sí por puertas interiores y callejones angostos. Del que ocupaban los colorados, Fierro pasó, deslizando el cuerpo entre las trancas de la puerta, al de en medio; en seguida, al otro. Allí se detuvo. Su figura, grande y hermosa, irradiaba un aura extraña, algo superior, algo prestigioso y a la vez adecuado al triste abandono del corral. El sarape había venido resbalándole del cuerpo hasta quedar pendiente apenas de los hombros: los cordoncillos de las puntas arrastraban por el suelo. Su sombrero, gris y ancho de ala, se teñía de rosa al recibir de soslayo la luz poniente del sol. Vuelto de espaldas, los prisioneros lo veían desde lejos, a través de las cercas. Sus piernas formaban compás hercúleo y destellaban; el cuero de sus mitazas brillaba en la luz del atardecer.

A unos cien metros, por la parte exterior a los corrales, estaba el jefe de la tropa encargada de los prisioneros. Fierro lo vio y le indicó a señas que se acercara. El oficial cabalgó hasta el sitio de la valla más próximo a Fierro. Este caminó hacia él. Hablaron. Por momentos, conforme hablaban, Fierro fue señalando diversos puntos del corral donde se encontraba y del corral contiguo. Después describió, moviendo la mano, una serie de evoluciones que repitió el oficial como con ánimo de entender mejor. Fierro insistió dos o tres veces en una maniobra al parecer muy importante, y el oficial entonces, seguro de las órdenes recibidas, partió al galope hacia donde estaban los prisioneros.

Tornó Fierro al centro del corral, y otra vez se mantuvo atento a estudiar la disposición de las cercas y cuanto las rodeaba. De los tres corrales, aquel era el más amplio, y según parecía, el primero en orden —el primero con relación al pueblo—. Tenía, en dos de sus lados, sendas puertas hacia el campo: puertas de trancas más estropeadas —por mayor uso— que las de los corrales posteriores, pero de maderos más fuertes. En otro lado se abría la puerta que daba al corral inmediato, y el lado restante no era una simple valla de madera, sino tapia de adobes, de no menos de tres metros de altura. La tapia mediría como sesenta metros de largo, de los cuales veinte servían de fondo a un cobertizo o pesebre, cuyo tejado bajaba de la barda y se asentaba, de una parte, en los postes, prolongados, del extremo de una de las cercas que lindaban con el campo, y de la otra, en una pared, también de adobe, que salía perpendicularmente de la tapia y avanzaba cosa de quince metros hacia los medios del corral. De esta suerte, entre el cobertizo y la valla del corral próximo venía a quedar un espacio cerrado en dos de sus lados por paredes macizas. En aquel rincón el viento de la tarde amontonaba la basura y hacía sonar con ritmo anárquico, golpeándolo contra el brocal de un pozo, un cubo de hierro. Del brocal del pozo se elevaban dos palos secos, toscos, terminados en horquetas, sobre los cuales se atravesaba otro más, y desde este pendía la cadena de una garrucha, que también sonaba movida por el viento. En lo más alto de una de las horquetas, un pájaro grande —inmóvil, blanquecino— se confundía con las puntas del palo, resecas y torcidas.

Fierro se hallaba a cincuenta pasos del pozo. Detuvo un segundo la vista sobre la quieta figura del pájaro y, como si la presencia de este encajara a pelo en sus reflexiones, sin cambiar de expresión, ni de postura, ni de gesto, sacó la pistola lentamente. El cañón del arma, largo y pulido, se transformó en dedo de rosa a la luz poniente del sol. Poco a poco el gran dedo fue enderezándose hasta señalar en dirección del pájaro. Sonó el disparo —seco y diminuto en la inmensidad de la tarde— y el animal cayó al suelo. Fierro volvió la pistola a la funda.

En aquel instante un soldado, trepando a la cerca, saltó dentro del corral. Era el asistente de Fierro. Había dado el brinco desde tan alto que necesitó varios segundos para erguirse otra vez. Al fin lo hizo y caminó hacia donde estaba su amo. Fierro le preguntó, sin volver la cara:

—¿Qué hubo con esos? Si no vienen pronto, se hará tarde.

—Parece que ya vienen ay[2] —contestó el asistente.

—Entonces, tú ponte allí. A ver, ¿qué pistola traes?

—La que usted me dio, mi jefe. La *mitigüeson*.

—Dácala[3] pues, y toma estas cajas de parque. ¿Cuántos tiros dices que tienes?

---

2 Así en la edición original («El águila y la serpiente», *Obras completas*, FCE).

3 *Dácala*: Regionalismo, 'dámela acá'.

—Unas quince docenas, con los que he arrejuntado hoy, mi jefe. Otros hallaron hartos, yo no.

—¿Quince docenas?... Te dije el otro día que si seguías vendiendo el parque para emborracharte iba a meterte una bala en la barriga.

—No, mi jefe.

—No mi jefe, qué.

—Que me embriago, mi jefe, pero no vendo el parque.

—Pues cuidadito, porque me conoces. Y ahora ponte vivo, para que me salga bien esta ancheta. Yo disparo y tú cargas las pistolas. Y oye bien esto que te voy a decir: si por tu culpa se me escapa uno siquiera de los colorados, te acuesto con ellos.

—¡Ah, qué mi jefe!

—Como lo oyes.

El asistente extendió su frazada sobre el suelo y vació en ella las cajas de cartuchos que Fierro acababa de darle. Luego se puso a extraer uno a uno los tiros que traía en las cananas de la cintura. Quería hacerlo tan de prisa, que se tardaba más de la cuenta. Estaba nervioso, los dedos se le embrollaban.

—¡Ah, qué mi jefe! —seguía pensando para sí.

Mientras tanto, del otro lado de la cerca que limitaba el segundo corral fueron apareciendo algunos soldados de la escolta. Montados a caballo, medio busto les sobresalía del borde de las tablas. Muchos otros se distribuyeron a lo largo de las dos cercas restantes.

Fierro y su asistente eran los únicos que estaban dentro del primero de los tres corrales: Fierro, con una pistola en la mano y el sarape caído a los pies; el asistente, en cuclillas, ordenando sobre su frazada las filas de cartuchos.

El jefe de la escolta entró a caballo por la puerta que comunicaba con el corral contiguo y dijo:

—Ya tengo listos los primeros diez. ¿Te los suelto?

Fierro respondió:

—Sí, pero antes entéralos bien del asunto: en cuanto asomen por la puerta yo empezaré a dispararles; los que lleguen a la barda y la salten quedan libres. Si alguno no quiere entrar, tú métele bala.

Volvió el oficial por donde había venido, y Fierro, pistola en mano, se mantuvo alerta, fijos los ojos en el estrecho espacio por donde los prisioneros iban a irrumpir. Se había situado lo bastante próximo a la valla divisoria para que, al hacer fuego, las balas no alcanzaran a los colorados que todavía estuviesen del lado de ella: quería cumplir lealmente lo prometido. Pero su proximidad a las tablas no era tanta que los prisioneros, así que empezase la ejecución, no descubrieran, en el acto mismo de trasponer la puerta, la pistola que les apuntaría a veinte pasos. A espaldas de Fierro el sol poniente convertía el cielo en luminaria roja. El viento seguía soplando.

En el corral donde estaban los prisioneros creció el rumor de voces —voces que los silbos del viento destrozaban, voces como de vaqueros que arrearan ganado—. Era difícil la maniobra de hacer pasar del corral último al corral de en medio a los trescientos hombres condenados a morir en masa; el suplicio que los amenazaba hacía encresparse su muchedumbre con sacudidas de organismo histérico. Se oía gritar a la gente de la escolta, y, de minuto en minuto, los disparos de carabina recogían las voces, que sonaban en la oquedad de la tarde como chasquido en la punta de un latigazo.

De los primeros prisioneros que llegaron al corral intermedio un grupo de soldados segregó diez. Los soldados no bajaban de veinticinco. Echaban los caballos sobre los presos para obligarlos a andar; les apoyaban contra la carne las bocas de las carabinas.

—¡Traidores! ¡Jijos de la rejija! ¡Ora vamos a ver qué tal corren y brincan! ¡Eche usté p'allá, traidor!

Y así los hicieron avanzar hasta la puerta de cuyo otro lado estaban Fierro y su asistente. Allí la resistencia de los colorados se acentuó; pero el golpe de los caballos y el cañón de las carabinas los persuadieron a optar por el otro peligro, por el peligro de Fierro, que no estaba a un dedo de distancia, sino a veinte pasos.

Tan pronto como aparecieron dentro de su visual, Fierro los saludó con extraña frase —frase a un tiempo cariñosa y cruel, de ironía y de esperanza:

—¡Ándenles, hijos: que nomás yo tiro y soy mal tirador!

Ellos brincaban como cabras. El primero intentó abalanzarse sobre Fierro, pero no había dado tres saltos cuando cayó acribillado a tiros por los soldados dispuestos a lo largo de la cerca. Los otros corrieron a escape hacia la tapia: loca carrera que a ellos les parecía como de sueño. Al ver el brocal del pozo, uno quiso refugiarse allí: la bala de Fierro lo alcanzó primero. Los demás siguieron alejándose; pero uno a uno fueron cayendo —Fierro disparó ocho veces en menos de seis segundos—, y el último cayó al tocar con los dedos los adobes que, por un extraño capricho de este momento, separaban de la región de la vida la región de la muerte. Algunos cuerpos dieron aún señales de estar vivos; los soldados, desde su puesto, tiraron para rematarlos.

Y vino otro grupo de diez, y luego otro, y otro, y otro. Las tres pistolas de Fierro —dos suyas, la otra de su ordenanza— se turnaban en la mano homicida con ritmo infalible. Cada una disparaba seis veces —seis veces sin apuntar, seis veces al descubrir— y caía después encima de la frazada. El asistente hacía saltar los casquillos quemados y ponía otros nuevos. Luego, sin cambiar de postura tendía hacia Fierro la pistola, el cual la tomaba casi al soltar la otra. Los dedos del asistente tocaban las balas que segundos después tenderían sin vida a los prisioneros; pero él no levantaba los ojos para ver a los que caían: toda su conciencia parecía concentrarse en la pistola que tenía entre las manos y en los tiros, de reflejos de oro y plata, esparcidos en el suelo. Dos sensaciones le ocupaban lo hondo de su ser: el peso frío de los cartuchos que iba metiendo en los orificios del cilindro y el contacto de la epidermis, lisa y cálida, del arma. Arriba, por sobre su cabeza, se sucedían los disparos con que su jefe se entregaba al deleite de hacer blanco.

El angustioso huir de los prisioneros en busca de la tapia salvadora —fuga de la muerte en una sinfonía espantosa donde la pasión de matar y el ansia inagotable de vivir luchaban como temas reales— duró cerca de dos horas, irreal, engañoso, implacable. Ni un instante perdió Fierro el pulso o la serenidad. Tiraba sobre blancos movibles y humanos, sobre blancos que daban brincos y traspiés entre charcos de sangre y cadáveres en posturas inverosímiles, pero tiraba sin más emoción que la de errar o acertar. Calculaba hasta la desviación de la trayectoria por efecto del viento, y de un disparo a otro la corregía.

Algunos prisioneros, poseídos de terror, caían de rodillas al trasponer la puerta: la bala los doblaba. Otros bailaban danza grotesca al abrigo del brocal del pozo hasta que la bala los curaba de su frenesí o los hacía caer, heridos, por la boca del hoyo. Casi todos se precipitaban hacia la pared de adobes y trataban de escalarla trepando por los montones de cuerpos entrelazados, calientes, húmedos, humeantes: la bala los paralizaba también. Algunos lograban clavar las uñas en la barda, hecha de paja y tierra, pero sus manos, agitadas por intensa ansiedad de vida, se tornaban de pronto en manos moribundas.

La ejecución en masa llegó a envolverse en un clamor tumultuario donde descollaban los chasquidos secos de los disparos, opacados por la inmensa voz del viento. De un lado de la cerca gritaban los que huían de morir y al cabo morían; de otro, los que se defendían del empuje de los jinetes y pugnaban por romper el cerco que los estrechaba hasta la puerta terrible. Y al griterío de unos y otros se sumaban las voces de los soldados distribuidos en el contorno de las cercas. Estos habían ido enardeciéndose con el alboroto de los disparos, con la destreza de Fierro y con los lamentos y el accionar frenético de los que morían. Saludaban con exclamaciones de regocijo la voltereta de los cuerpos al caer; vociferaban, gesticulaban; histéricos, reían a carcajadas al hacer fuego sobre los montones de carne humana donde advertían el menor indicio de vida.

El postrer pelotón de los ajusticiados no fue de diez víctimas, sino de doce. Los doce salieron al corral de la muerte atropellándose entre sí, procurando cada uno cubrirse con el grupo de los demás, a quien trataban de adelantarse en la horrible carrera. Para avanzar hacían corcovas sobre los cadáveres hacinados; pero la bala no erraba por eso; con precisión siniestra iba tocándolos uno tras otro y los dejaba a medio camino de la tapia —abiertos de brazos y de piernas— abrazados al montón de sus hermanos inmóviles. Sin embargo, uno de ellos, el último que quedaba con vida, logró llegar hasta la barda misma y salvarla... El fuego cesó de

repente y el tropel de soldados se agolpó en el ángulo del corral inmediato para ver al fugitivo.

Pardeaba la tarde. La mirada de los soldados tardó en acostumbrarse al parpadeo interferente de las dos luces. De pronto no vieron nada. Luego, allá lejos, en la inmensidad de la llanura ya medio en sombra, fue cobrando precisión un punto móvil, un cuerpo que corría. Tanto se doblaba el cuerpo al correr, que por momentos se le hubiera confundido con algo rastreante a flor de suelo.

Un soldado levantó el rifle para hacer blanco:

—Se ve mal —dijo y disparó.

La detonación se perdió en el viento del crepúsculo. El punto siguió su carrera.

Fierro no se había movido de su sitio. Rendido el brazo, largo tiempo lo tuvo suelto hacia el suelo. Luego notó que le dolía el índice y levantó la mano hasta los ojos: en la semioscuridad comprobó que el dedo se le había hinchado ligeramente; se lo oprimió con blandura entre los dedos y la palma de la otra mano. Y así se mantuvo: largamente entregado todo él a la dulzura de un masaje moroso. Por fin, se inclinó para recoger del suelo el sarape, del cual se había desembarazado desde los preliminares de la ejecución. Se lo echó sobre los hombros y caminó para acogerse al socaire del cobertizo. A los pocos pasos se detuvo y dijo al asistente:

—Así que acabes, tráete los caballos.

Y siguió andando.

El asistente juntaba los cartuchos quemados. En el corral contiguo los soldados de la escolta desmontaban, hablaban, canturreaban. El asistente los escuchaba en silencio y sin levantar la cabeza. Después se irguió con lentitud. Cogió la frazada por las cuatro puntas y se la echó a la espalda: los casquillos vacíos sonaron dentro con sordo cascabeleo.

Había anochecido. Brillaban algunas estrellas. Brillaban las lucecitas de los cigarros al otro lado de las tablas de la cerca. El asistente rompió a andar con paso débil y fue, medio a tientas, hasta el último de los corrales, de donde regresó a poco trayendo de la brida los dos caballos

—el de su amo y el suyo— y, sobre uno de los hombros, la mochila de campaña.

Se acercó al pesebre. Sentado sobre una piedra, Fierro fumaba en la oscuridad. En las juntas de las tablas silbaba el viento.

—Desensilla y tiéndeme la cama —ordenó Fierro—; ya no aguanto el cansancio.

—¿Aquí en este corral, mi jefe?... ¿Aquí?...

—Sí, aquí.

Hizo el asistente como le ordenaban. Desensilló y tendió las mantas sobre la paja, arreglando con el maletín y la montura una especie de cabezal. Minutos después de tenderse allí, Fierro se quedó dormido.

El asistente encendió su linterna, dio grano a los animales y dispuso lo necesario para que pasaran bien la noche. Luego apagó la luz, se envolvió en su frazada y se acostó a los pies de su amo. Pero un momento después se incorporó de nuevo, se hincó de rodillas y se persignó. En seguida volvió a tenderse en la paja.

Pasaron seis, siete horas. Había caído el viento. El silencio de la noche se empapaba en luz de luna. De tarde en tarde sonaba próximo el estornudo de algún caballo. Brillaba el claro lunar en la abollada superficie del cubo del pozo y hacía sombras precisas al tropezar con todos los objetos: con todos menos con los montones de cadáveres. Estos se hacinaban, enormes en medio de tanta quietud, como cerros fantásticos, cerros de formas confusas, incomprensibles.

El azul plata de la noche se derramaba sobre los muertos con la más pura limpidez de la luz. Pero insensiblemente aquella luz de noche fue convirtiéndose en voz, voz también irreal y nocturna. La voz se hizo distinta: era una voz apenas perceptible, apagada, doliente, moribunda pero clara en su tenue contorno como las sombras que la luna dibujaba sobre las cosas. Desde el fondo de uno de los montones de cadáveres la voz parecía susurrar:

—Ay...

Luego calló, y el azul de plata de la noche volvió a ser solo luz. Mas la voz se oyó de nuevo:

—Ay... Ay...

Fríos e inertes desde hacía horas, los cuerpos apilados en el corral seguían inmóviles. Los rayos lunares se hundían en ellos como en una masa eterna. Pero la voz tornó:

—Ay... Ay... Ay...

Y este último «ay» llegó hasta el sitio donde Fierro dormía e hizo que la conciencia del asistente pasara del olvido del sueño a la sensación de oír. El asistente recordó entonces la ejecución de los trescientos prisioneros, y el solo recuerdo lo dejó quieto sobre la paja, entreabiertos los ojos y todo él pendiente del lamento de la voz, pendiente con las potencias íntegras de su alma.

—Ay... Por favor...

Fierro se agitó en su cama...

—Por favor... agua...

Fierro despertó y prestó oído...

—Por favor... agua...

Entonces Fierro alargó un pie hasta su asistente.

—¡Eh, tú! ¿No oyes? Uno de los muertos está pidiendo agua.

—¿Mi jefe?

—¡Que te levantes y vayas a darle un tiro a ese jijo de la tiznada que se está quejando! ¡A ver si me deja dormir!

—¿Un tiro a quién, mi jefe?

—A ese que pide agua, ¡imbécil! ¿No entiendes?

—Agua, por favor —repetía la voz.

El asistente sacó la pistola de debajo de la montura y, empuñándola, se levantó y salió del pesebre en busca de los cadáveres. Temblaba de miedo y de frío. Un como mareo del alma lo embargaba.

A la luz de la luna buscó. Cuantos cuerpos tocaba estaban yertos. Se detuvo sin saber qué hacer. Luego disparó sobre el punto de donde parecía venir la voz: la voz se oyó de nuevo. El asistente tornó a disparar: se apagó la voz.

La luna navegaba en el mar sin límites de su luz azul. Bajo el techo del pesebre, Fierro dormía.

El difunto yo

JULIO GARMENDIA (1898-1977)

Cuentista y diplomático venezolano. Se le considera uno de los más importantes cultivadores de narrativa fantástica de su país en el siglo XX. Garmendia también practicó la ciencia ficción y el cuento filosófico. Aunque solo publicó en vida dos libros: *La tienda de muñecos* y *La tuna de oro*, luego de su muerte se dieron a conocer, en el transcurso de varios años, nuevos títulos. Su personalidad misteriosa, aparte de la calidad de sus trabajos, incrementó la fama del hombre. Esa rareza se deja ver en «El difunto yo», el relato que presentamos en esta muestra.

EL DIFUNTO YO

JULIO GARMENDIA

Examiné apresuradamente la extraña situación en que me hallaba. Debía, sin perder un segundo, ponerme en persecución de mi *alter ego*. Ya que circunstancias desconocidas lo habían separado de mi personalidad, convenía darle alcance antes de que pudiera alejarse mucho. Era necesario, mejor dicho, urgente, muy urgente, tomar medidas que le impidieran, si lo intentaba, dirigirse en secreto hacia algún país extranjero, llevado por el ansia de lo desconocido y la sed de aventuras. Bien sabía yo, su íntimo —iba a decir «inseparable»—, su íntimo amigo y compañero, que tales sentimientos venían aguijoneándole desde tiempo atrás, hasta el extremo de perturbarle el sentido crítico y la sana razón que debe exhibir un *alter ego* en todos sus actos, así públicos como privados. Tenía, pues, bastante motivo para preocuparme de su repentina desaparición. Sin duda acababa él de dar pruebas de una reserva sin límites, de inconmensurable discreción y de consumada pericia en el arte de la astucia y el disimulo. Nada dejó traslucir de los planes que maestramente preparaba en el fondo de su silencio. Mi *alter ego*, en efecto, hacía varios días que permanecía silencioso; pero en vista de que entre nosotros no mediaban desavenencias profundas, atribuí su conducta al fastidio, al cual fue siempre muy propenso, aun en sus mejores tiempos, y me limité a suponer que me consideraba desprovisto de la amenidad que tanto le agradaba. Ahora me sorprendía con un hecho incuestionable: había escapado, sin que yo supiera cómo ni cuándo.

Lo busqué en seguida en el aposento donde se me había revelado su brusca ausencia. Lo busqué detrás de las puertas, debajo de las mesas, dentro del armario. Tampoco apareció en las demás habitaciones de la casa. Notando, sorprendida, mis idas y venidas, me preguntó mi mujer qué cosa había perdido.

—Puedes estar segura de que no es el cerebro —le dije. Y añadí hipócritamente—: He perdido el sombrero.

—Hace poco saliste, y lo llevabas. ¿No me dijiste que ibas a no sé qué periódico a poner un anuncio que querías publicar? No sé cómo has vuelto tan pronto.

Lo que decía mi mujer era muy singular. ¿Adónde, pues, se había dirigido mi *alter ego*? Dominado por la inquietud, me eché a la calle en su busca o seguimiento. A poco noté —o creí notar— que algunos transeúntes me miraban con fijeza, cuchicheaban, sonreían o guiñaban el ojo. Esto me hizo apresurar el paso y casi correr; pero a poco andar me salió al encuentro un policía, que, echándome mano con precaución, como si fuera yo algún sujeto peligroso o difícil de prender, me anunció que estaba arrestado. Viéndome fuertemente asido, no me cupo de ello la menor duda. De nada sirvieron mis protestas ni las de muchos circunstantes. Fui conducido al cuartel de policía, donde se me acusó de pendenciero, escandaloso y borracho, y, además, de valerme de miserables y cobardes subterfugios, habilidades, mañas y mixtificaciones para no pagar ciertas deudas de café, de vehículos de carrera, de menudas compras. ¡Lo juro por mi honor! Nada sabía yo de aquellas deudas, ni nunca había oído hablar de ellas, ni siquiera conocía las personas o los sitios —¡y qué sitios!— en donde se me acusaba de haber escandalizado. No pude menos, sin embargo, de resignarme a balbucir excusas, explicaciones: me faltó valor para confesar la vergonzosa fuga de mi *alter ego*, que era sin duda el verdadero culpable y autor de tales supercherías, y pedir su detención. Humillado, prometí enmendarme.

Fui puesto en libertad, y alarmado, no ya tanto por la desaparición de mi *alter ego* como por las deshonrosas complicaciones que su conducta comenzaba a hacer recaer sobre mí, me dirigí rápidamente a la oficina del periódico de mayor circulación que había en la localidad con la intención de insertar en seguida un anuncio advirtiendo que, en adelante, no reconocería más deudas que las que yo mismo hubiera contraído. El empleado del periódico, que pareció reconocerme en el acto, sonrió de una manera que juzgué equívoca y sin esperar que yo pronunciara una palabra, me entregó una pequeña prueba de imprenta, aún olorosa a tinta fresca, y el original de ella, el cual estaba escrito como de mi puño y letra. Lo que peor es, el texto del anuncio, autorizado por una firma que era la mía misma, decía justamente aquello que yo tenía en mientes decir. Pero tampoco quise descubrir la nueva superchería de mi *alter ego* —¿de quién otro podía ser?— y como aquel era, palabra por palabra, el anuncio que yo quería, pagué su inserción durante un mes consecutivo. Decía así el anuncio en cuestión:

> Participo a mis amigos y relacionados de dentro y fuera de esta ciudad que no reconozco deudas que haya contraído «otro» que no sea «yo». Hago esta advertencia para evitar inconvenientes y mixtificaciones desagradables.
>
> Andrés Erre.

Volví a casa después de sufrir durante el resto del día que las personas conocidas me dijeran a cada paso, dándome palmaditas en el hombro:

—Te vi por allá arriba...

O bien:

—Te vi por allá abajo...

Mi mujer, que cosía tranquilamente, al verme llegar detuvo la rueda de la máquina de coser y exclamó:

—¡Qué pálido estás!

—Me siento enfermo —le dije.

—Trastorno digestivo —diagnosticó—. Te prepararé un purgante y esta noche no comerás nada.

No pude reprimir un gesto de protesta. ¡Cómo! La escandalosa conducta de mi *alter ego* me exponía a crueles privaciones alimenticias, pues yo debería purgar sus culpas, de acuerdo con la lógica de mi mujer. Esto desprendíase de las palabras que ella acababa de pronunciar.

Sin embargo, no quería alarmarla con el relato del extraordinario fenómeno de mi desdoblamiento. Era un alma sencilla, un alma simple. Hubiera sido presa de indescriptibles terrores y yo hubiera cobrado a sus ojos las apariencias de un ser peligrosamente diabólico. ¡Desdoblarse! ¡Dios mío! Mi pobre mujer hubiera derramado amargas lágrimas al saber que me acontecía un accidente tan extraño. Nunca más hubiera consentido en quedarse sola en las habitaciones donde apenas penetraba una luz débil. Y de noche, era casi seguro que sus aprensiones me hubieran obligado a recogerme mucho antes de la hora acostumbrada, pues ya no se acostaría despreocupadamente antes de mi vuelta, ni la sorprendería dormida en las altas horas, cuando me retardaba en la calle más de lo ordinario.

No obstante los incidentes del día, todavía conservaba yo suficiente lucidez para prever las consecuencias de una confidencia que no podía ser más que perjudicial, porque si bien las correrías de mi *alter ego* pudiera suceder que, al fin y al cabo, fuesen pasajeras, en cambio sería difícil, si no imposible, componer en mucho tiempo una alteración tan grave de la tranquilidad doméstica como la que produciría la noticia de mi desdoblamiento. Pero los acontecimientos tomaron un giro muy distinto e imprevisto. La defección de mi *alter ego*, que empezó por ser un hecho antes risible que otra cosa, acabó en una traición que no tiene igual en los anales de las peores traiciones... Este inicuo individuo...

Pero observo que la indignación —una indignación muy justificada, por lo demás— me arrastra lejos de la brevedad con que me propuse referir los hechos. Helos aquí, enteramente desnudos de todo artificio y redundancia:

Salí aquella noche después de comer frugalmente porque mi mujer lo quiso así y me dijo, no obstante mis reiteradas protestas, que me dejaría preparado un purgante activísimo para que lo tomara al volver. Calculaba que mi regreso sería, como de ordinario, a eso de las doce de la noche.

Con el fin de olvidar los sobresaltos del día, busqué en el café la compañía de varios amigos que, casi todos, me habían visto en diferentes sitios a horas desacostumbradas y hablaban maliciosamente de ciertos incidentes en los cuales hallábase mezclado mi nombre, según pude colegir, pues no quise inquirir nada directamente ni tratar de esclarecer los puntos. Guardé bien mi secreto. Disimulé los hechos lo mejor que pude, procurando despojarlos de toda importancia. Una discusión de política nos retuvo luego hasta horas avanzadas. Eran las dos de la madrugada cuando abrí la puerta de casa, empujándola rápidamente para que chirriara lo menos posible. Todo estaba en calma, pero mi mujer, a pesar de que dormía con sueño denso y pesado, despertó a causa del ruido. Los ojos apenas entreabiertos, me preguntó entre dientes cómo me había sentado el purgante.

—¡El purgante! —exclamé—. Llego de la calle en este momento y no he visto ningún purgante! ¡Explícate, habla, despierta! ¡Eso que dices no es posible!

Se desperezó largamente.

—Sí —me dijo— es posible, puesto que lo tomaste en mi presencia... y estabas conmigo... y...

—... ¡Y!...

Comprendí el terrible engaño de mi *alter ego*. La traición de aquel íntimo amigo y compañero de toda la vida me sobrecogió de espanto, de horror, de ira. Mi mujer me vio palidecer.

—Efecto del purgante —dijo.

Aunque nadie, ni aun ella misma, había notado el delito de mi *alter ego*, la deshonra era irreparable y siempre vergonzosa a pesar del secreto. Las manos crispadas, erizados los cabellos, lleno de profundo estupor, salí de la alcoba en tanto que mi mujer, volviéndose de espaldas a la luz encendida, se dormía otra vez con la facilidad que da la extenuación; y fui a ahorcarme de una de las vigas del techo con una cuerda que hallé a mano. Al lado colgaba la jaula de Jesusito, el loro. Seguramente hice ruido en el momento de abandonarme como un péndulo en el aire, pues Jesusito, despertándose, esponjó las plumas de la cabeza y me gritó, como solía hacerlo:

—¡Adiós, doctor!

Tengo razones para creer que mi *alter ego*, que sin duda espiaba mis movimientos desde algún escondrijo improvisado, a favor de las sombras de la noche, se apoderó en seguida de mi cadáver, lo descolgó y se introdujo dentro de él. De este modo volvió a la alcoba conyugal, donde pasó el resto de la noche ocupado en prodigar a mi viuda las más ardientes caricias. Fundo esta creencia en el hecho insólito de que mi suicidio no produjo impresión ni tuvo la menor resonancia. En mi hogar nadie pareció darse cuenta de que yo había desaparecido para siempre. No hubo duelo, ni entierro. El periódico no hizo alusión a la tragedia, ni en grandes ni en pequeños títulos. Los amigos continuaron chanceándose y dándole palmaditas en el hombro a mi *alter ego*, como si fuera yo mismo. Y Jesusito no ha dejado nunca de gritar:

—¡Adiós, doctor!

Sin duda, mi *alter ego* desarrolló desde el principio un plan hábilmente calculado en el sentido de producir los resultados que en efecto se produjeron. Previó con precisión el modo como reaccionaría yo delante de los hechos que él se encargaría de presentarme en rápida y desconcertante sucesión. Determinó de antemano mi inquietud, mi angustia, mi desesperación; calculó exactamente la hora en que un cúmulo de extrañas circunstancias había de conducirme al suicidio. Esta hora señalaba el feliz coronamiento de su obra; y es claro que solo un *alter ego* que gozaba de toda mi confianza pudo llevar a cabo esta empresa. En primer lugar, el completo conocimiento que poseía de los más recónditos resortes de mi alma le facilitó los elementos necesarios para preparar sin error el plan de inducción al suicidio inmediato. En segundo término, si logró hacerse pasar por mí mismo delante de mi mujer y de todas las personas que me conocían, fue porque estaba en el secreto de mis costumbres, ideas, modos de expresión y grados de intimidad con los demás. Sabía imitar mi voz, mis gestos, mi letra y en particular mi firma, y además conocía la combinación de mi pequeña caja fuerte. Todos mis bienes pasaron automáticamente a poder suyo, sin que las leyes, tan celosas en otros casos, intervinieran en manera alguna para evitar la iniquidad de que fui víctima. También se apoderó del crédito que había alcanzado yo después de largos años de conducta intachable y correctos procederes; y en el mismo periódico continúa publicando a diario, autorizado con su firma, que es la mía, el mismo aviso que dice:

> Participo a mis amigos y relacionados de dentro y fuera de esta ciudad que no reconozco deudas que haya contraído «otro» que no sea «yo». Hago esta advertencia para evitar inconvenientes y mixtificaciones desagradables.
>
> Andrés Erre.

El libro de arena

JORGE LUIS BORGES (1899-1986)

Argentino universal que se consideraba a sí mismo más poeta que narrador. Sin embargo, su mayor fama le llegó gracias a sus cuentos. En ellos demostró un impresionante dominio de la palabra: perfecta sintaxis y exploración metafísica en una sincronía nunca antes registrada en nuestra lengua. Borges fue un erudito influido por anglosajones y nórdicos, legado que nunca ocultó. Leer su obra es leer a muchísimos escritores anteriores e incluso barruntar la legión de quienes vendrían luego. Sus páginas nunca significan lo mismo, son infinitas, llenas de múltiples referencias. El impacto de su obra es tal que mientras se lee esta línea sobre «El libro de arena», de seguro en alguna parte del planeta otra persona debe estar puliendo un borrador sobre lo mismo en otro idioma.

EL LIBRO DE ARENA

JORGE LUIS BORGES

...thy rope of sands...
GEORGE HERBERT (1593-1623)

La línea consta de un número infinito de puntos; el plano, de un número infinito de líneas; el volumen, de un número infinito de planos; el hipervolumen, de un número infinito de volúmenes... No, decididamente no es este, *more geometrico*, el mejor modo de iniciar mi relato. Afirmar que es verídico es ahora una convención de todo relato fantástico; el mío, sin embargo, *es* verídico.

Yo vivo solo, en un cuarto piso de la calle Belgrano. Hará unos meses, al atardecer, oí un golpe en la puerta. Abrí y entró un desconocido. Era un hombre alto, de rasgos desdibujados. Acaso mi miopía los vio así. Todo su aspecto era de pobreza decente. Estaba de gris y traía una valija gris en la mano. En seguida sentí que era extranjero. Al principio lo creí viejo; luego advertí que me había engañado su escaso pelo rubio, casi blanco, a la manera escandinava. En el curso de nuestra conversación, que no duraría una hora, supe que procedía de las Orcadas.

Le señalé una silla. El hombre tardó un rato en hablar. Exhalaba melancolía, como yo ahora.

—Vendo biblias —me dijo.

No sin pedantería le contesté:

—En esta casa hay algunas biblias inglesas, incluso la primera, la de John Wiclif. Tengo asimismo la de Cipriano de Valera, la de Lutero, que literariamente es la peor, y un ejemplar latino de la Vulgata. Como usted ve, no son precisamente biblias lo que me falta.

Al cabo de un silencio me contestó.

—No solo vendo biblias. Puedo mostrarle un libro sagrado que tal vez le interese. Lo adquirí en los confines de Bikanir.

Abrió la valija y lo dejó sobre la mesa. Era un volumen en octavo, encuadernado en tela. Sin duda había pasado por muchas manos. Lo examiné; su inusitado peso me sorprendió. En el lomo decía *Holy Writ* y abajo *Bombay.*

—Será del siglo diecinueve —observé.

—No sé. No lo he sabido nunca —fue la respuesta.

Lo abrí al azar. Los caracteres me eran extraños. Las páginas, que me parecieron gastadas y de pobre tipografía, estaban impresas a dos columnas a la manera de una biblia. El texto era apretado y estaba ordenado en versículos. En el ángulo superior de las páginas había cifras arábigas. Me llamó la atención que la página par llevara el número (digamos) 40 514 y la impar, la siguiente, 999. La volví; el dorso estaba numerado con ocho cifras. Llevaba una pequeña ilustración, como es de uso en los diccionarios: un ancla dibujada a la pluma, como por la torpe mano de un niño.

Fue entonces que el desconocido me dijo:

—Mírela bien. Ya no la verá nunca más.

Había una amenaza en la afirmación, pero no en la voz.

Me fijé en el lugar y cerré el volumen. Inmediatamente lo abrí. En vano busqué la figura del ancla, hoja tras hoja. Para ocultar mi desconcierto, le dije:

—Se trata de una versión de la Escritura en alguna lengua indostánica, ¿no es verdad?

—No —me replicó.

Luego bajó la voz como para confiarme un secreto:

—Lo adquirí en un pueblo de la llanura, a cambio de unas rupias y de la Biblia. Su poseedor no sabía leer. Sospecho que en el Libro de los Libros

vio un amuleto. Era de la casta más baja; la gente no podía pisar su sombra, sin contaminación. Me dijo que su libro se llamaba el Libro de Arena, porque ni el libro ni la arena tienen ni principio ni fin.

Me pidió que buscara la primera hoja.

Apoyé la mano izquierda sobre la portada y abrí con el dedo pulgar casi pegado al índice. Todo fue inútil: siempre se interponían varias hojas entre la portada y la mano. Era como si brotaran del libro.

—Ahora busque el final.

También fracasé; apenas logré balbucear con una voz que no era la mía:

—Esto no puede ser.

Siempre en voz baja el vendedor de biblias me dijo:

—No puede ser, pero *es*. El número de páginas de este libro es exactamente infinito. Ninguna es la primera; ninguna, la última. No sé por qué están numeradas de ese modo arbitrario. Acaso para dar a entender que los términos de una serie infinita admiten cualquier número.

Después, como si pensara en voz alta:

—Si el espacio es infinito estamos en cualquier punto del espacio. Si el tiempo es infinito estamos en cualquier punto del tiempo.

Sus consideraciones me irritaron. Le pregunté:

—¿Usted es religioso, sin duda?

—Sí, soy presbiteriano. Mi conciencia está clara. Estoy seguro de no haber estafado al nativo cuando le di la Palabra del Señor a trueque de su libro diabólico.

Le aseguré que nada tenía que reprocharse, y le pregunté si estaba de paso por estas tierras. Me respondió que dentro de unos días pensaba regresar a su patria. Fue entonces cuando supe que era escocés, de las islas Orcadas. Le dije que a Escocia yo la quería personalmente por el amor de Stevenson y de Hume.

—Y de Robbie Burns —corrigió.

Mientras hablábamos yo seguía explorando el libro infinito. Con falsa indiferencia le pregunté:

—¿Usted se propone ofrecer este curioso espécimen al Museo Británico?

—No. Se lo ofrezco a usted —me replicó, y fijó una suma elevada.

Le respondí, con toda verdad, que esa suma era inaccesible para mí y me quedé pensando. Al cabo de unos pocos minutos había urdido mi plan.

—Le propongo un canje —le dije—. Usted obtuvo este volumen por unas rupias y por la Escritura Sagrada; yo le ofrezco el monto de mi jubilación, que acabo de cobrar, y la Biblia de Wiclif en letra gótica. La heredé de mis padres.

—*A black letter Wiclif!* —murmuró.

Fui a mi dormitorio y le traje el dinero y el libro. Volvió las hojas y estudió la carátula con fervor de bibliófilo.

—Trato hecho —me dijo.

Me asombró que no regateara. Solo después comprendería que había entrado en mi casa con la decisión de vender el libro. No contó los billetes, y los guardó.

Hablamos de la India, de las Orcadas y de los *jarls* noruegos que las rigieron. Era de noche cuando el hombre se fue. No he vuelto a verlo ni sé su nombre.

Pensé guardar el Libro de Arena en el hueco que había dejado el Wiclif, pero opté al fin por esconderlo detrás de unos volúmenes descabalados de *Las mil y una noches*.

Me acosté y no dormí. A las tres o cuatro de la mañana prendí la luz. Busqué el libro imposible, y volví las hojas. En una de ellas vi grabada una máscara. El ángulo llevaba una cifra, ya no sé cuál, elevada a la novena potencia.

No mostré a nadie mi tesoro. A la dicha de poseerlo se agregó el temor de que lo robaran, y después el recelo de que no fuera verdaderamente infinito. Esas dos inquietudes agravaron mi ya vieja misantropía. Me quedaban unos amigos; dejé de verlos. Prisionero del libro, casi no me asomaba a la calle. Examiné con una lupa el gastado lomo y las tapas, y rechacé la posibilidad de algún artificio. Comprobé que las pequeñas ilustraciones distaban dos mil páginas una de otra. Las fui anotando en una libreta alfabética, que no tardé en llenar. Nunca se repitieron. De noche, en los escasos intervalos que me concedía el insomnio, soñaba con el libro.

Declinaba el verano, y comprendí que el libro era monstruoso. De nada me sirvió considerar que no menos monstruoso era yo, que lo percibía con ojos y lo palpaba con diez dedos con uñas. Sentí que era un objeto de pesadilla, una cosa obscena que infamaba y corrompía la realidad.

Pensé en el fuego, pero temí que la combustión de un libro infinito fuera parejamente infinita y sofocara de humo al planeta.

Recordé haber leído que el mejor lugar para ocultar una hoja es un bosque. Antes de jubilarme trabajaba en la Biblioteca Nacional, que guarda novecientos mil libros; sé que a mano derecha del vestíbulo una escalera curva se hunde en el sótano, donde están los periódicos y los mapas. Aproveché un descuido de los empleados para perder el Libro de Arena en uno de los húmedos anaqueles. Traté de no fijarme a qué altura ni a qué distancia de la puerta.

Siento un poco de alivio, pero no quiero ni pasar por la calle México.

El jorobadito

ROBERTO ARLT (1900-1942)

De los escritores argentinos tal vez sea este el más atípico. Autodidacta con alma de inventor salido de las zonas marginales de Buenos Aires, se destacó como novelista, pero también escribió cuentos, obras de teatro y aguafuertes publicados en la prensa. A menudo se le acusa de tener una redacción descuidada, quizá por el hecho de que leyó pésimas traducciones de los clásicos en su etapa de formación. No obstante, la utilización del lunfardo y su conocimiento de la calle ayudaron a cincelar personajes excesivos y buscavidas de oficio. «El jorobadito» trata del mal, y asimismo de la locura, el delito, la traición y la hipocresía burguesa. En fin, Arlt en estado puro.

EL JOROBADITO

ROBERTO ARLT

Los diversos y exagerados rumores desparramados con motivo de la conducta que observé en compañía de Rigoletto, el jorobadito, en la casa de la señora X, apartaron en su tiempo a mucha gente de mi lado.

Sin embargo, mis singularidades no me acarrearon mayores desventuras, de no perfeccionarlas estrangulando a Rigoletto.

Retorcerle el pescuezo al jorobadito ha sido de mi parte un acto más ruinoso e imprudente para mis intereses, que atentar contra la existencia de un benefactor de la humanidad.

Se han echado sobre mí la policía, los jueces y los periódicos. Y esta es la hora en que aún me pregunto (considerando los rigores de la justicia) si Rigoletto no estaba llamado a ser un capitán de hombres, un genio o un filántropo. De otra forma no se explican las crueldades de la ley para vengar los fueros de un insigne piojoso, al cual, para pagarle de su insolencia, resultaran insuficientes todos los puntapiés que pudieran suministrarle en el trasero una brigada de personas bien nacidas.

No se me oculta que sucesos peores ocurren sobre el planeta, pero esta no es una razón para que yo deje de mirar con angustia las leprosas paredes del calabozo donde estoy alojado a espera de un destino peor.

Pero estaba escrito que de un deforme debían provenirme tantas dificultades. Recuerdo (y esto a vía de información para los aficionados a la teosofía y la metafísica) que desde mi tierna infancia me llamaron la atención los contrahechos. Los odiaba al tiempo que me atraían, como detesto y me llama la profundidad abierta bajo la balconada de un noveno piso, a cuyo barandal me he aproximado más de una vez con el corazón temblando de cautela y delicioso pavor. Y así como frente al vacío no puedo sustraerme al terror de imaginarme cayendo en el aire con el estómago contraído en la asfixia del desmoronamiento, en presencia de un deforme no puedo escapar al nauseoso pensamiento de imaginarme corcoveado, grotesco, espantoso, abandonado de todos, hospedado en una perrera, perseguido por traíllas de chicos feroces que me clavarían agujas en la giba... Es terrible..., sin contar que todos los contrahechos son seres perversos, endemoniados, protervos..., de manera que al estrangularlo a Rigoletto me creo con derecho a afirmar que le hice un inmenso favor a la sociedad, pues he librado a todos los corazones sensibles como el mío de un espectáculo pavoroso y repugnante. Sin añadir que el jorobadito era un hombre cruel. Tan cruel que yo me veía obligado a decirle todos los días:

—Mirá, Rigoletto, no seas perverso. Prefiero cualquier cosa a verte pegándole con un látigo a una inocente cerda. ¿Qué te ha hecho la marrana? Nada. ¿No es cierto que no te ha hecho nada?...

—¿Qué se le importa?

—No te ha hecho nada, y vos contumaz, obstinado, cruel, desfogas tus furores en la pobre bestia...

—Como me embrome mucho la voy a rociar de petróleo a la chancha y luego le prendo fuego.

Después de pronunciar estas palabras, el jorobadito descargaba latigazos en el crinudo lomo de la bestia, rechinando los dientes como un demonio de teatro. Y yo le decía:

—Te voy a retorcer el pescuezo, Rigoletto. Escuchá mis paternales advertencias, Rigoletto. Te conviene...

Predicar en el desierto hubiera sido más eficaz. Se regocijaba en contravenir mis órdenes y en poner en todo momento en evidencia su temperamento sardónico y feroz. Inútil era que prometiera zurrarle la badana o hacerle salir la joroba por el pecho de un mal golpe. Él continuaba observando una conducta impura. Volviendo a mi actual situación diré que si hay algo que me reprocho, es haber recaído en la ingenuidad de conversar semejantes minucias a los periodistas. Creía que las interpretarían, más heme aquí ahora abocado a mi reputación menoscabada, pues esa gentuza lo que menos ha escrito es que soy un demente, afirmando con toda seriedad que bajo la trabazón de mis actos se descubren las características de un cínico perverso.

Ciertamente, que mi actitud en la casa de la señora X, en compañía del jorobadito, no ha sido la de un miembro inscripto en el almanaque de Gotha. No. Al menos no podría afirmarlo bajo mi palabra de honor.

Pero de este extremo al otro, en el que me colocan mis irreductibles enemigos, media una igual distancia de mentira e incomprensión. Mis detractores aseguran que soy un canalla monstruoso, basando esta afirmación en mi jovialidad al comentar ciertos actos en los que he intervenido, como si la jovialidad no fuera precisamente la prueba de cuán excelentes son las condiciones de mi carácter y qué comprensivo y tierno al fin y al cabo.

Por otra parte, si hubiera que tamizar mis actos, ese tamiz a emplearse debería llamarse Sufrimiento. Soy un hombre que ha padecido mucho. No negaré que dichos padecimientos han encontrado su origen en mi exceso de sensibilidad, tan agudizada que cuando me encontraba frente a alguien he creído percibir hasta el matiz del color que tenían sus pensamientos, y lo más grave es que no me he equivocado nunca. Por el alma del hombre he visto pasar el rojo del odio y el verde del amor, como a través de la cresta de una nube los rayos de luna más o menos empalidecidos por el espesor distinto de la masa acuosa. Y personas hubo que me han dicho:

—¿Recuerda cuando usted, hace tres años, me dijo que yo pensaba en tal cosa? No se equivocaba.

He caminado así, entre hombres y mujeres, percibiendo los furores que encrespaban sus instintos y los deseos que envaraban sus intenciones, sorprendiendo siempre en las laterales luces de la pupila, en el temblor de los vértices de los labios y en el erizamiento casi invisible de la piel de los párpados, lo que anhelaban, retenían o sufrían. Y jamás estuve más solo que entonces, que cuando ellos y ellas eran transparentes para mí. De este modo, involuntariamente, fui descubriendo todo el sedimento de bajeza humana que encubren los actos aparentemente más leves, y hombres que eran buenos y perfectos para sus prójimos, fueron, para mí, lo que Cristo llamó sepulcros encalados. Lentamente se agrió mi natural bondad convirtiéndome en un sujeto taciturno e irónico. Pero me voy apartando, precisamente, de aquello a lo cual quiero aproximarme y es la relación del origen de mis desgracias. Mis dificultades nacen de haber conducido a la casa de la señora X al infame corcovado.

En la casa de la señora X yo «hacía el novio» de una de las niñas. Es curioso. Fui atraído, insensiblemente, a la intimidad de esa familia por una hábil conducta de la señora X, que procedió con un determinado exquisito tacto y que consiste en negarnos un vaso de agua para poner a nuestro alcance, y como quien no quiere, un frasco de alcohol. Imagínense ustedes lo que ocurriría con un sediento. Oponiéndose en palabras a mis deseos. Incluso, hay testigos. Digo esto para descargo de mi conciencia. Más aún, en circunstancias en que nuestras relaciones hacían prever una ruptura, yo anticipé seguridades que escandalizaron a los amigos de la casa. Y es curioso. Hay muchas madres que adoptan este temperamento, en la relación que sus hijas tienen con los novios, de manera que el incauto —si en un incauto puede admitirse un minuto de lucidez— observa con terror que ha llevado las cosas mucho más lejos de lo que permitía la conveniencia social.

Y ahora volvamos al jorobadito para deslindar responsabilidades. La primera vez que se presentó a visitarme en mi casa, lo hizo en casi completo estado de ebriedad, faltándole el respeto a una vieja criada que salió a recibirlo y gritando a voz en cuello de manera que hasta los viandantes que pasaban por la calle podían escucharle:

—¿Y dónde está la banda de música con que debían festejar mi hermosa presencia? Y los esclavos que tienen que ungirme de aceite, ¿dónde se han metido? En lugar de recibirme jovencitos con orinales, me atiende una vieja desdentada y hedionda. ¿Y esta es la casa en la cual usted vive?

Y observando las puertas recién pintadas, exclamó enfáticamente:

—¡Pero esto no parece una casa de familia sino una ferretería! Es simplemente asqueroso. ¿Cómo no han tenido la precaución de perfumar la casa con esencia de nardo, sabiendo que iba a venir? ¿No se dan cuenta de la pestilencia de aguarrás que hay aquí?

¿Reparan ustedes en la catadura del insolente que se había posesionado de mi vida?

Lo cual es grave, señores, muy grave.

Estudiando el asunto recuerdo que conocí al contrahecho en un café; lo recuerdo perfectamente. Estaba yo sentado frente a una mesa, meditando, con la nariz metida en mi taza de café, cuando, al levantar la vista distinguí a un jorobadito que con los pies a dos cuartas del suelo y en mangas de camisa, observábame con toda atención, sentado del modo más indecoroso del mundo, pues había puesto la silla al revés y apoyaba sus brazos en el respaldo de esta. Como hacía calor se había quitado el saco, y así descaradamente en cuerpo de camisa, giraba sus renegridos ojos saltones sobre los jugadores de billar. Era tan bajo que apenas si sus hombros se ponían a nivel con la tabla de la mesa. Y, como les contaba, alternaba la operación de contemplar la concurrencia, con la no menos importante de examinar su reloj pulsera, cual si la hora que este marcara le importara mucho más que la señalada en el gigantesco reloj colgado de un muro del establecimiento.

Pero, lo que causaba en él un efecto extraño, además de la consabida corcova, era la cabeza cuadrada y la cara larga y redonda, de modo que por el cráneo parecía un mulo y por el semblante un caballo.

Me quedé un instante contemplando al jorobadito con la curiosidad de quien mira un sapo que ha brotado frente a él; y este, sin ofenderse, me dijo:

—Caballero, ¿será tan amable usted que me permita sus fósforos?

Sonriendo, le alcancé mi caja; el contrahecho encendió su cigarro medio consumido y después de observarme largamente, dijo:

—¡Qué buen mozo es usted! Seguramente que no deben faltarle novias.

La lisonja halaga siempre aunque salga de la boca de un jorobado, y muy amablemente le contesté que sí, que tenía una muy hermosa novia,

aunque no estaba muy seguro de ser querido por ella, a lo cual el desconocido, a quien bauticé en mi fuero interno con el nombre de Rigoletto, me contestó después de escuchar con sentenciosa atención mis palabras:

—No sé por qué se me ocurre que usted es de la estofa con que se fabrican excelentes cornudos.

Y antes que tuviera tiempo de sobreponerme a la estupefacción que me produjo su extraordinaria insolencia, el cacaseno continuó:

—Pues yo nunca he tenido novia, créalo, caballero... le digo la verdad...

—No lo dudo— repliqué sonriendo ofensivamente—, no lo dudo...

—De lo que me alegro, caballero, porque no me agradaría tener un incidente con usted...

Mientras él hablaba yo vacilaba si levantarme y darle un puntapié en la cabeza o tirarle a la cara el contenido de mi pocillo de café, pero recapacitándolo me dije que de promoverse un altercado allí, el que llevaría todas las de perder era yo, y cuando me disponía a marcharme contra mi voluntad porque aquel sapo humano me atraía con la inmensidad de su desparpajo, él, obsequiándome con la más graciosa sonrisa de su repertorio que dejaba al descubierto su amarilla dentadura de jumento, dijo:

—Este reloj pulsera me cuesta veinticinco pesos...; esta corbata es inarrugable y me cuesta ocho pesos...; ¿ve estos botines?, treinta y dos pesos, caballero. ¿Puede alguien decir que soy un pelafustán? ¡No, señor! ¿No es cierto?

—¡Claro que sí!

Guiñó arduamente los ojos durante un minuto, luego moviendo la cabeza como un osezno alegre, prosiguió interrogador y afirmativo simultáneamente:

—Qué agradable es poder confesar sus intimidades en público, ¿no le parece, caballero? ¿Hay muchos en mi lugar que pueden sentarse impunemente a la mesa de un café y entablar una amable conversación con un desconocido como lo hago yo? No. Y, ¿por qué no hay muchos, puede contestarme?

—No sé...

—Porque mi semblante respira la santa honradez.

Satisfechísimo de su conclusión, el bufoncillo se restregó las manos con satánico donaire, y echando complacidas miradas en redor prosiguió:

—Soy más bueno que el pan francés y más arbitrario que una preñada de cinco meses. Basta mirarme para comprender de inmediato que soy uno de aquellos hombres que aparecen de tanto en tanto sobre el planeta como un consuelo que Dios ofrece a los hombres en pago de sus penurias, y aunque no creo en la santísima Virgen, la bondad fluye de mis palabras como la piel del Himeto.

Mientras yo desencajaba los ojos asombrados, Rigoletto continuó:

—Yo podría ser abogado ahora, pero como no he estudiado no lo soy. En mi familia fui profesional del betún.

—¿Del betún?

—Sí, lustrador de botas..., lo cual me honra, porque yo solo he escalado la posición que ocupo. ¿O le molesta que haya sido profesional? ¿Acaso no se dice «técnico de calzado» el último remendón de portal, y «experto en cabellos y sus derivados» el rapabarbas, y «profesor de baile» el *cafisho* profesional?...

Indudablemente, era aquel el pillete más divertido que había encontrado en mi vida.

—¿Y ahora qué hace usted?

—Levanto quinielas entre mis favorecedores, señor. No dudo que usted será mi cliente. Pida informes...

—No hace falta...

—¿Quiere fumar usted, caballero?

—¡Cómo no!

Después que encendí el cigarro que él me hubo ofrecido, Rigoletto apoyó el corto brazo en mi mesa y dijo:

—Yo soy enemigo de contraer amistades nuevas porque la gente generalmente carece de tacto y educación, pero usted me convence... me parece una persona muy de bien y quiero ser su amigo —dicho lo cual, y ustedes no lo creerán, el corcovado abandonó su silla y se instaló en mi mesa.

Ahora no dudarán ustedes de que Rigoletto era el ente más descarado de su especie, y ello me divirtió a punto tal que no pude menos de pasar el brazo por encima de la mesa y darle dos palmadas amistosas en la giba. Quedose el contrahecho mirándome gravemente un instante; luego lo pensó mejor, y sonriendo, agregó:

—¡Que le aproveche, caballero, porque a mí no me ha dado ninguna suerte!

Siempre dudé que mi novia me quisiera con la misma fuerza de enamoramiento que a mí me hacía pensar en ella durante todo el día, como en una imagen sobrenatural. Por momentos la sentía implantada en mi existencia semejante a un peñasco en el centro de un río. Y esta sensación de ser la corriente dividida en dos ondas cada día más pequeñas por el crecimiento del peñasco, resumía mi deleite de enamoramiento y anulación. ¿Comprenden ustedes? La vida que corre en nosotros se corta en dos raudales al llegar a su imagen, y como la corriente no puede destruir la roca, terminamos anhelando el peñasco que aja nuestro movimiento y permanece inmutable.

Naturalmente, ella desde el primer día que nos tratamos, me hizo experimentar con su frialdad sonriente el peso de su autoridad. Sin poder concretar en qué consistía el dominio que ejercía sobre mí, este se traducía como la presión de una atmósfera sobre mi pasión. Frente a ella me sentía ridículo, inferior sin saber precisar en qué podía consistir cualquiera de ambas cosas. De más está decir que nunca me atreví a besarla, porque se me ocurría que ella podía considerar un ultraje mi caricia. Eso sí, me era más fácil imaginármela entregada a las caricias de otro, aunque ahora se me ocurre que esa imaginación pervertida era la consecuencia de mi conducta imbécil para con ella. En tanto, mediante esas curiosas transmutaciones que obra a veces la alquimia de las pasiones, comencé a odiarla rabiosamente a la madre, responsabilizándola también, ignoro por qué, de aquella situación absurda en que me encontraba. Si yo estaba de novio en aquella casa debíase a las arterías de la maldita vieja, y llegó a producirse en poco tiempo una de las situaciones más raras de que haya oído hablar, pues me retenía en la casa, junto a mi novia, no el amor a ella, sino el odio al alma taciturna y violenta que envasaba la madre silenciosa, pesando a todas horas cuántas probabilidades existían en el presente de que me casara o no con su hija. Ahora estaba aferrado al semblante de la madre como a una mala injuria inolvidable o a una humillación atroz. Me olvidaba de la muchacha que estaba a mi lado para entretenerme en estudiar el rostro de la anciana, abotagado por el relajamiento de la red muscular, terroso, inmóvil por momentos como si estuviera tallado en plata sucia, y con ojos negros, vivos e insolentes.

Las mejillas estaban surcadas por gruesas arrugas amarillas, y cuando aquel rostro estaba inmóvil y grave, con los ojos desviados de los míos, por ejemplo, detenidos en el plafón de la sala, emanaba de esa figura envuelta en ropas negras tal implacable voluntad, que el tono de la voz, enérgico y recio, lo que hacía era solo afirmarla.

Yo tuve la sensación, en un momento dado, de que esa mujer me aborrecía, porque la intimidad, a la cual ella «involuntariamente» me había arrastrado, no aseguraba en su interior las ilusiones que un día se había hecho respecto a mí. Y a medida que el odio crecía, y lanzaba en su interior furiosas voces, la señora X era más amable conmigo, se interesaba por mi salud, siempre precaria, tenía conmigo esas atenciones que las mujeres que han sido un poco sensuales gastan con sus hijos varones, y como una monstruosa araña iba tejiendo en redor de mi responsabilidad una fina tela de obligaciones. Solo sus ojos negros e insolentes me espiaban de continuo, revisándome el alma y sopesando mis intenciones. A veces, cuando la incertidumbre se le hacía insoportable, estallaba casi en estas indirectas:

—Las amigas no hacen sino preguntarme cuándo se casan ustedes, y yo ¿qué les voy a contestar? Que pronto. —O si no—: Sería conveniente, ¿no le parece a usted?, que la «nena» fuera preparando su ajuar.

Cuando la señora X pronunciaba estas palabras, me miraba fijamente para descubrir si en un parpadeo o en un involuntario temblor de un nervio facial se revelaba mi intención de no cumplir con el compromiso, al cual ella me había arrastrado con su conducta habilísima. Aunque tenía la seguridad de que le daría una sorpresa desagradable, fingía estar segura de mi «decencia de caballero», mas el esfuerzo que tenía que efectuar para revestirse de esa apariencia de tranquilidad, ponía en el timbre de su voz una violencia meliflua, violencia que imprimía a las palabras una velocidad de cuchicheo, como quien os confía apuradamente un secreto, acompañando la voz con una inclinación de cabeza sobre el hombro derecho, mientras que la lengua humedecía los labios resecos por ese instinto animal que la impulsaba a desear matarme o hacerme víctima de una venganza atroz.

Además de voluntariosa, carecía de escrúpulos, pues fingía articular con mis ideas, que le eran odiosas en el más amplio sentido de la palabra. Y aunque aparentemente resulte ridículo que dos personas se odien en la divergencia de un pensamiento, no lo es, porque en el subconsciente de cada hombre y de cada mujer donde se almacena el rencor, cuando no es posible otro escape, el odio se descarga como por una válvula psíquica en la oposición de las ideas. Por ejemplo, ella, que odiaba a los bolcheviques, me escuchaba deferentemente cuando yo hablaba de las rencillas de Trotsky y Stalin, y hasta llegó al extremo de fingir interesarse por Lenin, ella, ella que se entusiasmaba ardientemente con los más groseros figurones de nuestra política conservadora. Acomodaticia y flexible, su aprobación a mis ideas era una injuria, me sentía empequeñecido y denigrado frente a una mujer que si yo hubiera afirmado que el día era noche, me contestara:

—Efectivamente, no me fijé que el sol hace rato que se ha puesto.

Sintetizando, ella deseaba que me casara de una vez. Luego se encargaría de darme con las puertas en las narices y de resarcirse de todas las dudas en que la había mantenido sumergida mi noviazgo eterno.

En tanto la malla de la red se iba ajustando cada vez más a mi organismo. Me sentía amarrado por invisibles cordeles. Día tras día la señora X agregaba un nudo más a su tejido, y mi tristeza crecía como si ante mis ojos estuvieran serruchando las tablas del ataúd que me iban a sumergir en la nada. Sabía que en la casa, lo poco bueno que persistía en mí iba a naufragar si yo aceptaba la situación que traía aparejada el compromiso. Ellas, la madre y la hija, me atraían a sus preocupaciones mezquinas, a su vida sórdida, sin ideales, una existencia gris, la verdadera noria de nuestro lenguaje popular, en el que la personalidad a medida que pasan los días se va desintegrando bajo el peso de las obligaciones económicas, que tienen la virtud de convertirlo a un hombre en uno de esos autómatas con cuello postizo, a quienes la mujer y la suegra retan a cada instante porque no trajo más dinero o no llegó a la hora establecida. Hace mucho tiempo que he comprendido que no he nacido para semejante esclavitud. Admito que es más probable que mi destino me lleve a dormir junto a los rieles de un ferrocarril, en medio del campo verde, que a acarretillar un cochecito con toldo de hule, donde duerme un muñeco que al decir de la gente «debe enorgullecerme de ser padre».

Yo no he podido concebir jamás ese orgullo, y sí experimento un sentimiento de vergüenza y de lástima cuando un buen señor se entusiasma frente a mí con el pretexto de que su esposa lo ha hecho «padre de familia». Hasta muchas veces me he dicho que esa gente que así procede son simuladores de alegría o unos perfectos estúpidos. Porque en vez de felicitarnos del nacimiento de una criatura debíamos llorar de haber provocado la aparición en este mundo de un mísero y débil cuerpo humano, que a través de los años sufrirá incontables horas de dolor y escasísimos minutos de alegría.

Y mientras la «deliciosa criatura» con la cabeza tiesa junto a mi hombro soñaba con un futuro sonrosado, yo, con los ojos perdidos en la triangular verdura de un ciprés cercano, pensaba con qué hoja cortante desgarrar la tela de la red, cuyas células a medida que crecía se hacían más pequeñas y densas. Sin embargo, no encontraba un filo lo suficientemente agudo para desgarrar definitivamente la malla, hasta que conocí al corcovado.

En esas circunstancias se me ocurrió la «idea» —idea que fue pequeñita al principio como la raíz de una hierba, pero que en el transcurso de los días se bifurcó en mi cerebro, dilatándose, afianzando sus fibromas entre las células más remotas— y aunque no se me ocultaba que era esa una «idea» extraña, fui familiarizándome con su contextura, de modo que a los pocos días ya estaba acostumbrado a ella y no faltaba sino llevarla a la práctica. Esa idea, semidiabólica por su naturaleza, consistía en conducir a la casa de mi novia al insolente jorobadito, previo acuerdo con él, y promover un escándalo singular, de consecuencias irreparables. Buscando un motivo mediante el cual podría provocar una ruptura, reparé en una ofensa que podría inferirle a mi novia, sumamente curiosa, la cual consistía:

Bajo la apariencia de una conmiseración elevada a su más pura violencia y expresión, el primer beso que ella aún no me había dado a mí, tendría que dárselo al repugnante corcovado que jamás había sido amado, que jamás conoció la piedad angélica ni la belleza terrestre.

Familiarizado, como les cuento, con mi «idea», si a algo tan magnífico se puede llamar idea, me dirigí al café en busca de Rigoletto.

Después que se hubo sentado a mi lado, le dije:

—Querido amigo: muchas veces he pensado que ninguna mujer lo ha besado ni lo besará. ¡No me interrumpa! Yo la quiero mucho a mi novia, pero dudo que me corresponda de corazón. Y tanto la quiero que para que se dé cuenta de mi cariño le diré que nunca la he besado. Ahora bien: yo quiero que ella me dé una prueba de su amor hacia mí... y esa prueba consistirá en que lo bese a usted. ¿Está conforme?

Respingó el corcovado en su silla; luego con tono enfático me replicó:

—¿Y quién me indemniza a mí, caballero, del mal rato que voy a pasar?

—¿Cómo, mal rato?

—¡Naturalmente! ¿O usted se cree que yo puedo prestarme por ser jorobado a farsas tan innobles? Usted me va a llevar a la casa de su novia y como quien presenta un monstruo, le dirá: «Querida, te presento al dromedario».

—¡Yo no la tuteo a mi novia!

—Para el caso es lo mismo. Y yo en tanto, ¿qué voy a quedarme haciendo, caballero? ¿Abriendo la boca como un imbécil, mientras disputan sus tonterías? ¡No, señor; muchas gracias! Gracias por su buena intención, como le decía la liebre al cazador. Además, que usted me dijo que nunca la había besado a su novia.

—Y eso, ¿qué tiene que ver?

—¡Claro! ¿Usted sabe acaso si a mí me gusta que me besen? Puede no gustarme. Y si no me gusta, ¿por qué usted quiere obligarme? ¿O es que usted se cree que porque soy corcovado no tengo sentimientos humanos?

La resistencia de Rigoletto me enardeció. Violentamente, le dije:

—Pero ¿no se da cuenta de que es usted, con su joroba y figura desgraciadas, el que me sugirió este admirable proyecto? ¡Piense, infeliz! Si mi novia consiente, le quedará a usted un recuerdo espléndido. Podrá decir por todas partes que ha conocido a la criatura más adorable de la tierra. ¿No se da cuenta? Su primer beso habrá sido para usted.

—¿Y quién le dice a usted que ese sea el primer beso que haya dado?

Durante un instante me quedé inmóvil; luego, obcecado por ese frenesí que violentaba toda mi vida hacia la ejecución de la «idea», le respondí:

—Y a vos, Rigoletto, ¿qué se te importa?

—¡No me llame Rigoletto! Yo no le he dado tanta confianza para que me ponga sobrenombres.

—Pero ¿sabés que sos el contrahecho más insolente que he conocido?

Amainó el jorobadito y ya dijo:

—¿Y si me ultrajara de palabra o de hecho?

—¡No seas ridículo, Rigoletto! ¿Quién te va a ultrajar? ¡Si vos sos un bufón! ¿No te das cuenta? ¡Sos un bufón y un parásito! ¿Para qué hacés entonces la comedia de la dignidad?

—¡Rotundamente protesto, caballero!

—Protestá todo lo que quieras, pero escuchame. Sos un desvergonzado parásito. Creo que me expreso con suficiente claridad ¿no? Les chupás la sangre a todos los clientes del café que tienen la imprudencia de escuchar tus melifluas palabras. Indudablemente no se encuentra en todo Buenos Aires un cínico de tu estampa y calibre. ¿Con qué derecho, entonces, pretendés que te indemnicen si a vos te indemniza mi tontería de llevarte a una casa donde no sos digno de barrer el zaguán? ¡Qué más indemnización querés que el beso que ella, santamente, te dará, insensible a tu cara, el mapa de la desvergüenza!

—¡No me ultraje!

—Bueno, Rigoletto, ¿aceptás o no aceptás?

—¿Y si ella se niega a dármelo o quedo desairado?...

—Te daré veinte pesos.

—¿Y cuándo vamos a ir?

—Mañana. Cortate el pelo, limpiate las uñas...

—Bueno..., présteme cinco pesos...

—Tomá diez.

A las nueve de la noche salí con Rigoletto en dirección a la casa de mi novia. El giboso se había perfumado endiabladamente y estrenaba una corbata plastrón de color violeta.

La noche se presentaba sombría con sus ráfagas de viento encallejonadas en las bocacalles, y en el confín, tristemente iluminado por oscilantes lunas eléctricas, se veían deslizarse vertiginosas cordilleras de nubes. Yo estaba malhumorado, triste. Tan apresuradamente caminaba que el cojo casi corría tras de mí, y a momentos tomándome del borde del saco, me decía con tono lastimero:

—¡Pero usted quiere reventarme! ¿Qué le pasa a usted?

Y de tal manera crecía mi enfurecimiento que de no necesitarlo a Rigoletto lo hubiera arrojado de un puntapié al medio de la calzada.

¡Y cómo soplaba el viento! No se veía alma viviente por las calles, y una claridad espectral caída del segundo cielo que contenían las combadas nubes, hacía más nítidos los contornos de las fachadas y sus cresterías funerarias. No había quedado un trozo de papel por los suelos. Parecía que la ciudad había sido borrada por una tropa de espectros. Y a pesar de encontrarme en ella, creía estar perdido en un bosque.

El viento doblaba violentamente la copa de los árboles, pero el maldito corcovado me perseguía en mi carrera, como si no quisiera perderme, semejante a mi genio malo, semejante a lo malvado de mí mismo que para concretarse se hubiera revestido con la figura abominable del giboso.

Y yo estaba triste. Enormemente triste, como no se lo imaginan ustedes. Comprendía que le iba a inferir un atroz ultraje a la fría calculadora; comprendía que ese acto me separaría para siempre de ella, lo cual no obstaba para que me dijera a medida que cruzaba las aceras desiertas:

—Si Rigoletto fuera mi hermano, no hubiera procedido lo mismo.

Y comprendía que sí, que si Rigoletto hubiera sido mi hermano, yo toda la vida lo hubiera compadecido con angustia enorme. Por su aislamiento, por su falta de amor que le hiciera tolerable los días colmados por los ultrajes de todas las miradas. Y me añadía que la mujer que me hubiera querido debía primero haberlo amado a él. De pronto me detuve ante un zaguán iluminado:

—Aquí es.

Mi corazón latía fuertemente. Rigoletto atiesó el pescuezo y, empinado sobre la punta de sus pies, al tiempo que se arreglaba el moño de la corbata, me dijo:

—¡Acuérdese! ¡Usted es el único culpable! ¡Que el pecado...!

Fina y alta, apareció mi novia en la sala dorada.

Aunque sonreía, su mirada me escudriñaba con la misma serenidad con que me examinó la primera vez cuando le dije: «¿me permite una palabra, señorita?», y esta contradicción entre la sonrisa de su carne (pues es la carne la que hace ese movimiento delicioso que llamamos sonrisa) y la fría expectativa de su inteligencia discerniéndome mediante los ojos, era la que siempre me causaba la extraña impresión.

Avanzó cordialmente a mi encuentro, pero al descubrir al contrahecho, se detuvo asombrada, interrogándonos a los dos con la mirada.

—Elsa, le voy a presentar a mi amigo Rigoletto.

—¡No me ultraje, caballero! ¡Usted bien sabe que no me llamo Rigoletto!

—¡A ver si te callás!

Elsa detuvo la sonrisa. Mirábame seriamente, como si yo estuviera en trance de convertirme en un desconocido para ella. Señalándole una butaca dorada le dije al contrahecho:

—Sentate allí y no te muevas.

Quedose el giboso con los pies a dos cuartas del suelo y el sombrero de paja sobre las rodillas y con su carota atezada parecía un ridículo ídolo chino. Elsa contemplaba estupefacta al absurdo personaje.

Me sentí súbitamente calmado.

—Elsa —le dije—, Elsa, yo dudo de su amor. No se preocupe por ese repugnante canalla que nos escucha. Óigame: yo dudo... no sé por qué..., pero dudo de que usted me quiera. Es triste eso..., créalo... Demuéstreme, deme una prueba de que me quiere, y seré toda la vida su esclavo.

Naturalmente, yo no estaba seguro de lo que quería expresar «toda la vida», pero tanto me agradó la frase que insistí:

—Sí, su esclavo para toda la vida. No crea que he bebido. Sienta el olor de mi aliento.

Elsa retrocedió a medida que yo me acercaba a ella, y en ese momento, ¿saben ustedes lo que se le ocurre al maldito cojo? Pues: tocar una marcha militar con el nudillo de sus dedos en la copa del sombrero.

Me volví al cojo y después de conminarle silencio, me expliqué:

—Vea, Elsa, y la única prueba de amor es que le dé un beso a Rigoletto.

Los ojos de la doncella se llenaron de una claridad sombría. Caviló un instante; luego, sin cólera en la voz, me dijo muy lentamente:

—¡Retírese!

—¡Pero!...

—¡Retírese, por favor...; váyase!...

Yo me inclino a creer que el asunto hubiera tenido compostura, créanlo..., pero aquí ocurrió algo curioso, y es que Rigoletto, que hasta entonces había guardado silencio, se levantó exclamando:

—¡No le permito esa insolencia, señorita..., no le permito que lo trate así a mi noble amigo! Usted no tiene corazón para la desgracia ajena. ¡Corazón de peñasco, es indigna de ser la novia de mi amigo!

Más tarde mucha gente creyó que lo que ocurrió fue una comedia preparada. Y la prueba de que yo ignoraba lo que iba a ocurrir, es que al escuchar los despropósitos del contrahecho me desplomé en un sofá riéndome a gritos, mientras que el giboso, con el semblante congestionado, tieso en el centro de la sala, con su bracito extendido, vociferaba:

—¡Por qué usted le dijo a mi amigo que un beso no se pide..., se da! ¿Son conversaciones esas adecuadas para una que presume de señorita como usted? ¿No le da a usted vergüenza?

Descompuesto de risa, solo atiné a decir:

—¡Callate, Rigoletto; callate!...

El corcovado se volvió enfático:

—¡Permítame, caballero...; no necesito que me dé lecciones de urbanidad! —Y volviéndose a Elsa, que roja de vergüenza había retrocedido hasta la puerta de la sala, le dijo—: ¡Señorita... la conmino a que me dé un beso!

El límite de resistencia de las personas es variable. Elsa huyó arrojando grandes gritos y en menos tiempo del que podía esperarse aparecieron en la sala su padre y su madre, la última con una servilleta en la mano. ¿Ustedes creen que el cojo se amilanó? Nada de eso. Colocado en medio de la sala, gritó estentóreamente:

—¡Ustedes no tienen nada que hacer aquí! ¡Yo he venido en cumplimiento de una alta misión filantrópica!... ¡No se acerquen!

Y antes de que ellos tuvieran tiempo de avanzar para arrojarlo por la ventana, el corcovado desenfundó un revólver, encañonándolos.

Se espantaron porque creyeron que estaba loco, y cuando los vi así inmovilizados por el miedo, quedeme a la expectativa, como quien no tuviera nada que hacer en tal asunto, pues ahora la insolencia de Rigoletto parecíame de lo más extraordinaria y pintoresca.

Este, dándose cuenta del efecto causado, se envalentonó:

—¡Yo he venido a cumplir una alta misión filantrópica! Y es necesario que Elsa me dé un beso para que yo le perdone a la humanidad mi corcova. A cuenta del beso, sírvanme un té con coñac. ¡Es una vergüenza cómo ustedes atienden a las visitas! ¡No tuerza la nariz, señora, que para eso me he perfumado! ¡Y tráigame el té!

¡Ah, inefable Rigoletto! Dicen que estoy loco, pero jamás un cuerdo se ha reído con tus insolencias como yo, que no estaba en mis cabales.

—Lo haré meter preso...

—Usted ignora las más elementales reglas de cortesía —insistía el corcovado—. Ustedes están obligados a atenderme como a un caballero. El hecho de ser jorobado no los autoriza a despreciarme. Yo he venido para cumplir una alta misión filantrópica. La novia de mi amigo está obligada a darme un beso. Y no lo rechazo. Lo acepto. Comprendo que debo aceptarlo como una reparación que me debe la sociedad, y no me niego a recibirlo.

Indudablemente... si allí había un loco, era Rigoletto, no les quede la menor duda, señores. Continuó él:

—Caballero... yo soy...

Un vigilante tras otro entraron en la sala. No recuerdo nada más. Dicen los periódicos que me desvanecí al verlos entrar. Es posible.

¿Y ahora se dan cuenta por qué el hijo del diablo, el maldito jorobado, castigaba a la marrana todas las tardes y por qué yo he terminado estrangulándole?

La expiación

SILVINA OCAMPO (1903-1993)

Poeta y escritora de cuentos argentina. Cercana al famoso grupo de la revista literaria *Sur*, es una de las más importantes escritoras de su país, pero también de Latinoamérica. Esposa del entrañable amigo de Borges, el narrador Adolfo Bioy Casares, algunos creen que esta relación perjudicó durante un buen tiempo la obra de Ocampo, pues su marido, acaso sin querer, le hacía sombra. Las piezas de esta escritora se mueven por territorios de lo fantástico, con especial énfasis en personajes femeninos en los que el problema de la incomunicación es relevante, como en el cuento que integra la muestra: «La expiación».

LA EXPIACIÓN

SILVINA OCAMPO

A Helena y Eduardo

Antonio nos llamó a Ruperto y a mí al cuarto del fondo de la casa. Con voz imperiosa ordenó que nos sentáramos. La cama estaba tendida. Salió al patio para abrir la puerta de la pajarera, volvió y se echó en la cama.

—Voy a mostrarles una prueba —nos dijo.

—¿Van a contratarte en un circo? —le pregunté.

Silbó dos o tres veces y entraron en el cuarto Favorita, la María Callas y Mandarín, que es coloradito. Mirando el techo fijamente volvió a silbar con un silbido más agudo y trémulo. ¿Era esa la prueba? ¿Por qué nos llamaba a Ruperto y a mí? ¿Por qué no esperaba que llegara Cleóbula? Pensé que toda esa representación serviría para demostrar que Ruperto no era ciego, sino más bien loco; que en algún momento de emoción frente a la destreza de Antonio lo demostraría. El vaivén de los canarios me daba sueño. Mis recuerdos volaban en mi mente con la misma persistencia. Dicen que en el momento de morir uno revive su vida: yo la reviví esa tarde con remoto desconsuelo.

Vi, como pintado en la pared, mi casamiento con Antonio a las cinco de la tarde, en el mes de diciembre. Hacía calor ya, y cuando llegamos a nuestra casa, desde la ventana del dormitorio donde me quité el vestido y el tul de novia, vi con sorpresa un canario. Ahora me doy cuenta de que era el mismo Mandarín que picoteaba la única naranja que había quedado en el árbol del patio. Antonio no interrumpió sus besos al verme tan interesada en ese espectáculo. El ensañamiento del pájaro con la naranja me fascinaba. Contemplé la escena hasta que Antonio me arrastró temblando a la cama nupcial, cuya colcha, entre los regalos, había sido para él fuente de felicidad y para mí terror durante las vísperas de nuestro casamiento. La colcha de terciopelo granate llevaba bordado un viaje en diligencia. Cerré los ojos y apenas supe lo que sucedió después. El amor es también un viaje; durante muchos días fui aprendiendo sus lecciones, sin ver ni comprender en qué consistían las dulzuras y suplicios que prodiga. Al principio, creo que Antonio y yo nos amábamos parejamente, sin dificultad, salvo la que nos imponía mi inocencia y su timidez.

Esta casa diminuta que tiene un jardín igualmente diminuto está situada en la entrada del pueblo. El aire saludable de las montañas nos rodea: el campo queda cerca y lo vemos al abrir las ventanas.

Teníamos ya una radio y una heladera. Numerosos amigos frecuentaban nuestra casa en los días de fiesta o para festejar alguna fecha de familia. ¿Qué más podíamos pedir? Cleóbula y Ruperto nos visitaban más a menudo porque eran nuestros amigos de infancia. Antonio se había enamorado de mí, ellos lo sabían. No me había buscado, no me había elegido; era más bien yo la que lo había elegido a él. Su única ambición era ser amado por su mujer, conservar su fidelidad. Poca importancia le daba al dinero.

Ruperto se sentaba en un rincón del patio y sin preámbulos mientras afinaba la guitarra, pedía un mate, o bien una naranjada cuando hacía calor. Yo lo consideraba como uno de los tantos amigos o parientes que forman, casi podría decir, parte de los muebles de una casa y que uno advierte solo cuándo están estropeados o colocados en distinto lugar del habitual.

«Son cantores los canarios» decía Cleóbula invariablemente, pero si hubiera podido matarlos con una escoba lo hubiera hecho porque los detestaba. ¡Qué hubiera dicho al verlos hacer tantas pruebas ridículas sin que Antonio les ofreciera ni una hojita de lechuga ni una vainilla!

Yo alcanzaba el mate o el vaso de naranjada a Ruperto, mecánicamente, bajo la sombra del parral, donde siempre se sentaba, en una silla de Viena, como un perro en su rincón. Yo no lo consideraba como una mujer considera a un hombre, yo no observaba la más elemental coquetería para recibirlo. Muchas veces, después de haberme lavado la cabeza, con el pelo mojado, recogido por horquillitas, como un esperpento, o bien con el cepillo de dientes en la boca y con dentífrico en los labios, o con las manos llenas de espuma de jabón en el momento de lavar la ropa, con el delantal recogido en la cintura, barrigona como una mujer encinta, lo hacía pasar abriéndole la puerta de calle, sin mirarlo siquiera. Muchas veces, en mi descuido, creo que me vio salir del cuarto de baño envuelta en una toalla turca, arrastrando las chancletas como una vieja o como una mujer cualquiera.

Chusco, Albahaca y Serranito volaron al recipiente que contenía pequeñas flechas con espinas. Llevando las flechas volaban afanosos a otros recipientes que contenían un líquido oscuro donde humedecían la punta diminuta de las flechas. Parecían pajaritos de juguete, palilleros baratos, adornos de sombrero de una tatarabuela.

Cleóbula, que no es maliciosa, había advertido, y me lo dijo, que Ruperto me miraba con demasiada insistencia. «¡Qué ojos!», repetía sin cesar. «¡Qué ojos!»

—He conseguido conservar los ojos abiertos cuando duermo —musitó Antonio—; es una de las pruebas más difíciles que he logrado en mi vida.

Me sobresalté al oír su voz. ¿Era esa la prueba? Después de todo, ¿qué había de extraordinario en ella?

—Como Ruperto —dije con voz extraña.

—Como Ruperto —repitió Antonio—. Los canarios, más fácilmente que mis párpados, obedecen mis órdenes.

Los tres estábamos en ese cuarto en penumbra como en penitencia. Pero ¿qué relación podía haber entre sus ojos abiertos durante el sueño y las órdenes que impartía a los canarios? No era de extrañar que Antonio me dejara de algún modo perpleja: ¡era tan distinto de los otros hombres!

Cleóbula también me había asegurado que mientras Ruperto afinaba la guitarra sus miradas me recorrían desde la punta del pelo hasta la punta de los pies, que una noche al quedar dormido en el patio, medio borracho, sus ojos habían quedado fijos en mí. En consecuencia perdí la naturalidad, tal vez la falta de coquetería. Para mi ilusión, Ruperto me miraba a través de una suerte de antifaz en el que se engarzaban sus ojos de animal, esos ojos que no cerraba ni para dormir. Como al vaso de naranjada o al mate que yo le servía, con una misteriosa fijeza me clavaba sus pupilas cuando tenía sed, Dios sabe con qué intención. Ojos que miraran tanto no existían en toda la provincia, en todo el mundo; un brillo azul y profundo como si el cielo se hubiera metido en ellos los diferenciaba de los otros, cuyas miradas parecían apagadas o muertas. Ruperto no era un hombre: era un par de ojos, sin cara, sin voz, sin cuerpo; así me parecía, pero así no lo sentía Antonio. Durante muchos días en que mi inconsciencia llegó a exasperarlo, por cualquier nimiedad me hablaba de mal modo o me infligía trabajos penosos, como si en lugar de ser su mujer yo hubiera sido su esclava. La transformación en el carácter de Antonio me afligió.

¡Qué extraños son los hombres! ¿En qué consistía la prueba que quería mostrarnos? Lo del circo no había sido una broma.

Al poco tiempo de casarnos muchas veces dejaba de ir a su trabajo, pretextando un dolor de cabeza o un inexplicable malestar de estómago. ¿Todos los maridos eran iguales?

En el fondo de la casa la enorme pajarera llena de canarios que Antonio había cuidado siempre con afán estaba abandonada. Por las mañanas cuando yo tenía tiempo limpiaba la pajarera, colocaba alpiste, agua y lechuga en los recipientes blancos y cuando las hembras estaban por tener cría, preparaba los niditos. Antonio se había ocupado siempre de estas cosas, pero ya no demostraba ningún interés en hacerlo ni en que yo lo hiciera.

¡Hacía dos años que nos habíamos casado! ¡Ni un hijo! En cambio ¡cuánta cría habían tenido los canarios!

Un olor a almizcle y a cedrón llenó el cuarto. Los canarios olían a gallina, Antonio a tabaco y a sudor, pero Ruperto últimamente no olía sino a alcohol. Me decían que se emborrachaba. ¡Qué sucio estaba el cuarto! Alpiste, miguitas de pan, hojas de lechuga, colillas y ceniza estaban diseminados en el piso.

Desde la infancia Antonio se había dedicado, en los momentos libres, a amaestrar animales: primero usó de su arte, pues era un verdadero artista, con un perro, con un caballo, luego con un zorrino operado, que llevó durante un tiempo en su bolsillo; después, cuando me conoció y porque me agradaban, se le ocurrió amaestrar canarios. En los meses de noviazgo, para conquistarme, me había enviado con ellos papelitos con frases de amor o flores atadas con una cintita. De la casa donde él habitaba a la mía se extendían quince largas cuadras: los alados mensajeros iban de una casa a la otra sin vacilar. Por increíble que parezca llegaron a colocar flores en mi pelo y un papelito dentro del bolsillo de mi blusa.

Que los canarios colocaran flores en mi pelo y papelitos en mi bolsillo ¿no era más difícil que las tonterías que estaban haciendo con las benditas flechas?

En el pueblo, Antonio llegó a gozar de un gran prestigio. «Si hipnotizaras a las mujeres como a los pájaros, nadie resistiría a tus encantos», le decían sus tías con la esperanza de que el sobrino se casara con alguna millonaria. Como dije anteriormente, Antonio no se interesaba por el dinero. Desde los quince años había trabajado de mecánico y tenía lo que deseaba tener, lo que me ofreció con su casamiento. Nada nos faltaba para ser felices. Yo no podía comprender por qué Antonio no buscaba un pretexto para alejar a Ruperto. Cualquier motivo hubiera servido para ese fin, aunque más no fuera una reyerta por cuestiones de trabajo o de política que, sin llegar a una riña a puñetazos o con armas, hubiera vedado la entrada de ese amigo a nuestra casa. Antonio no dejaba traslucir ninguno de sus sentimientos, salvo en ese cambio de carácter que yo supe interpretar. Contrariando mi modestia, advertí que los celos que yo podía inspirar enajenaban a un hombre que había sido siempre, a mi juicio, el ejemplo de la normalidad.

Antonio silbó, se quitó la camiseta. Su torso desnudo parecía de bronce. Me estremecí al verlo. Recuerdo que antes de casarme me ruboricé frente a una estatua muy parecida a él. ¿Acaso no lo había visto nunca desnudo? ¡Por qué me asombraba tanto!

Pero el carácter de Antonio sufrió otro cambio que en parte me tranquilizó: de inerte se volvió extremadamente activo, de melancólico se volvió, aparentemente, alegre. Su vida se llenó de misteriosas ocupaciones, de un ir y venir que denotaba interés extremo por la vida. Después de la cena ni siquiera encontrábamos un momento de solaz para oír la radio, o para leer los diarios, o para no hacer nada, o para conversar unos instantes sobre los acontecimientos del día. Los domingos y días de fiesta tampoco eran un pretexto para permitirnos un descanso; yo que soy como un espejo de Antonio, contagiada por su inquietud, iba y venía por la casa, ordenando roperos ya ordenados, o lavando fundas impecables, por una imperiosa necesidad de contemporizar con las enigmáticas ocupaciones de mi marido. Un redoblamiento de amor y de solicitud por los pájaros ocupó parte de sus días. Arregló nuevas dependencias de la pajarera; el arbolito seco, que ocupaba el centro, fue reemplazado por otro, más grande y más gracioso, que la embellecía.

Abandonando las flechas dos canarios empezaron a pelear: las plumitas volaron por el cuarto, la cara de Antonio se oscureció de cólera. ¿Sería capaz de matarlos? Cleóbula me había dicho que era cruel. «Tiene cara de llevar un cuchillo en el cinto», había aclarado.

Antonio ya no permitía que yo limpiara la pajarera. En aquellos días él ocupó un cuarto que servía de depósito en los fondos de la casa y abandonó nuestra cama matrimonial. En una cama turca donde mi hermano solía dormir la siesta cuando venía de visita, Antonio pasaba las noches (sin dormir, lo sospecho, pues hasta el alba yo oía sus pasos incansables sobre las baldosas). A veces se encerraba horas enteras en ese cuarto maldito.

Uno por uno los canarios dejaron caer de sus picos las pequeñas flechas, se posaron sobre el respaldo de una silla, modularon un canto suave. Antonio se incorporó y mirando a María Callas, al que siempre había llamado «La reina de la desobediencia», dijo una palabra que no tiene sentido para mí. Los canarios volvieron a revolotear.

A través de los vidrios pintados de la ventana yo trataba de atisbar sus movimientos. Me lastimé una mano intencionalmente, con un cuchillo: de ese modo me atreví a golpear a su puerta. Cuando me abrió, salió volando una bandada de canarios que volvió a la pajarera. Antonio curó mi herida pero, como si hubiera sospechado que era un pretexto para llamar su atención, me trató con sequedad y desconfianza. En aquellos días hizo un viaje de dos semanas, en un camión, no sé adónde y volvió con una bolsa llena de plantas.

Miré de soslayo mi falda manchada. Los pájaros son tan chiquitos y tan sucios. ¿En qué momento me habían ensuciado? Los observé con odio: me gusta estar limpia aun en la penumbra de un cuarto.

Ruperto, ignorando la mala impresión que causaban sus visitas, venía con la misma frecuencia y con los mismos hábitos. A veces, cuando yo me retiraba del patio para evitar sus miradas, mi marido con algún pretexto me hacía volver. Pensé que de algún modo le agradaba aquello que tanto le desagradaba. Las miradas de Ruperto me parecían ya obscenas, me desnudaban bajo la sombra del parral, me ordenaban actos inconfesables cuando a la caída de la tarde una brisa fresca acariciaba mis mejillas. Antonio, en cambio, nunca me miraba o fingía no mirarme, según me lo aseguraba Cleóbula. No haberlo conocido, no haberme casado con él, ni conocido sus caricias, para volver a encontrarlo, a descubrirlo, a entregarme a él, fue durante un tiempo uno de mis deseos más ardientes. ¿Pero quién recupera lo que ya perdió?

Me incorporé, me dolían las piernas. No me gusta estar quieta tanto tiempo. ¡Qué envidia tengo a los pájaros que vuelan! Pero los canarios me dan pena. Parece que sufrieran cuando obedecen.

Antonio no trataba de evitar las visitas de Ruperto: por lo contrario, las fomentaba. Durante los días de carnaval llegó al extremo de invitarlo a quedarse en nuestra casa, una noche en que se demoró hasta muy tarde. Tuvimos que alojarlo en el cuarto que Antonio ocupaba provisoriamente. Aquella noche, como la cosa más natural del mundo, volvimos a dormir juntos, mi marido y yo, en la cama de matrimonio. Mi vida se encauzó de nuevo desde aquel momento en su antigua normalidad; así lo creí, al menos.

Vislumbré en un rincón, debajo de la mesa de luz, el famoso muñeco. Pensé que podría recogerlo. Como si hubiese hecho un ademán, Antonio me dijo:

—No te muevas.

Recordé aquel día en que al acomodar los cuartos, en la semana de carnaval, descubrí, para mal de mis pecados, arrumbado sobre el armario de Antonio, ese muñeco hecho de estopa, con grandes ojos azules, de un material blando, como de género, con dos círculos oscuros en el centro, imitando las pupilas. Vestido de gaucho hubiera servido de adorno en nuestro dormitorio. Riendo se lo mostré a Antonio, que me lo quitó de las manos con fastidio.

—Es un recuerdo de infancia —me dijo—. No me gusta que toques mis cosas.

—¿Qué mal hay en tocar un muñeco con el cual jugabas en tu infancia? Conozco niños que juegan con muñecos ¿acaso te da vergüenza? ¿No eres un hombre ya? —le dije.

—No tengo que dar ninguna explicación. Lo mejor será que te calles.

Antonio, malhumorado, colocó el muñeco de nuevo sobre el armario y no me dirigió la palabra durante varios días. Pero volvimos a abrazarnos como en nuestros mejores tiempos.

Pasé la mano por mi frente húmeda. ¿Se me habrían deshecho los rulos? No había ningún espejo en el cuarto, por suerte, pues no hubiera resistido la tentación de mirarme en lugar de mirar los canarios que me parecían tan tontos.

A menudo Antonio se encerraba en el cuarto del fondo y advertí que dejaba abierta la puerta de la pajarera para que entrara por la ventana alguno de los pajaritos. Llevada por la curiosidad, una tarde lo espié, subida sobre una silla, pues la ventana quedaba muy alta (lo que naturalmente no me permitía mirar hacia adentro del cuarto cuando yo pasaba por el patio).

Miraba el torso desnudo de Antonio. ¿Era mi marido o una estatua? Acusaba a Ruperto de loco, pero él era más loco tal vez. ¡Cuánto dinero había gastado en la compra de canarios, en vez de comprarme una máquina de lavar!

Un día pude entrever el muñeco acostado en la cama. Un enjambre de pajaritos lo rodeaba. El cuarto se había transformado en una especie de laboratorio. En un recipiente de barro había un montón de hojas, de tallos, de cortezas oscuras; en otro, unas flechitas hechas con espinas; en otro, un líquido brillante castaño. Me pareció que yo había visto esos objetos en sueños y para salir de mi perplejidad conté la escena a Cleóbula, que me respondió:

—Así son los indios: usan flechas con curare.

No le pregunté lo que quería decir curare. Ni sabía si me lo decía con desdén o con admiración.

—Se dedican a las brujerías. Tu marido es un indio —y al ver mi asombro, interrogó—: ¿No lo sabes?

Sacudí la cabeza con fastidio. Mi marido era mi marido. No había pensado que pudiera pertenecer a otra raza ni a otro mundo que el mío.

—¿Cómo lo sabes? —interrogué con vehemencia.

—¿No has mirado sus ojos, sus pómulos salientes? ¿No adviertes lo ladino que es? Mandarín, la misma María Callas, son más francos que él. Esa reserva, esa manera de no contestar cuando se le pregunta algo, ese modo que tiene de tratar a las mujeres, ¿no bastan para demostrarte que es un indio? Mi madre está enterada de todo. Lo sacaron de un campamento cuando tenía cinco años. Tal vez eso fue lo que te gustó en él: ese misterio que lo distingue de los otros hombres.

Antonio traspiraba y el sudor hacía brillar su torso. ¡Tan buen mozo y perdiendo el tiempo! Si me hubiera casado con Juan Leston, el abogado, o con Roberto Cuentas, el tenedor de libros, no hubiera padecido tanto, seguramente. Pero ¿qué mujer sensible se casa por interés? Dicen que hay hombres que amaestran pulgas, ¿de qué sirve?

Perdí la confianza en Cleóbula. Sin duda decía que mi marido era indio para afligirme o hacerme perder la confianza en él; pero al hojear un libro de historia donde había láminas con campamentos de indios, e indios a caballo, con boleadoras, encontré una similitud entre Antonio y esos hombres desnudos, con plumas. Advertí simultáneamente que lo que me había atraído en Antonio era tal vez la diferencia que había entre él y mis hermanos y los amigos de mis hermanos, el color bronceado de la piel, los ojos rasgados y ese aire ladino que Cleóbula mencionaba con perverso deleite.

—¿Y la prueba? —interrogué.

Antonio no me respondió. Fijamente miraba los canarios que volvieron a revolotear. Mandarín se apartó de sus compañeros y permaneció solo en la penumbra modulando un canto parecido al de las calandrias.

Mi soledad comenzó a crecer. A nadie comunicaba mis inquietudes.

Para Semana Santa, por segunda vez, Antonio insistió en que Ruperto se quedara de huésped en nuestra casa. Llovía como suele llover para Semana Santa. Fuimos con Cleóbula a la iglesia para hacer el Viacrucis.

—¿Cómo está el indio? —me preguntó Cleóbula, con insolencia.

—¿Quién?

—El indio, tu marido —me respondió—. En el pueblo todo el mundo lo llama así.

—Me gustan los indios, aunque mi marido no lo fuera, me seguirían gustando —le respondí, tratando de seguir mis oraciones.

Antonio estaba en actitud de oración. ¿Había rezado alguna vez? Para el día de nuestro casamiento mi madre le pidió que comulgara; Antonio no quiso complacerla.

Mientras tanto la amistad de Antonio con Ruperto se estrechaba. Una suerte de camaradería, de la que yo estaba en cierto modo excluida, los vinculaba de una manera que me pareció veraz. En aquellos días Antonio hizo gala de sus poderes. Para entretenerse, mandó mensajes a Ruperto, hasta su casa, con los canarios. Decían que jugaban al truco por medio de ellos, pues una vez intercambiaron algunos naipes españoles. ¿Se burlaban de mí? Me fastidió el juego de esos dos hombres grandes y resolví no tomarlos en serio. ¿Tuve que admitir que la amistad es más importante que el amor? Nada había desunido a Antonio y a Ruperto, en cambio Antonio, injustamente en cierto modo, se había alejado de mí. Sufrí en mi orgullo de mujer. Ruperto siguió mirándome. Todo aquel drama ¿solo había sido una farsa? ¿Añoraba el drama conyugal, ese martirio al que me habían abocado los celos de un marido enloquecido durante tantos días?

Seguíamos amándonos, a pesar de todo.

En un circo Antonio podía ganar dinero con sus pruebas, ¿por qué no? La María Callas inclinó la cabecita para un lado, luego para el otro, y se posó en el respaldo de una silla.

Una mañana como si me anunciara el incendio de la casa, Antonio entró en mi cuarto y me dijo:

—Ruperto está muriendo. Me mandaron llamar. Salgo para verlo.

Esperé a Antonio hasta mediodía, distraída con los quehaceres domésticos. Volvió cuando yo estaba lavándome el pelo.

—Vamos —me dijo—, Ruperto está en el patio. Lo salvé.

—¿Cómo? ¿Fue una broma?

—Ninguna. Lo salvé, con la respiración artificial.

Apresuradamente, sin comprender nada, recogí mi pelo, me vestí, salí al patio. Ruperto, inmóvil, de pie junto a la puerta miraba ya sin ver las baldosas del patio. Antonio le arrimó una silla para que se sentara.

Antonio no me miraba, miraba al techo como conteniendo la respiración. De improviso Mandarín voló junto a Antonio y le clavó una de las flechas en un brazo. Aplaudí: pensé que debía hacerlo para contentar a Antonio. Era sin embargo una prueba absurda. ¡Por qué no utilizaba su ingenio para sanar a Ruperto!

Aquel día fatal Ruperto al sentarse se cubrió la cara con las manos.

¡Cómo había cambiado! Miré su cara inanimada, fría, sus manos oscuras.

¡Cuándo me dejarían sola! Tenía que hacerme los rulos con el pelo mojado. Interrogué a Ruperto disimulando mi fastidio:

—¿Qué ha sucedido?

Un largo silencio que hacía resaltar el canto de los pájaros tembló en el sol. Ruperto respondió por fin:

—Soñé que los canarios picoteaban mis brazos, mi cuello, mi pecho; que no podía cerrar mis párpados para proteger mis ojos. Soñé que mis brazos y que mis piernas pesaban como sacos de arena. Mis manos no podían espantar esos picos monstruosos que picoteaban mis pupilas. Dormía sin dormir, como si hubiera ingerido un narcótico. Cuando desperté de ese sueño, que no era sueño, vi la oscuridad: sin embargo oí cantar los pájaros y oí los ruidos habituales de la mañana. Haciendo un gran esfuerzo llamé a mi hermana, que acudió. Con voz que no era mía, le dije: «Tienes que llamar a Antonio para que me salve». «¿De qué?», interrogó mi hermana.

No pude articular otra palabra. Mi hermana salió corriendo, y acompañada de Antonio volvió media hora después. ¡Media hora que me pareció un siglo! Lentamente, a medida que Antonio movía mis brazos recuperé la fuerza pero no la vista.

—Voy a hacerles una confesión —murmuró Antonio, y agregó, lentamente—: pero sin palabras.

Favorita siguió a Mandarín y clavó una flechita en el cuello de Antonio, María Callas sobrevoló un momento sobre su pecho donde le clavó otra flechita. Los ojos de Antonio, fijos en el techo cambiaron, se hubiera dicho, de color. ¿Antonio era un indio? ¿Un indio tiene los ojos azules? De algún modo sus ojos se parecieron a los de Ruperto.

—¿Qué significa todo esto? —musité.

—¿Qué está haciendo? —dijo Ruperto, que no comprendía nada.

Antonio no respondió. Inmóvil como una estatua recibía las flechas de aspecto inofensivo que los canarios le clavaban. Me acerqué a la cama y lo zarandeé.

—Contéstame —le dije—. Contéstame. ¿Qué significa todo esto?

No me respondió. Llorando lo abracé, echándome sobre su cuerpo; olvidando todo pudor lo besé en la boca como solo podría hacerlo una estrella de cine. Un enjambre de canarios revoloteó sobre mi cabeza.

Aquella mañana Antonio miraba a Ruperto con horror. Ahora yo comprendía que Antonio era doblemente culpable: para que nadie descubriera su crimen, me había dicho y lo había dicho después a todo el mundo:

—Ruperto se ha vuelto loco. Cree que está ciego, pero ve como cualquiera de nosotros.

Como la luz se había alejado de los ojos de Ruperto el amor se alejó de nuestra casa. Se hubiera dicho que aquellas miradas eran indispensables para nuestro amor. Las reuniones en el patio carecían de animación. Antonio cayó en una tenebrosa tristeza. Me explicaba:

—Peor que la muerte es la locura de un amigo. Ruperto ve pero cree que está ciego.

Pensé con despecho, tal vez con celos, que la amistad en la vida de un hombre era más importante que el amor.

Cuando dejé de besar a Antonio y aparté mi cara de la suya, advertí que los canarios estaban a punto de picotear sus ojos. Le tapé la cara con mi cara y con mi cabellera que es espesa como un manto. Ordené a Ruperto que cerrara la puerta y las ventanas para que el cuarto quedara en completa oscuridad, esperando que los canarios se durmieran. Me dolían las piernas. ¿El tiempo que habré quedado en esa postura? No lo sé. Lentamente comprendí la confesión de Antonio. Fue una confesión que me unió a él con frenesí, con el frenesí de la desdicha. Comprendí el dolor que él habría soportado para sacrificar y estar dispuesto a sacrificar tan ingeniosamente, con esa dosis tan infinitesimal de curare y con esos monstruos alados que obedecían sus caprichosas órdenes como enfermeros, los ojos de Ruperto, su amigo, y los de él, para que no pudieran mirarme, pobrecitos, nunca más.

Viaje a la semilla

Alejo Carpentier (1904-1980)

Este escritor cubano se destacó por su vasto conocimiento musical, arte que de alguna manera trasiega en su obra. Luego de la publicación de su novela *El reino de este mundo*, se erigió como el máximo abanderado del neobarroco y de lo *real maravilloso* en nuestra lengua. Los mejores títulos de Carpentier postulan la idea de que en América coexisten distintas edades históricas. Muchos de sus cuentos y novelas contienen desplazamientos o marchas exploratorias en búsqueda de la esencia de ciertas áreas del Caribe. «Viaje a la semilla» es un ejemplo de ello, aunque en este caso el camino siga una cronología inversa.

VIAJE A LA SEMILLA

ALEJO CARPENTIER

A Lilia
este primer cuento de un libro
que le será dedicado, como todos
los que habrán de seguirle,

A. C.

I

—¿Qué quieres, viejo?...

Varias veces cayó la pregunta de lo alto de los andamios. Pero el viejo no respondía. Andaba de un lugar a otro, fisgoneando, sacándose de la garganta un largo monólogo de frases incomprensibles. Ya habían descendido las tejas, cubriendo los canteros muertos con su mosaico de barro cocido. Arriba, los picos desprendían piedras de mampostería, haciéndolas rodar por canales de madera, con gran revuelo de cales y de yesos. Y por las almenas sucesivas que iban desdentando las murallas aparecían —despojados de su secreto— cielos rasos ovales o cuadrados, cornisas, guirnaldas, dentículos, astrágalos, y papeles encolados que colgaban de los testeros como viejas pieles de serpiente en muda. Presenciando la demolición, una Ceres con la nariz rota y el peplo desvaído, veteado de negro el tocado de mieses, se erguía en el traspatio, sobre su fuente de mascarones borrosos. Visitados por el sol en horas de sombra, los peces grises del estanque bostezaban en agua musgosa y tibia, mirando con el ojo

redondo aquellos obreros, negros sobre claro de cielo, que iban rebajando la altura secular de la casa. El viejo se había sentado, con el cayado apuntalándole la barba, al pie de la estatua. Miraba el subir y bajar de cubos en que viajaban restos apreciables. Oíanse, en sordina, los rumores de la calle mientras, arriba, las poleas concertaban, sobre ritmos de hierro con piedra, sus gorjeos de aves desagradables y pechugonas.

Dieron las cinco. Las cornisas y entablamentos se despoblaron. Solo quedaron escaleras de mano, preparando el salto del día siguiente. El aire se hizo más fresco, aligerado de sudores, blasfemias, chirridos de cuerdas, ejes que pedían alcuzas y palmadas en torsos pringosos. Para la casa mondada el crepúsculo llegaba más pronto. Se vestía de sombras en horas en que su ya caída balaustrada superior solía regalar a las fachadas algún relumbre de sol. La Ceres apretaba los labios. Por primera vez las habitaciones dormirían sin persianas, abiertas sobre un paisaje de escombros.

Contrariando sus apetencias, varios capiteles yacían entre las hierbas. Las hojas de acanto descubrían su condición vegetal. Una enredadera aventuró sus tentáculos hacia la voluta jónica, atraída por un aire de familia. Cuando cayó la noche, la casa estaba más cerca de la tierra. Un marco de puerta se erguía aún, en lo alto, con tablas de sombras suspendidas de sus bisagras desorientadas.

II

Entonces el negro viejo, que no se había movido, hizo gestos extraños, volteando su cayado sobre un cementerio de baldosas.

Los cuadrados de mármol, blancos y negros, volaron a los pisos, vistiendo la tierra. Las piedras con saltos certeros, fueron a cerrar los boquetes de las murallas. Hojas de nogal claveteadas se encajaron en sus marcos, mientras los tornillos de las charnelas volvían a hundirse en sus hoyos, con rápida rotación. En los canteros muertos, levantadas por el esfuerzo de las flores, las tejas juntaron sus fragmentos, alzando un sonoro torbellino de barro, para caer en lluvia sobre la armadura del techo. La casa creció, traída nuevamente a sus proporciones habituales, pudorosa y vestida. La Ceres fue menos gris. Hubo más peces en la fuente. Y el murmullo del agua llamó begonias olvidadas.

El viejo introdujo una llave en la cerradura de la puerta principal, y comenzó a abrir ventanas. Sus tacones sonaban a hueco. Cuando encendió los velones, un estremecimiento amarillo corrió por el óleo de los retratos de familia, y gentes vestidas de negro murmuraron en todas las galerías, al compás de cucharas movidas en jícaras de chocolate.

Don Marcial, el marqués de Capellanías, yacía en su lecho de muerte, el pecho acorazado de medallas, escoltado por cuatro cirios con largas barbas de cera derretida.

III

Los cirios crecieron lentamente, perdiendo sudores. Cuando recobraron su tamaño, los apagó la monja apartando una lumbre. Las mechas blanquearon, arrojando el pabilo. La casa se vació de visitantes y los carruajes partieron en la noche. Don Marcial pulsó un teclado invisible y abrió los ojos.

Confusas y revueltas, las vigas del techo se iban colocando en su lugar. Los pomos de medicina, las borlas de damasco, el escapulario de la cabecera, los daguerrotipos, las palmas de la reja, salieron de sus nieblas. Cuando el médico movió la cabeza con desconsuelo profesional, el enfermo se sintió mejor. Durmió algunas horas y despertó bajo la mirada negra y cejuda del padre Anastasio. De franca, detallada, poblada de pecados, la confesión se hizo reticente, penosa, llena de escondrijos. ¿Y qué derecho tenía, en el fondo, aquel carmelita, a entrometerse en su vida? Don Marcial se encontró, de pronto, tirado en medio del aposento. Aligerado de un peso en las sienes, se levantó con sorprendente celeridad. La mujer desnuda que se desperezaba sobre el brocado del lecho buscó enaguas y corpiños, llevándose, poco después, sus rumores de seda estrujada y su perfume. Abajo, en el coche cerrado, cubriendo tachuelas del asiento, había un sobre con monedas de oro.

Don Marcial no se sentía bien. Al arreglarse la corbata frente a la luna de la consola se vio congestionado. Bajó al despacho donde lo esperaban hombres de justicia, abogados y escribientes, para disponer la venta pública de la casa. Todo había sido inútil. Sus pertenencias se irían a manos del mejor postor, al compás de martillo golpeando una tabla. Saludó y le dejaron solo. Pensaba en los misterios de la letra escrita, en esas hebras negras que se enlazan y desenlazan sobre anchas hojas afiligranadas de balanzas, enlazando y desenlazando compromisos, juramentos, alianzas, testimonios, declaraciones, apellidos, títulos, fechas, tierras, árboles y piedras; maraña de hilos, sacada del tintero, en que se enredaban las piernas del hombre, vedándole caminos desestimados por la ley; cordón al cuello, que apretaban su sordina al percibir el sonido temible de las palabras en libertad. Su firma lo había traicionado, yendo a complicarse en nudo y enredos de legajos. Atado por ella, el hombre de carne se hacía hombre de papel.

Era el amanecer. El reloj del comedor acababa de dar las seis de la tarde.

IV

Transcurrieron meses de luto, ensombrecidos por un remordimiento cada vez mayor. Al principio, la idea de traer una mujer a aquel aposento se le hacía casi razonable. Pero, poco a poco, las apetencias de un cuerpo nuevo fueron desplazadas por escrúpulos crecientes, que llegaron al flagelo. Cierta noche, don Marcial se ensangrentó las carnes con una correa, sintiendo luego un deseo mayor, pero de corta duración. Fue entonces cuando la marquesa volvió, una tarde, de su paseo a las orillas del Almendares. Los caballos de la calesa no traían en las crines más humedad que la del propio sudor. Pero, durante todo el resto del día, dispararon coces a las tablas de la cuadra, irritados, al parecer, por la inmovilidad de nubes bajas.

Al crepúsculo, una tinaja llena de agua se rompió en el baño de la marquesa. Luego, las lluvias de mayo rebosaron el estanque. Y aquella negra vieja, con tacha de cimarrona y palomas debajo de la cama, que andaba por el patio murmurando: «¡Desconfía de los ríos, niña; desconfía de lo verde que corre!» No había día en que el agua no revelara su presencia. Pero esa presencia acabó por no ser más que una jícara derramada sobre el vestido traído de París, al regreso del baile aniversario dado por el capitán general de la colonia.

Reaparecieron muchos parientes. Volvieron muchos amigos. Ya brillaban, muy claras, las arañas del gran salón. Las grietas de la fachada se iban cerrando. El piano regresó al clavicordio. Las palmas perdían anillos. Las enredaderas saltaban la primera cornisa. Blanquearon las ojeras de la Ceres y los capiteles parecieron recién tallados. Más fogoso Marcial solía pasarse tardes enteras abrazando a la marquesa. Borrábanse patas de gallina, ceños y papadas, y las carnes tornaban a su dureza. Un día, un olor de pintura fresca llenó la casa.

V

Los rubores eran sinceros. Cada noche se abrían un poco más las hojas de los biombos, las faldas caían en rincones menos alumbrados y eran nuevas barreras de encajes. Al fin la marquesa sopló las lámparas. Solo él habló en la obscuridad.

Partieron para el ingenio, en gran tren de calesas —relumbrante de grupas alazanas, bocados de plata y charoles al sol. Pero, a la sombra de las flores de Pascua que enrojecían el soportal interior de la vivienda, advirtieron que se conocían apenas. Marcial autorizó danzas y tambores de nación, para distraerse un poco en aquellos días olientes a perfumes de Colonia, baños de benjuí, cabelleras esparcidas, y sábanas sacadas de armarios que, al abrirse, dejaban caer sobre las lozas un mazo de vetiver. El vaho del guarapo giraba en la brisa con el toque de oración. Volando bajo, las auras anunciaban lluvias reticentes, cuyas primeras gotas, anchas y sonoras, eran sorbidas por tejas tan secas que tenían diapasón de cobre. Después de un amanecer alargado por un abrazo deslucido, aliviados de desconciertos y cerrada la herida, ambos regresaron a la ciudad. La marquesa trocó su vestido de viaje por un traje de novia, y, como era costumbre, los esposos fueron a la iglesia para recobrar su libertad. Se devolvieron presentes a parientes y amigos, y, con revuelo de bronces y alardes de jaeces, cada cual tomó la calle de su morada. Marcial siguió visitando a María de las Mercedes por algún tiempo, hasta el día en que los anillos fueron llevados al taller del orfebre para ser desgrabados. Comenzaba, para Marcial, una vida nueva. En la casa de las rejas, la Ceres fue sustituida por una Venus italiana, y los mascarones de la fuente adelantaron casi imperceptiblemente el relieve al ver todavía encendidas, pintada ya el alba, las luces de los velones.

VI

Una noche, después de mucho beber y marearse con tufos de tabaco frío, dejados por sus amigos, Marcial tuvo la sensación extraña de que los relojes de la casa daban las cinco, luego las cuatro y media, luego las cuatro, luego las tres y media... Era como la percepción remota de otras posibilidades. Como cuando se piensa, en enervamiento de vigilia, que puede andarse sobre el cielo raso con el piso por cielo raso, entre muebles firmemente asentados entre las vigas del techo. Fue una impresión fugaz, que no dejó la menor huella en su espíritu, poco llevado, ahora, a la meditación.

Y hubo un gran sarao, en el salón de música, el día en que alcanzó la minoría de edad. Estaba alegre, al pensar que su firma había dejado de tener un valor legal, y que los registros y escribanías, con sus polillas, se borraban de su mundo. Llegaba al punto en que los tribunales dejan de ser temibles para quienes tienen una carne desestimada por los códigos. Luego de achisparse con vinos generosos, los jóvenes descolgaron de la pared una guitarra incrustada de nácar, un salterio y un serpentón. Alguien dio cuerda al reloj que tocaba la Tirolesa de las Vacas y la Balada de los Lagos de Escocia. Otro embocó un cuerno de caza que dormía, enroscado en su cobre, sobre los fieltros encarnados de la vitrina, al lado de la flauta traversera traída de Aranjuez. Marcial, que estaba requebrando atrevidamente a la de Campoflorido, se sumó al guirigay, buscando en el teclado, sobre bajos falsos, la melodía del Trípili-Trápala. Y subieron todos al desván, de pronto, recordando que allá, bajo vigas que iban recobrando el repello, se guardaban los trajes y libreas de la Casa de Capellanías. En entrepaños escarchados de alcanfor descansaban los vestidos de corte, un espadín de embajador, varias guerreras emplastronadas, el manto de un príncipe de la Iglesia, y largas casacas, con botones de damasco y difuminos de humedad en los pliegues. Matizáronse las penumbras con cintas de amaranto, miriñaques amarillos, túnicas marchitas y flores de terciopelo. Un traje de chispero con redecilla de borlas, nacido en una mascarada de carnaval, levantó aplausos. La de Campoflorido redondeó los hombros empolvados bajo un rebozo de color de carne criolla, que sirviera a cierta abuela, en noche de grandes decisiones familiares, para avivar los amansados fuegos de un rico síndico de clarisas.

Disfrazados regresaron los jóvenes al salón de música. Tocado con un tricornio de regidor, Marcial pegó tres bastonazos en el piso, y se dio comienzo a la danza de la valse, que las madres hallaban terriblemente impropia de señoritas, con eso de dejarse enlazar por la cintura, recibiendo manos de hombre sobre las ballenas del *corset* que todas se habían hecho según el reciente patrón de «El Jardín de las Modas». Las puertas se obscurecieron de fámulas, cuadrerizos, sirvientes, que venían de sus lejanas dependencias y de los entresuelos sofocantes para admirarse ante fiesta de tanto alboroto. Luego se jugó a la gallina ciega y al escondite. Marcial, oculto con la de Campoflorido detrás de un biombo chino, le estampó un beso en la nuca, recibiendo en respuesta un pañuelo perfumado, cuyos encajes de Bruselas guardaban suaves tibiezas de escote. Y cuando las muchachas se alejaron en las luces del crepúsculo, hacia las atalayas y torreones que se pintaban en grisnegro sobre el mar, los mozos fueron a la Casa de Baile, donde tan sabrosamente se contoneaban las mulatas de grandes ajorcas, sin perder nunca —así fuera de movida una guaracha— sus zapatillas de alto tacón. Y como se estaba en carnavales, los del cabildo Arará Tres Ojos levantaban un trueno de tambores tras de la pared medianera, en un patio sembrado de granados. Subidos en mesas y taburetes, Marcial y sus amigos alabaron el garbo de una negra de pasas entrecanas, que volvía a ser hermosa, casi deseable, cuando miraba por sobre el hombro, bailando con altivo mohín de reto.

VII

Las visitas de don Abundio, notario y albacea de la familia, eran más frecuentes. Se sentaba gravemente a la cabecera de la cama de Marcial, dejando caer al suelo su bastón de ácana para despertarlo antes de tiempo. Al abrirse, los ojos tropezaban con una levita de alpaca, cubierta de caspa, cuyas mangas lustrosas recogían títulos y rentas. Al fin solo quedó una pensión razonable, calculada para poner coto a toda locura. Fue entonces cuando Marcial quiso ingresar en el Real Seminario de San Carlos.

Después de mediocres exámenes, frecuentó los claustros, comprendiendo cada vez menos las explicaciones de los dómines. El mundo de las ideas se iba despoblando. Lo que había sido, al principio, una ecuménica asamblea de peplos, jubones, golas y pelucas, controversistas y ergotantes, cobraba la inmovilidad de un museo de figuras de cera. Marcial se contentaba ahora con una exposición escolástica de los sistemas, aceptando por bueno lo que se dijera en cualquier texto. «León», «Avestruz», «Ballena», «Jaguar», leíase sobre los grabados en cobre de la Historia Natural. Del mismo modo, «Aristóteles», «Santo Tomás», «Bacon», «Descartes», encabezaban páginas negras, en que se catalogaban aburridamente las interpretaciones del universo, al margen de una capitular espesa. Poco a poco, Marcial dejó de estudiarlas, encontrándose librado de un gran peso. Su mente se hizo alegre y ligera, admitiendo tan solo un concepto instintivo de las cosas. ¿Para qué pensar en el prisma, cuando la luz clara de invierno daba mayores detalles a las fortalezas del puerto? Una manzana que cae del árbol solo es incitación para los dientes. Un pie en una bañadera no pasa de ser un pie en una bañadera. El día que abandonó el seminario, olvidó los libros. El gnomon recobró su categoría de duende: el espectro fue sinónimo de fantasma; el octandro era bicho acorazado, con púas en el lomo.

Varias veces, andando pronto, inquieto el corazón, había ido a visitar a las mujeres que cuchicheaban, detrás de puertas azules, al pie de las murallas. El recuerdo de la que llevaba zapatillas bordadas y hojas de albahaca en la oreja lo perseguía, en tardes de calor, como un dolor de muelas. Pero, un día, la cólera y las amenazas de un confesor le hicieron llorar de espanto.

Cayó por última vez en las sábanas del infierno, renunciando para siempre a sus rodeos por calles poco concurridas, a sus cobardías de última hora que le hacían regresar con rabia a su casa, luego de dejar a sus espaldas cierta acera rajada, señal, cuando andaba con la vista baja, de la media vuelta que debía darse por hollar el umbral de los perfumes.

Ahora vivía su crisis mística, poblada de detentes, corderos pascuales, palomas de porcelana, Vírgenes de manto azul celeste, estrellas de papel dorado, Reyes Magos, ángeles con alas de cisne, el Asno, el Buey, y un terrible san Dionisio que se le aparecía en sueños, con un gran vacío entre los hombros y el andar vacilante de quien busca un objeto perdido. Tropezaba con la cama y Marcial despertaba sobresaltado, echando mano al rosario de cuentas sordas. Las mechas, en sus pocillos de aceite, daban luz triste a imágenes que recobraban su color primero.

VIII

Los muebles crecían. Se hacía más difícil sostener los antebrazos sobre el borde de la mesa del comedor. Los armarios de cornisas labradas ensanchaban el frontis. Alargando el torso, los moros de la escalera acercaban sus antorchas a los balaustres del rellano. Las butacas eran más hondas y los sillones de mecedora tenían tendencia a irse para atrás. No había ya que doblar las piernas al recostarse en el fondo de la bañadera con anillas de mármol.

Una mañana en que leía un libro licencioso, Marcial tuvo ganas, súbitamente, de jugar con los soldados de plomo que dormían en sus cajas de madera. Volvió a ocultar el tomo bajo la jofaina del lavabo, y abrió una gaveta sellada por las telarañas. La mesa de estudio era demasiado exigua para dar cabida a tanta gente. Por ello, Marcial se sentó en el piso. Dispuso los granaderos por filas de ocho. Luego, los oficiales a caballo, rodeando al abanderado. Detrás, los artilleros, con sus cañones, escobillones y botafuegos. Cerrando la marcha, pífanos y timbales, con escolta de redoblantes. Los morteros estaban dotados de un resorte que permitía lanzar bolas de vidrio a más de un metro de distancia.

—¡Pum!... ¡Pum!... ¡Pum!...

Caían caballos, caían abanderados, caían tambores. Hubo de ser llamado tres veces por el negro Eligio, para decidirse a lavarse las manos y bajar al comedor.

Desde ese día, Marcial conservó el hábito de sentarse en el enlosado. Cuando percibió las ventajas de esa costumbre, se sorprendió por no haberlo pensando antes. Afectas al terciopelo de los cojines, las personas mayores sudan demasiado. Algunas huelen a notario —como don Abundio— por no conocer, con el cuerpo echado, la frialdad del mármol en todo tiempo. Solo desde el suelo pueden abarcarse totalmente los ángulos y perspectivas de una habitación. Hay bellezas de la madera, misteriosos caminos de insectos, rincones de sombra, que se ignoran a altura de hombre. Cuando llovía, Marcial se ocultaba debajo del clavicordio. Cada trueno hacía temblar la caja de resonancia, poniendo todas las notas a cantar. Del cielo caían los rayos para construir aquella bóveda de calderones —órgano, pinar al viento, mandolina de grillos.

IX

Aquella mañana lo encerraron en su cuarto. Oyó murmullos en toda la casa y el almuerzo que le sirvieron fue demasiado suculento para un día de semana. Había seis pasteles de la confitería de la Alameda —cuando solo dos podían comerse, los domingos, después de misa. Se entretuvo mirando estampas de viaje, hasta que el abejeo creciente, entrando por debajo de las puertas, le hizo mirar entre persianas. Llegaban hombres vestidos de negro, portando una caja con agarraderas de bronce. Tuvo ganas de llorar, pero en ese momento apareció el calesero Melchor, luciendo sonrisa de dientes en lo alto de sus botas sonoras. Comenzaron a jugar al ajedrez. Melchor era caballo. Él, era rey. Tomando las losas del piso por tablero, podía avanzar de una en una, mientras Melchor debía saltar una de frente y dos de lado, o viceversa. El juego se prolongó hasta más allá del crepúsculo, cuando pasaron los Bomberos del Comercio.

Al levantarse, fue a besar la mano de su padre que yacía en su cama de enfermo. El marqués se sentía mejor, y habló a su hijo con el empaque y los ejemplos usuales. Los «Sí, padre» y los «No, padre», se encajaban entre cuenta y cuenta del rosario de preguntas, como las respuestas del ayudante en una misa. Marcial respetaba al marqués, pero era por razones que nadie hubiera acertado a suponer. Lo respetaba porque era de elevada estatura y salía, en noches de baile, con el pecho rutilante de condecoraciones: porque le envidiaba el sable y los entorchados de oficial de milicias; porque, en Pascuas, había comido un pavo entero, relleno de almendras y pasas, ganando una apuesta; porque, cierta vez, sin duda con el ánimo de azotarla, agarró a una de las mulatas que barrían la rotonda, llevándola en brazos a su habitación. Marcial, oculto detrás de una cortina, la vio salir poco después, llorosa y desabrochada, alegrándose del castigo, pues era la que siempre vaciaba las fuentes de compota devueltas a la alacena.

El padre era un ser terrible y magnánimo al que debía amarse después de Dios. Para Marcial era más Dios que Dios, porque sus dones eran cotidianos y tangibles. Pero prefería el Dios del cielo, porque fastidiaba menos.

X

Cuando los muebles crecieron un poco más y Marcial supo como nadie lo que había debajo de las camas, armarios y vargueños, ocultó a todos un gran secreto: la vida no tenía encanto fuera de la presencia del calesero Melchor. Ni Dios, ni su padre, ni el obispo dorado de las procesiones del Corpus, eran tan importantes como Melchor.

Melchor venía de muy lejos. Era nieto de príncipes vencidos. En su reino había elefantes, hipopótamos, tigres y jirafas. Ahí los hombres no trabajaban, como don Abundio, en habitaciones obscuras, llenas de legajos. Vivían de ser más astutos que los animales. Uno de ellos sacó el gran cocodrilo del lago azul, ensartándolo con una pica oculta en los cuerpos apretados de doce ocas asadas. Melchor sabía canciones fáciles de aprender, porque las palabras no tenían significado y se repetían mucho. Robaba dulces en las cocinas; se escapaba, de noche, por la puerta de los cuadrerizos, y, cierta vez, había apedreado a los de la guardia civil, desapareciendo luego en las sombras de la calle de la Amargura.

En días de lluvia, sus botas se ponían a secar junto al fogón de la cocina. Marcial hubiese querido tener pies que llenaran tales botas. La derecha se llamaba Calambín. La izquierda, Calambán. Aquel hombre que dominaba los caballos cerreros con solo encajarles dos dedos en los belfos; aquel señor de terciopelos y espuelas, que lucía chisteras tan altas, sabía también lo fresco que era un suelo de mármol en verano, y ocultaba debajo de los muebles una fruta o un pastel arrebatados a las bandejas destinadas al gran salón. Marcial y Melchor tenían en común un depósito secreto de grageas y almendras, que llamaban el «Urí, urí, urá», con entendidas carcajadas. Ambos habían explorado la casa de arriba abajo, siendo los únicos en saber que existía un pequeño sótano lleno de frascos holandeses, debajo de las cuadras, y que en desván inútil, encima de los cuartos de criadas, doce mariposas polvorientas acababan de perder las alas en caja de cristales rotos.

XI

Cuando Marcial adquirió el hábito de romper cosas, olvidó a Melchor para acercarse a los perros. Había varios en la casa. El atigrado grande; el podenco que arrastraba las tetas; el galgo, demasiado viejo para jugar; el lanudo que los demás perseguían en épocas determinadas, y que las camareras tenían que encerrar. Marcial prefería a Canelo porque sacaba zapatos de las habitaciones y desenterraba los rosales del patio. Siempre negro de carbón o cubierto de tierra roja, devoraba la comida de los demás, chillaba sin motivo y ocultaba huesos robados al pie de la fuente. De vez en cuando, también, vaciaba un huevo acabado de poner, arrojando la gallina al aire con brusco palancazo del hocico. Todos daban de patadas al Canelo. Pero Marcial se enfermaba cuando se lo llevaban. Y el perro volvía triunfante, moviendo la cola, después de haber sido abandonado más allá de la Casa de Beneficencia, recobrando un puesto que los demás, con sus habilidades en la caza o desvelos en la guardia, nunca ocuparían.

Canelo y Marcial orinaban juntos. A veces escogían la alfombra persa del salón, para dibujar en su lana formas de nubes pardas que se ensanchaban lentamente. Eso costaba castigo de cintarazos. Pero los cintarazos no dolían tanto como creían las personas mayores. Resultaban, en cambio, pretexto admirable para armar concertantes de aullidos, y provocar la compasión de los vecinos. Cuando la bizca del tejadillo calificaba a su padre de «bárbaro», Marcial miraba a Canelo, riendo con los ojos. Lloraban un poco más, para ganarse un bizcocho y todo quedaba olvidado. Ambos comían tierra, se revolcaban al sol, bebían en la fuente de los peces, buscaban sombra y perfume al pie de las albahacas. En horas de calor, los canteros húmedos se llenaban de gente. Ahí estaba la gansa gris, con bolsa colgante entre las patas zambas; el gallo viejo de culo pelado; la lagartija que decía «urí, urá», sacándose del cuello una corbata rosada; el triste jubo nacido en ciudad sin hembras; el ratón que tapiaba su agujero con una semilla de carey. Un día señalaron el perro a Marcial.

—¡Guau, guau! —dijo.

Hablaba su propio idioma. Había logrado la suprema libertad. Ya quería alcanzar, con sus manos, objetos que estaban fuera del alcance de sus manos.

XII

Hambre, sed, calor, dolor, frío. Apenas Marcial redujo su percepción a la de estas realidades esenciales, renunció a la luz que ya le era accesoria. Ignoraba su nombre. Retirado el bautismo, con su sal desagradable, no quiso ya el olfato, ni el oído, ni siquiera la vista. Sus manos rozaban formas placenteras. Era un ser totalmente sensible y táctil. El universo le entraba por todos los poros. Entonces cerró los ojos que solo divisaban gigantes nebulosos y penetró en un cuerpo caliente, húmedo, lleno de tinieblas, que moría. El cuerpo, al sentirlo arrebozado con su propia sustancia, resbaló hacia la vida.

Pero ahora el tiempo corrió más pronto, adelgazando sus últimas horas. Los minutos sonaban a *glissando* de naipes bajo el pulgar de un jugador.

Las aves volvieron al huevo en torbellino de plumas. Los peces cuajaron la hueva, dejando una nevada de escamas en el fondo del estanque. Las palmas doblaron las pencas, desapareciendo en la tierra como abanicos cerrados. Los tallos sorbían sus hojas y el suelo tiraba de todo lo que le perteneciera. El trueno retumbaba en los corredores. Crecían pelos en la gamuza de los guantes. Las mantas de lana se destejían, redondeando el vellón de carneros distantes. Los armarios, los vargueños, las camas, los crucifijos, las mesas, las persianas, salieron volando en la noche, buscando sus antiguas raíces al pie de las selvas. Todo lo que tuviera clavos se desmoronaba. Un bergantín, anclado no se sabía dónde, llevó presurosamente a Italia los mármoles del piso y de la fuente. Las panoplias, los herrajes, las llaves, las cazuelas de cobre, los bocados de las cuadras, se derretían, engrosando un río de metal que galerías sin techo canalizaban hacia la tierra. Todo se metamorfoseaba, regresando a la condición primera. El barro volvió al barro, dejando un yermo en lugar de la casa.

XIII

Cuando los obreros vinieron con el día para proseguir la demolición, encontraron el trabajo acabado. Alguien se había llevado la estatua de Ceres, vendida la víspera a un anticuario. Después de quejarse al sindicato, los hombres fueron a sentarse en los bancos de un parque municipal. Uno recordó entonces la historia, muy difuminada, de una marquesa de Capellanías, ahogada, en tarde de mayo, entre las malangas del Almendares. Pero nadie prestaba atención al relato, porque el sol viajaba de oriente a occidente, y las horas que crecen a la derecha de los relojes deben alargarse por la pereza, ya que son las que más seguramente llevan a la muerte.

Bienvenido, Bob

Juan Carlos Onetti (1909-1994)

Conocido más por sus novelas, este uruguayo fue y sigue siendo influencia obligada para legiones de narradores. Nadie como él para descifrar al William Faulkner seminal del que crecieron tantas ramas de escritores latinoamericanos. Santa María, espacio imaginado y eterno, ha sido el lugar en donde casi todos sus personajes experimentaron el infortunio y las más terribles escalas de grises. «Bienvenido, Bob» representa una parcela que contiene buena parte del universo de este autor: ironía, venganza y juegos de espejos se confunden en un relato sobre la vejez y el poder del rencor acumulado.

BIENVENIDO, BOB

JUAN CARLOS ONETTI

Es seguro que cada día estará más viejo, más lejos del tiempo en que se llamaba Bob, del pelo rubio colgando en la sien, la sonrisa y los lustrosos ojos de cuando entraba silenciosamente en la sala, murmurando un saludo o moviendo un poco la mano cerca de la oreja, e iba a sentarse bajo la lámpara, cerca del piano, con un libro o simplemente quieto y aparte, abstraído, mirándonos durante una hora sin un gesto en la cara, moviendo de vez en cuando los dedos para manejar el cigarrillo y limpiar de cenizas la solapa de sus trajes claros.

Igualmente lejos —ahora que se llama Roberto y se emborracha con cualquier cosa, protegiéndose la boca con la mano sucia cuando tose— del Bob que tomaba cerveza, dos vasos solamente en la más larga de las noches, con una pila de monedas de diez sobre su mesa de la cantina del club, para gastar en la máquina de discos. Casi siempre solo, escuchando *jazz*, la cara soñolienta, dichosa y pálida, moviendo apenas la cabeza para saludarme cuando yo pasaba, siguiéndome con los ojos tanto tiempo como yo me quedara, tanto tiempo como me fuera posible soportar su mirada azul detenida incansablemente en mí, manteniendo sin esfuerzo el intenso desprecio y la burla más suave. También con algún otro muchacho, los sábados, alguno tan rabiosamente joven como él, con quien conversaba de solos, trompas y coros y de la infinita ciudad que Bob construiría sobre la costa cuando fuera arquitecto. Se interrumpía al verme pasar para hacerme el breve saludo y no sacar los ojos de mi cara, resbalando palabras apagadas y sonrisas por una punta de la boca hacia el compañero que terminaba siempre por mirarme y duplicar en silencio el silencio y la burla.

A veces me sentía fuerte y trataba de mirarlo: apoyaba la cara en una mano y fumaba encima de mi copa mirándolo sin pestañear, sin apartar la atención de mi rostro que debía sostenerse frío, un poco melancólico. En aquel tiempo Bob era muy parecido a Inés; podía ver algo de ella en su cara a través del salón del club, y acaso alguna noche lo haya mirado como la miraba a ella. Pero casi siempre prefería olvidar los ojos de Bob y me sentaba de espaldas a él y miraba las bocas de los que hablaban en mi mesa, a veces callado y triste para que él supiera que había en mí algo más que aquello por lo que había juzgado, algo próximo a él; a veces me ayudaba con unas copas y pensaba «querido Bob, andá a contárselo a tu hermanita», mientas acariciaba las manos de las muchachas que estaban sentadas a mi mesa o estiraba una teoría sobre cualquier cosa, para que ellas rieran y Bob lo oyera.

Pero ni la actitud ni la mirada de Bob mostraban ninguna alteración en aquel tiempo, hiciera yo lo que hiciera. Solo recuerdo esto como prueba de que él anotaba mis comedias en la cantina. Tenía un impermeable cerrado hasta el cuello, las manos en los bolsillos. Me saludó moviendo la cabeza, miró alrededor enseguida y avanzó en la habitación como si me hubiera suprimido con la rápida cabezada: lo vi moverse dando vueltas a la mesa, sobre la alfombra, andando sobre ella con sus amarillentos zapatos de goma. Tocó una flor con un dedo, se sentó en el borde de la mesa y se puso a fumar mirando el florero, el sereno perfil puesto hacia mí, un poco inclinado, flojo y pensativo. Imprudentemente —yo estaba de pie recostado contra el piano— empuje con mi mano izquierda una tecla grave y quedé ya obligado a repetir el sonido cada tres segundos, mirándolo.

Yo no tenía por él más que odio y un vergonzante respeto, y seguí hundiendo la tecla, clavándola con una cobarde ferocidad en el silencio de la casa, hasta que repentinamente quedé situado afuera, observando la escena como si estuviera en lo alto de la escalera o en la puerta, viéndolo y sintiéndolo a él, Bob, silencioso y ausente junto al hilo de humo de su cigarrillo que subía temblando; sintiéndome a mí, alto y rígido, un poco patético, un poco ridículo en la penumbra, golpeando cada tres exactos segundos la tecla grave con mi índice. Pensé entonces que no estaba haciendo sonar el piano por una incomprensible bravata, sino que lo estaba llamando; que la profunda nota que tenazmente hacía renacer mi dedo en el borde de cada última vibración era, al fin encontrada, la única palabra pordiosera con que podía pedir tolerancia y comprensión a su juventud implacable. Él continuó inmóvil hasta que Inés golpeó la puerta del dormitorio antes de bajar a juntarse conmigo. Entonces Bob se enderezó y vino caminando con pereza hasta el otro extremo del piano, apoyó un codo, me miró un momento y después dijo con una hermosa sonrisa: «¿Esta noche es una noche de lecho o de *whisky*? ¿Ímpetu de salvación o salto en el vacío?».

No podía contestarle nada, no podía deshacerle la cara de un golpe; dejé de tocar y fui retirando lentamente la mano del piano. Inés estaba en la mitad de la escalera cuando él me dijo: «Bueno, puede ser que usted improvise».

El duelo duró tres o cuatro meses, y yo no podía dejar de ir por las noches al club —recuerdo, de paso, que había campeonato de tenis por aquel tiempo— porque cuando me estaba por algún tiempo sin aparecer por allí, Bob saludaba mi regreso aumentando el desdén y la ironía en sus ojos y se acomodaba en el asiento con una mueca feliz.

Cuando llegó el momento de que yo no pudiera desear otra solución que casarme con Inés cuanto antes, Bob y su táctica cambiaron. No sé cómo supo mi necesidad de casarme con su hermana y de cómo yo había abrazado esa necesidad con todas las fuerzas que me quedaban. Mi amor por aquella necesidad había suprimido el pasado y toda atadura con el presente. No reparaba entonces en Bob; pero poco tiempo después hube de recordar cómo había cambiado en aquella época y alguna vez quedé inmóvil, de pie en la esquina, insultándolo entre dientes, comprendiendo que entonces su cara había dejado de ser burlona y me enfrentaba con seriedad y un intenso cálculo, como se mira un peligro o una tarea compleja, como se trata de valorar el obstáculo y medirlo con las fuerzas de uno. Pero yo no le daba ya importancia y hasta llegué a pensar que en su cara inmóvil y fija estaba naciendo la comprensión por lo fundamental mío, por un viejo pasado de limpieza que la adorada necesidad de casarme con Inés extraía de debajo de los años y sucesos para acercarme a él.

Después vi que estaba esperando la noche; pero lo vi recién cuando aquella noche llegó Bob y vino a sentarse a la mesa donde yo estaba solo y despidió al mozo con una seña. Esperé un rato mirándolo, era tan parecido a ella cuando movía las cejas; y la punta de la nariz, como a Inés, se le aplastaba un poco cuando conversaba. «Usted no va a casarse con Inés», dijo después. Lo miré, sonreí, dejé de mirarlo. «No, no se va a casar con ella porque una cosa así se puede evitar si hay alguien de veras resuelto a que se haga». Volví a sonreírme. «Hace unos años —le dije— eso me hubiera dado muchas ganas de casarme con Inés. Ahora no agrega ni saca. Pero puedo oírlo, si quiere explicarme...». Enderezó la cabeza y continuó mirándome en silencio; acaso tuviera prontas las frases y esperaba a que yo completara la mía para decirlas. «Si quiere explicarme por qué no quiere que yo me case con ella», pregunté lentamente y me recosté en la pared. Vi enseguida que yo no había sospechado nunca cuánto y con cuanta resolución me odiaba; tenía la cara pálida, con una sonrisa sujeta y apretada con los labios y dientes. «Habría que dividirlo por capítulos —dijo—, no terminaría en la noche».

«Pero se puede decir en dos o tres palabras. Usted no se va a casar con ella porque usted es viejo y ella es joven. No sé si usted tiene treinta o cuarenta años, no importa. Pero usted es un hombre hecho, es decir deshecho, como todos los hombres a su edad cuando no son extraordinarios». Chupó el cigarrillo apagado, miró hacia la calle y volvió a mirarme; mi cabeza estaba apoyada contra la pared y seguía esperando. «Claro que usted tiene motivos para creer en lo extraordinario suyo. Creer que ha salvado muchas cosas del naufragio. Pero no es cierto». Me puse a fumar de perfil a él; me molestaba, pero no le creía; me provocaba un tibio odio, pero yo estaba seguro de que nada me haría dudar de mí mismo después de haber conocido la necesidad de casarme con Inés. No; estábamos en la misma mesa y yo era tan limpio y tan joven como él. «Usted puede equivocarse —le dije—. Si usted quiere nombrar algo de lo que hay deshecho en mí...». «No, no —dijo rápidamente—, no soy tan niño. No entro en ese juego. Usted es egoísta; es sensual de una sucia manera. Está atado a cosas miserables y son las cosas las que lo arrastran. No va a ninguna parte, no lo desea realmente. Es eso, nada más; usted es viejo y ella es joven. Ni siquiera debo pensar en ella frente a usted. Y usted pretende...». Tampoco entonces podía yo romperle la cara, así que resolví prescindir de él, fui al aparato de música, marqué cualquier cosa y puse una moneda. Volví despacio al asiento y escuché. La música era poco fuerte; alguien cantaba dulcemente en el interior de grandes pausas. A mi lado Bob estaba diciendo que ni siquiera él, alguien como él, era digno de mirar a Inés a los ojos. Pobre chico, pensé con admiración. Estuvo diciendo que en aquello que él llama vejez, lo más repugnante, lo que determinaba la descomposición era pensar por conceptos, englobar a las mujeres en la palabra mujer, empujarlas sin cuidado para que pudieran amoldarse al concepto hecho por una pobre experiencia. Pero —decía también— tampoco la palabra experiencia era exacta. No había ya experiencias, nada más que costumbre y repeticiones, nombres marchitos para ir poniendo a las cosas y un poco crearlas. Más o menos eso estuvo diciendo. Y yo pensaba suavemente si él caería muerto o encontraría la manera de matarme, allí mismo y enseguida, si yo le contara las imágenes que removía en mí al decir que ni siquiera él merecía tocar a Inés con la punta de un dedo, el pobre chico, o besar el extremo de sus vestidos, la huella de sus pasos o cosas así. Después de una pausa —la música había terminado y el aparato apagó las luces aumentando el silencio—, Bob dijo «nada más», y se fue con el andar de siempre, seguro, ni rápido ni lento.

Si aquella noche el rostro de Inés se me mostró en las facciones de Bob, si en algún momento el fraternal parecido pudo aprovechar la trampa de un gesto para darme a Inés por Bob, fue aquella, entonces, la última vez que vi a la muchacha. Es cierto que volví a estar con ella dos noches después en la entrevista habitual, y un mediodía en un encuentro impuesto

por mi desesperación, inútil, sabiendo de antemano que todo recurso de palabra y presencia sería inútil, que todos mis machacantes ruegos morirían de manera asombrosa, como si no hubieran sido nunca, disueltos en el enorme aire azul de la plaza, bajo el follaje de verde apacible en mitad de la buena estación.

Las pequeñas y rápidas partes del rostro de Inés que me había mostrado aquella noche Bob, aunque dirigidas contra mí, unidas a la agresión, participaban del entusiasmo y el candor de la muchacha. Pero cómo hablar a Inés, cómo tocarla, convencerla a través de la repentina mujer apática de las dos últimas entrevistas. Cómo reconocerla o siquiera evocarla mirando a la mujer de largo cuerpo rígido en el sillón de su casa y en el banco de la plaza, de una igual rigidez resuelta y mantenida en las dos distintas horas y los dos parajes; la mujer de cuello tenso, los ojos hacia delante, la boca muerta, las manos plantadas en el regazo. Yo la miraba y era «no», sabía que era «no» todo el aire que la estaba rodeando.

Nunca supe cuál fue la anécdota elegida por Bob para aquello; en todo caso, estoy seguro de que no mintió, de que entonces nada —ni Inés— podía hacerlo mentir. No vi más a Inés ni tampoco a su forma vacía y endurecida; supe que se casó y que no vive ya en Buenos Aires. Por entonces, en medio del odio y del sufrimiento me gustaba imaginar a Bob imaginando mis hechos y eligiendo la cosa justa o el conjunto de cosas que fue capaz de matarme en Inés y matarla a ella para mí.

Ahora hace cerca de un año que veo a Bob casi diariamente, en el mismo café, rodeado de la misma gente. Cuando nos presentaron —hoy se llama Roberto— comprendí que el pasado no tiene tiempo y el ayer se junta allí con la fecha de diez años atrás. Algún gastado rastro de Inés había aún en su cara, y un movimiento de la boca de Bob alcanzó para que yo volviera a ver el alargado cuerpo de la muchacha, sus calmosos y desenvueltos pasos, y para que los mismos inalterados ojos azules volvieran a mirarme bajo un flojo peinado que cruzaba y sujetaba una cinta roja. Ausente y perdida para siempre, podía conservarse viviente e intacta, definitivamente inconfundible, idéntica a lo esencial suyo. Pero era trabajoso escarbar en la cara, las palabras y los gestos de Roberto para encontrar a

Bob y poder odiarlo. La tarde del primer encuentro esperé durante horas a que se quedara solo o saliera para hablarle y golpearlo. Quieto y silencioso, espiando a veces su cara o evocando a Inés en las ventanas brillantes del café, compuse mañosamente las frases del insulto y encontré el paciente tono con que iba a decírselas, elegí el sitio de su cuerpo donde dar el primer golpe. Pero se fue al anochecer acompañado por tres amigos, y resolví esperar, como había esperado él años atrás, la noche propicia en que estuviera solo.

Cuando volví a verlo, cuando iniciamos esta segunda amistad que espero no terminará ya nunca, dejé de pensar en toda forma de ataque. Quedó resuelto que no le hablaría jamás de Inés ni del pasado y que, en silencio, yo mantendría todo aquello viviente dentro de mí. Nada más que esto hago, casi todas las tardes, frente a Roberto y las caras familiares del café. Mi odio se conservará cálido y nuevo mientras pueda seguir viviendo y escuchando a Roberto; nadie sabe de mi venganza, pero la vivo, gozosa y enfurecida, un día y otro. Hablo con él, sonrío, fumo, tomo café. Todo el tiempo pensando en Bob, en su pureza, su fe, en la audacia de sus pasados sueños. Pensando en el Bob que amaba la música, en el Bob que planeaba ennoblecer la vida de los hombres construyendo una ciudad de enceguecedora belleza para cinco millones de habitantes, a lo largo de la costa del río; el Bob que no podía mentir nunca; el Bob que proclamaba la lucha de los jóvenes contra los viejos, el Bob dueño del futuro y del mundo. Pensando minucioso y plácido en todo eso frente al hombre de dedos sucios de tabaco llamado Roberto, que lleva una vida grotesca, trabajando en cualquier hedionda oficina, casado con una mujer a quien nombra «mi señora»; el hombre que se pasa estos largos domingos hundido en el asiento del café, examinando diarios y jugando a las carreras por teléfono.

Nadie amó a mujer alguna con la fuerza con que yo amo su ruindad, su definitiva manera de estar hundido en la sucia vida de los hombres. Nadie se arrobó de amor como yo lo hago ante sus fugaces sobresaltos, los proyectos sin convicción que un destruido y lejano Bob le dicta algunas veces y que solo sirven para que mida con exactitud hasta donde está emporcado para siempre.

No sé si nunca en el pasado he dado la bienvenida a Inés con tanta alegría y amor como diariamente le doy la bienvenida a Bob al tenebroso y maloliente mundo de los adultos. Es todavía un recién llegado y de vez en cuando sufre sus crisis de nostalgia. Lo he visto lloroso y borracho, insultándose y jurando el inminente regreso a los días de Bob. Puedo asegurar que entonces mi corazón desborda de amor y se hace sensible y cariñoso como el de una madre. En el fondo sé que no se irá nunca porque no tiene sitio donde ir; pero me hago delicado y paciente y trato de conformarlo. Como ese puñado de tierra natal, o esas fotografías de calles y monumentos, o las canciones que gustan traer consigo los inmigrantes, voy construyendo para él planes, creencias y mañanas distintos que tienen luz y el sabor del país de juventud de donde él llegó hace un tiempo. Y él acepta; protesta siempre para que yo redoble mis promesas, pero termina por decir que sí, acaba por muequear una sonrisa creyendo que algún día habrá de regresar al mundo de las horas de Bob y queda en paz en medio de sus treinta años, moviéndose sin disgusto ni tropiezo entre los cadáveres pavorosos de las antiguas ambiciones, las formas repulsivas de los sueños que se fueron gastando bajo la presión distraída y constante de tantos miles de pies inevitables.

Las islas nuevas

María Luisa Bombal (1910-1980)

Narradora y guionista chilena. De obra breve, pero de profunda resonancia, es considerada hoy entre las más influyentes de la narrativa latinoamericana de la segunda mitad del siglo xx. Publicó dos novelas cortas: *La última niebla* y *La amortajada*, en las que algunos señalan los inicios del realismo mágico. Se trata de piezas en las que los personajes femeninos juegan un papel importante cuyo mundo interno pone en tela de juicio los límites entre la ficción y la realidad, como ocurre en el cuento que hemos seleccionado, «Las islas nuevas», relato extraño y de misteriosa atmósfera. La obra de Bombal vive hoy un resurgimiento de lectores y crítica.

LAS ISLAS NUEVAS

MARÍA LUISA BOMBAL

Toda la noche el viento había galopado a diestro y siniestro por la pampa, bramando, apoyando siempre sobre una sola nota. A ratos cercaba la casa, se metía por las rendijas de las puertas y de las ventanas y revolvía los tules del mosquitero.

A cada vez Yolanda encendía la luz, que titubeaba, resistía un momento y se apagaba de nuevo. Cuando su hermano entró en el cuarto, al amanecer, la encontró recostada sobre el hombro izquierdo, respirando con dificultad y gimiendo.

—¡Yolanda! ¡Yolanda!

El llamado la incorporó en el lecho. Para poder mirar a Federico separó y echó sobre la espalda la oscura cabellera.

—Yolanda, ¿soñabas?

—Oh sí, sueños horribles.

—¿Por qué duermes siempre sobre el corazón? Es malo.

—Ya lo sé. ¿Qué hora es? ¿Adónde vas tan temprano y con este viento?

—A las lagunas. Parece que hay otra isla nueva. Ya van cuatro. De «La Figura» han venido a verlas. Tendremos gente. Quería avisarte.

Sin cambiar de postura, Yolanda observó a su hermano —un hombre canoso y flaco— al que las altas botas ajustadas prestaban un aspecto juvenil. ¡Qué absurdos, los hombres! Siempre en movimiento, siempre dispuestos a interesarse por todo. Cuando se acuestan dejan dicho que los despierten al rayar el alba. Si se acercan a la chimenea permanecen de pie, listos para huir al otro extremo del cuarto, listos para huir siempre hacia cosas fútiles. Y tosen, fuman, hablan fuerte, temerosos del silencio como de un enemigo que al menor descuido pudiera echarse sobre ellos, adherirse a ellos e invadirlos sin remedio.

—Está bien, Federico.

—Hasta luego.

Un golpe seco de la puerta y ya las espuelas de Federico suenan alejándose sobre las baldosas del corredor. Yolanda cierra de nuevo los ojos y delicadamente, con infinitas precauciones, se recuesta en las almohadas, sobre el hombro izquierdo, sobre el corazón; se ahoga, suspira y vuelve a caer en inquietos sueños. Sueños de los que, mañana a mañana, se desprende pálida, extenuada, como si se hubiera batido la noche entera con el insomnio.

Mientras tanto, los de la estancia «La Figura» se habían detenido al borde de las lagunas. Amanecía. Bajo un cielo revuelto, allá, contra el horizonte, divisaban las islas nuevas, humeantes aún del esfuerzo que debieron hacer para subir de quién sabe qué estratificaciones profundas.

—¡Cuatro, cuatro islas nuevas! —gritaban.

El viento no amainó hasta el anochecer, cuando ya no se podía cazar.

Do, re, mi, fa, sol, la, si, do... Do, re, mi, fa, sol, la, si, do...

Las notas suben y caen, trepan y caen redondas y límpidas como burbujas de vidrio. Desde la casa achatada a lo lejos entre los altos cipreses, alguien parece tender hacia los cazadores, que vuelven, una estrecha escala de agua sonora.

Do, re, mi, fa, sol, la, si, do...

—Es Yolanda que estudia —murmura Silvestre. Y se detiene un instante como para ajustarse mejor la carabina al hombro, pero su pesado cuerpo tiembla un poco.

Entre el follaje de los arbustos se yerguen blancas flores que parecen endurecidas por la helada. Juan Manuel alarga la mano.

—No hay que tocarlas —le advierte Silvestre—, se ponen amarillas. Son las camelias que cultiva Yolanda —agrega sonriendo—. «Esa sonrisa humilde ¡qué mal le sienta! —piensa, malévolo, Juan Manuel—. Apenas deja su aire altanero, se ve que es viejo».

Do, re, mi, fa, sol, la, si, do... Do, re, mi, fa, sol, la, si, do...

La casa está totalmente a oscuras, pero las notas siguen brotando regulares.

—Juan Manuel, ¿no conoce usted a mi hermana Yolanda?

Ante la indicación de Federico, la mujer, que envuelta en la penumbra está sentada al piano, tiende al desconocido una mano que retira en seguida. Luego se levanta, crece, se desenrosca como una preciosa culebra. Es muy alta y extraordinariamente delgada. Juan Manuel la sigue con la mirada, mientras silenciosa y rápida enciende las primeras lámparas. «Es igual que su nombre: pálida, aguda y un poco salvaje —piensa de pronto—. Pero ¿qué tiene de extraño? ¡Ya comprendo! —reflexiona, mientras ella se desliza hacia la puerta y desaparece—. Unos pies demasiado pequeños. Es raro que pueda sostener un cuerpo tan largo sobre esos pies tan pequeños.

»... ¡Qué estúpida comida, esta comida entre hombres, entre diez cazadores que no han podido cazar y que devoran precipitadamente, sin tener siquiera una sola hazaña de que vanagloriarse! ¿Y Yolanda? ¿Por qué no preside la cena ya que la mujer de Federico está en Buenos Aires? ¡Qué extraña silueta! ¿Fea? ¿Bonita? Liviana, eso sí, muy liviana. Y esa mirada oscura y brillante, ese algo agresivo, huidizo... ¿A quién, a qué se parece?».

Juan Manuel extiende la mano para tomar su copa. Frente a él Silvestre bebe y habla y ríe fuerte, y parece desesperado.

Los cazadores dispersan las últimas brasas a golpes de pala y de tenazas; echan cenizas y más cenizas sobre los múltiples ojos de fuego que se empeñan en resurgir, coléricos. Batalla final en el tedio largo de la noche.

Y ahora el pasto y los árboles del parque los envuelven bruscamente en su aliento frío. Pesados insectos aletean contra los cristales del farol que alumbra el largo corredor abierto. Sostenido por Juan Manuel, Silvestre avanza hacia su cuarto resbalando sobre las baldosas lustrosas de vapor de agua, como recién lavadas. Los sapos huyen tímidamente a su paso para acurrucarse en los rincones oscuros.

En el silencio, el golpe de las barras que se ajustan a las puertas parece repetir los disparos inútiles de los cazadores sobre las islas. Silvestre deja caer su pesado cuerpo sobre el lecho, esconde su cara demacrada entre las manos y resuella y suspira ante la mirada irritada de Juan Manuel. Él, que siempre detestó compartir un cuarto con quien sea, tiene ahora que compartirlo con un borracho, y para colmo con un borracho que se lamenta.

—Oh, Juan Manuel, Juan Manuel...

—¿Qué le pasa, don Silvestre? ¿No se siente bien?

—Oh, muchacho. ¡Quién pudiera saber, saber, saber!...

—¿Saber qué, don Silvestre?

—Esto. —Y acompañando la palabra con el ademán, el viejo toma la cartera del bolsillo de su saco y la tiende a Juan Manuel.

—Busca la carta. Léela. Sí, una carta. Esa, sí. Léela y dime si comprendes.

Una letra alta y trémula corre como humo, desbordando casi las cuartillas amarillentas y manoseadas:

> Silvestre: No puedo casarme con usted. Lo he pensado mucho, créame. No es posible, no es posible. Y sin embargo, le quiero, Silvestre, le quiero y sufro. Pero no puedo. Olvídeme. En balde me pregunto qué podría salvarme. Un hijo tal vez, un hijo que pesara dulcemente dentro de mí siempre; ¡pero siempre! ¡No verlo jamás crecido, despegado de mí! ¡Yo apoyada siempre en esa pequeña vida, retenida siempre por esa presencia! Lloro, Silvestre, lloro; y no puedo explicarle nada más.
>
> Yolanda.

—No comprendo —balbucea Juan Manuel, preso de un súbito malestar.

—Yo hace treinta años que trato de comprender. La quería. Tú no sabes cuánto la quería. Ya nadie quiere así, Juan Manuel... Una noche, dos semanas antes de que hubiéramos de casarnos, me mandó esta carta. En seguida me negó toda explicación y jamás conseguí verla a solas. Yo dejaba pasar el tiempo. «Esto se arreglará», me decía. Y así se me ha ido pasando la vida...

—¿Era la madre de Yolanda, don Silvestre? ¿Se llamaba Yolanda, también?

—¿Cómo? Hablo de Yolanda. No hay más que una. De Yolanda, que me ha rechazado de nuevo esta noche. Esta noche, cuando la vi, me dije: «Tal vez ahora que han pasado tantos años Yolanda quiera, al fin, darme una explicación». Pero se fue, como siempre. Parece que Federico trata también de hablarle, a veces, de todo esto. Y ella se echa a temblar, y huye, huye siempre...

Desde hace unos segundos el sordo rumor de un tren ha despuntado en el horizonte. Y Juan Manuel lo oye insistir a la par que el malestar que se agita en su corazón.

—¿Yolanda fue su novia, don Silvestre?

—Sí, Yolanda fue mi novia, mi novia...

Juan Manuel considera fríamente los gestos desordenados de Silvestre, sus mejillas congestionadas, su pesado cuerpo de sesentón mal conservado. ¡Don Silvestre, el viejo amigo de su padre, novio de Yolanda!

—Entonces, ¿ella no es una niña, don Silvestre?

Silvestre ríe estúpidamente.

El tren, allá en un punto fijo del horizonte, parece que se empeñara en rodar y rodar un rumor estéril.

—¿Qué edad tiene? —insiste Juan Manuel.

Silvestre se pasa la mano por la frente tratando de contar.

—A ver, yo tenía en esa época veinte, no, veintitrés...

Pero Juan Manuel apenas le oye, aliviado momentáneamente por una consoladora reflexión. «¡Importa acaso la edad cuando se es tan prodigiosamente joven!».

—... ella por consiguiente debía tener...

La frase se corta en un resuello. Y de nuevo renace en Juan Manuel la absurda ansiedad que lo mantiene atento a la confidencia que aquel hombre medio ebrio deshilvana desatinadamente. ¡Y ese tren a lo lejos, como un movimiento en suspenso, como una amenaza que no se cumple! Es seguramente la palpitación sofocada y continua de ese tren lo que lo enerva así. Maquinalmente, como quien busca una salida, se acerca a la ventana, la abre, y se inclina sobre la noche. Los faros del expreso, que jadea y jadea allá en el horizonte, rasgan con dos haces de luz la inmensa llanura.

—¡Maldito tren! ¡Cuándo pasará! —rezongó fuerte.

Silvestre, que ha venido a tumbarse a su lado en el alféizar de la ventana, aspira el aire a plenos pulmones y examina las dos luces, fijas a lo lejos.

—Viene en línea recta, pero tardará una media hora en pasar —explica—. Acaba de salir de Lobos.

«Es liviana y tiene unos pies demasiado pequeños para su alta estatura».

—¿Qué edad tiene, don Silvestre?

—No sé. Mañana te diré.

«Pero ¿por qué? —reflexiona Juan Manuel—. ¿Qué significa este afán de preocuparme y pensar en una mujer que no he visto sino una vez? ¿Será que la deseo ya? El tren. ¡Oh, ese rumor monótono, esa respiración interminable del tren que avanza obstinado y lento en la pampa!

»¿Qué me pasa? —se pregunta Juan Manuel—. Debo estar cansado», piensa, al tiempo que cierra la ventana.

Mientras tanto, ella está en el extremo del jardín. Está apoyada contra la última tranquera del monte, como sobre la borda de un buque anclado en la llanura. En el cielo, una sola estrella, inmóvil; una estrella pesada y roja que parece lista a descolgarse y hundirse en el espacio infinito. Juan Manuel se apoya a su lado contra la tranquera y junto con ella se asoma a la pampa sumida en la mortecina luz saturnal. Habla. ¿Qué le dice? Le dice al oído las frases del destino. Y ahora le toma en sus brazos. Y ahora los brazos que la estrechan por la cintura tiemblan y esbozan una caricia nueva. ¡Va a tocarle el hombro derecho! ¡Se lo va a tocar! Y ella se debate, lucha, se agarra al alambrado para resistir mejor. Y se despierta aferrada a las sábanas, ahogada en sollozos y suspiros.

Durante un largo rato se mantiene erguida en las almohadas, con el oído atento. Y ahora la casa tiembla, el espejo oscila levemente, y una camelia marchita se desprende por la corola y cae sobre la alfombra con el ruido blando y pesado con que caería un fruto maduro.

Yolanda espera que el tren haya pasado y que se haya cerrado su estela de estrépito para volverse a dormir, recostada sobre el hombro izquierdo.

¡Maldito viento! De nuevo ha emprendido su galope aventurero por la pampa. Pero esta mañana los cazadores no están de humor para contemporizar con él. Echan los botes al agua, dispuestos al abordaje de las islas nuevas que allá, en el horizonte, sobrenadan defendidas por un cerco vivo de pájaros y espuma.

Desembarcan orgullosos, la carabina al hombro; pero una atmósfera ponzoñosa los obliga a detenerse casi en seguida para enjugarse la frente. Pausa breve, y luego avanzan pisando, atónitos, hierbas viscosas y una tierra caliente y movediza. Avanzan tambaleándose entre espirales de gaviotas que suben y bajan graznando. Azotado en el pecho por el filo de un ala, Juan Manuel vacila. Sus compañeros lo sostienen por los brazos y lo arrastran detrás de ellos.

Y avanzan aún, aplastando, bajo las botas, frenéticos pescados de plata que el agua abandonó sobre el limo. Más allá tropiezan con una flora extraña: son matojos de coral sobre los que se precipitan ávidos. Largamente luchan por arrancarlos de cuajo, luchan hasta que sus manos sangran.

Las gaviotas los encierran en espirales cada vez más apretadas. Las nubes corren muy bajas desmadejando una hilera vertiginosa de sombras. Un vaho a cada instante más denso brota del suelo. Todo hierve, se agita, tiembla. Los cazadores tratan en vano de mirar, de respirar. Descorazonados y medrosos, huyen.

Alrededor de la fogata, que los peones han encendido y alimentan con ramas de eucaliptos, esperan en cuclillas el día entero a que el viento apacigüe su furia. Pero, como para exasperarlos, el viento amaina cuando está oscureciendo.

Do, re, mi, fa, sol, la, si, do... De nuevo aquella escala tendida hasta ellos desde las casas. Juan Manuel aguza el oído.

Do, re, mi, fa, sol, la, si, do... Do, re, mi, fa, sol... Do, re, mi, fa... Do, re, mi, fa... —insiste el piano. Y aquella nota repetida y repetida bate contra el corazón de Juan Manuel y lo golpea ahí donde lo había golpeado y herido por la mañana el ala del pájaro salvaje. Sin saber por qué se levanta y echa a andar hacia esa nota que a lo lejos repiquetea sin cesar, como una llamada.

Ahora salva los macizos de camelias. El piano calla bruscamente. Corriendo casi, penetra en el sombrío salón.

La chimenea encendida, el piano abierto... Pero Yolanda, ¿dónde está? Más allá del jardín, apoyada contra la última tranquera como sobre la borda de un buque anclado en la llanura. Y ahora se estremece porque oye gotear a sus espaldas las ramas bajas de los pinos removidas por alguien que se acerca a hurtadillas. ¡Si fuera Juan Manuel!

Vuelve pausadamente la cabeza. Es él. Él en carne y hueso esta vez. ¡Oh, su tez morena y dorada en el atardecer gris! Es como si lo siguiera y lo envolviera siempre una flecha de sol. Juan Manuel se apoya a su lado, contra la tranquera, y se asoma con ella a la pampa. Del agua que bulle escondida bajo el limo de los vastos potreros empieza a levantarse el canto de las ranas. Y es como si desde el horizonte la noche se aproximara, agitando millares de cascabeles de cristal.

Ahora él la mira y sonríe. ¡Oh, sus dientes apretados y blancos!, deben de ser fríos y duros como pedacitos de hielo. ¡Y esa oleada de calor varonil que se desprende de él, y la alcanza y la penetra de bienestar! ¡Tener que defenderse de aquel bienestar, tener que salir del círculo que a la par que su sombra mueve aquel hombre tan hermoso y tan fuerte!

—Yolanda... —murmura. Al oír su nombre siente que la intimidad se hace de golpe entre ellos. ¡Qué bien hizo en llamarla por su nombre! Parecería que los liga ahora un largo pasado de deseo. No tener pasado. Eso era lo que los cohibía y los mantenía alejados.

—Toda la noche he soñado con usted, Juan Manuel, toda la noche...

Juan Manuel tiende los brazos; ella no lo rechaza. Lo obliga solo a enlazarla castamente por la cintura.

—Me llaman… —gime de pronto, y se desprende y escapa. Las ramas que remueven en su huida rebotan erizadas, arañan el saco y la mejilla de Juan Manuel que sigue a una mujer, desconcertado por vez primera.

Está de blanco. Solo ahora que ella se acerca a su hermano para encenderle la pipa, gravemente, meticulosamente —como desempeñando una pequeña ocupación cotidiana— nota que lleva traje largo. Se ha vestido para cenar con ellos. Juan Manuel recuerda entonces que sus botas están llenas de barro y se precipita hacia su cuarto.

Cuando vuelve al salón encuentra a Yolanda sentada en el sofá, de frente a la chimenea. El fuego enciende, apaga y enciende sus pupilas negras. Tiene los brazos cruzados detrás de la nuca, y es larga y afilada como una espada, o como… ¿como qué? Juan Manuel se esfuerza en encontrar la imagen que siente presa y aleteando en su memoria.

—La comida está servida.

Yolanda se incorpora, sus pupilas se apagan de golpe. Y al pasar le clava rápidamente esas pupilas de una negrura sin transparencia, y le roza el pecho con su manga de tul, como con un ala. Y la imagen afluye por fin al recuerdo de Juan Manuel, igual que una burbuja a flor de agua.

—Ya sé a qué se parece usted. Se parece a una gaviota.

Un gritito ronco, extraño, y Yolanda se desploma largo a largo y sin ruido sobre la alfombra. Reina un momento de estupor, de inacción; luego todos se precipitan para levantarla, desmayada. Ahora la transportan sobre el sofá, la acomodan en los cojines, piden agua. ¿Qué ha dicho? ¿Qué le ha dicho?

—Le dije… —empieza a explicar Juan Manuel; pero calla bruscamente, sintiéndose culpable de algo que ignora, temiendo, sin saber por qué, revelar un secreto que no le pertenece. Mientras tanto Yolanda, que ha vuelto en sí, suspira oprimiéndose el corazón con las dos manos como después de un gran susto. Se incorpora a medias, para extenderse nuevamente sobre el hombro izquierdo. Federico protesta.

—No. No te recuestes sobre el corazón. Es malo.

Ella sonríe débilmente, murmura: «Ya lo sé. Déjenme». Y hay tanta vehemencia triste, tanto cansancio en el ademán con que los despide, que todos pasan sin protestar a la habitación contigua. Todos, salvo Juan Manuel, que permanece de pie junto a la chimenea.

Lívida, inmóvil, Yolanda duerme o finge dormir recostada sobre el corazón. Juan Manuel espera anhelante un gesto de llamada o de repudio que no se cumple.

Al rayar el alba de esta tercera madrugada los cazadores se detienen, una vez más, al borde de las lagunas por fin apaciguadas. Mudos, contemplan la superficie tersa de las aguas. Atónitos, escrutan el horizonte gris.

Las islas nuevas han desaparecido.

Echan los botes al agua. Juan Manuel empuja el suyo con una decisión bien determinada. Bordea las viejas islas sin dejarse tentar como sus compañeros por la vida que alienta en ellas; esa vida hecha de chasquidos de alas y de juncos, de arrullos y pequeños gritos, y de ese leve temblor de flores de limo que se despliegan sudorosas. Explorador minucioso, se pierde a lo lejos y rema de izquierda a derecha, tratando de encontrar el lugar exacto donde tan solo ayer asomaban cuatro islas nuevas. ¿Adónde estaba la primera? Aquí. No, allí. No, aquí, más bien. Se inclina sobre el agua para buscarla, convencido sin embargo de que su mirada no logrará jamás seguirla en su caída vertiginosa hacia abajo, seguirla hasta la profundidad oscura donde se halla confundida nuevamente con el fondo de fango y de algas.

En el círculo de un remolino, algo sobreflota, algo blando, incoloro: es una medusa. Juan Manuel se apresura a recogerla en su pañuelo, que ata luego por las cuatro puntas.

Cae la tarde cuando Yolanda, a la entrada del monte, retiene su caballo y les abre la tranquera. Ha echado a andar delante de ellos. Su pesado ropón flotante se engancha a ratos en los arbustos. Y Juan Manuel repara que monta a la antigua, vestida de amazona. La luz declina por segundos, retrocediendo en una gama de azules. Algunas urracas de larga cola vuelan graznando un instante y se acurrucan luego en racimos apretados sobre las desnudas ramas del bosque ceniciento.

De golpe, Juan Manuel ve un grabado que aún cuelga en el corredor de su vieja quinta de Adrogué: una amazona esbelta y pensativa, entregada a la voluntad de su caballo, parece errar desesperanzada entre las hojas secas y el crepúsculo. El cuadro se llama «Otoño», o «Tristeza»... No recuerda bien.

Sobre el velador de su cuarto encuentra una carta de su madre. *«Puesto que tú no estás, yo le llevaré mañana las orquídeas a Elsa»*, escribe. Mañana. Quiere decir hoy. Hoy hace, por consiguiente, cinco años que murió su mujer. ¡Cinco años ya! Se llamaba Elsa. Nunca pudo él acostumbrarse a que tuviera un nombre tan lindo. «¡Y te llamas Elsa..!», solía decirle en la mitad de un abrazo, como si aquello fuera un milagro más milagroso que su belleza rubia y su sonrisa plácida. ¡Elsa! ¡La perfección de sus rasgos! ¡Su tez transparente detrás de la que corrían las venas, finas pinceladas azules! ¡Tantos años de amor! Y luego aquella enfermedad fulminante. Juan Manuel se resiste a pensar en la noche en que, cubriéndose la cara con las manos para que él no la besara, Elsa gemía: «No quiero que me veas así, tan fea... ni aun después de muerta. Me taparás la cara con orquídeas. Tienes que prometerme...»

No. Juan Manuel no quiere volver a pensar en todo aquello. Desgarrado, tira la carta sobre el velador sin leer más adelante.

El mismo crepúsculo sereno ha entrado en Buenos Aires, anegando en azul de acero las piedras y el aire, y los árboles de la plaza de la Recoleta espolvoreados por la llovizna glacial del día.

La madre de Juan Manuel avanza con seguridad en un laberinto de calles muy estrechas. Con seguridad. Nunca se ha perdido en aquella intrincada ciudad. Desde muy niña le enseñaron a orientarse en ella. He aquí su casa. La pequeña y fría casa donde reposan inmóviles sus padres, sus abuelos y tantos antepasados. ¡Tantos, en una casa tan estrecha! ¡Si fuera cierto que cada uno duerme aquí solitario con su pasado y su presente; incomunicado, aunque flanco a flanco! Pero no, no es posible. La señora deposita un instante en el suelo el ramo de orquídeas que lleva en la mano y busca la llave en su cartera. Una vez que se ha persignado ante el altar, examina si los candelabros están bien lustrados, si está bien almidonado el blanco mantel. En seguida suspira y baja a la cripta agarrándose nerviosamente a la barandilla de bronce. Una lámpara de aceite cuelga del techo bajo. La llama se refleja en el piso de mármol negro y se multiplica en las anillas de los cajones alineados por fechas. Aquí todo es orden y solemne indiferencia.

Fuera empieza a lloviznar nuevamente. El agua rebota en las estrechas callejuelas de asfalto. Pero aquí todo parece lejano: la lluvia, la ciudad, y las obligaciones que la aguardan en su casa. Y ahora ella suspira nuevamente y se acerca al cajón más nuevo, más chico, y deposita las orquídeas a la altura de la cara del muerto. Las deposita sobre la cara de Elsa. «Pobre Juan Manuel», piensa.

En vano trata de enternecerse sobre el destino de su nuera. En vano. Un rencor, del que se confiesa a menudo, persiste en su corazón a pesar de las decenas de rosarios y las múltiples jaculatorias que le impone su confesor.

Mira fijamente el cajón deseosa de traspasarlo con la mirada para saber, ver, comprobar... ¡Cinco años ya que murió! Era tan frágil. Puede que el anillo de oro liso haya rodado ya de entre sus frívolos dedos desmigajados hasta el hueco de su pecho hecho cenizas. Puede, sí. Pero ¿ha muerto? No. Ha vencido a pesar de todo. Nunca se muere enteramente. Esa es la verdad. El niño moreno y fuerte continuador de la raza, ese nieto que es ahora su única razón de vivir, mira con los ojos azules y cándidos de Elsa.

Por fin a las tres de la mañana Juan Manuel se decide a levantarse del sillón junto a la chimenea, donde con desgano fumaba y bebía medio atontado por el calor del fuego. Salta por encima de los perros dormidos contra la puerta y echa a andar por el largo corredor abierto. Se siente flojo y cansado, tan cansado. «¡Anteanoche Silvestre, y esta noche yo! Estoy completamente borracho», piensa.

Silvestre duerme. El sueño debió haberlo sorprendido de repente porque ha dejado la lámpara encendida sobre el velador.

La carta de su madre está todavía allí, semiabierta. Una larga postdata escrita de puño y letra de su hijo lo hace sonreír un poco. Trata de leer. Sus ojos se nublan en el esfuerzo. Porfía y descifra al fin:

> Papá. La abuelita me permite escribirte aquí. Aprendí tres palabras más en la geografía nueva que me regalaste. Tres palabras con la explicación y todo, que te voy a escribir aquí de memoria.
>
> AEROLITO: Nombre dado a masas minerales que caen de las profundidades del espacio celeste a la superficie de la Tierra. Los aerolitos son fragmentos planetarios que circulan por el espacio y que...

¡Ay!, murmura Juan Manuel, y, sintiéndose tambalear se arranca de la explicación, emerge de la explicación deslumbrado y cegado como si hubieran agitado ante sus ojos una cantidad de pequeños soles.

> HURACÁN: Viento violento e impetuoso hecho de varios vientos opuestos que forman torbellinos.

—¡Este niño! —rezonga Juan Manuel. Y se siente transido de frío, mientras grandes ruidos le azotan el cerebro como colazos de una ola que vuelve y se revuelve batiendo su flanco poderoso y helado contra él.

> HALO: Cerco luminoso que rodea a veces la luna.

Una ligera neblina se interpone de pronto entre Juan Manuel y la palabra anterior, una neblina azul que flota y lo envuelve blandamente. «¡Halo! —murmura—, ¡halo!». Y algo así como una inmensa ternura empieza a infiltrarse en todo su ser con la seguridad, con la suavidad de un gas. ¡Yolanda! ¡Si pudiera verla, hablarle!

Quisiera, aunque solo fuera, oírla respirar a través de la puerta cerrada de su alcoba.

Todos, todo duerme. ¡Qué de puertas, sigiloso y protegiendo con la mano la llama de su lámpara, debió forzar o abrir para atravesar el ala del viejo caserón! ¡Cuántas habitaciones desocupadas y polvorientas donde los muebles se amontonaban en los rincones, y cuántas otras donde, a su paso, gentes irreconocibles suspiran y se revuelven entre las sábanas!

Había elegido el camino de los fantasmas y de los asesinos.

Y ahora que ha logrado pegar el oído a la puerta de Yolanda, no oye sino el latir de su propio corazón.

Un mueble debe, sin duda alguna, obstruir aquella puerta por el otro lado; un mueble muy liviano puesto que ya consiguió apartarlo de un empellón. ¿Quién gime? Juan Manuel levanta la lámpara; el cuarto da primero un vuelco y se sitúa luego ante sus ojos, ordenado y tranquilo.

Velada por los tules de un mosquitero advierte una cama estrecha donde Yolanda duerme caída sobre el hombro izquierdo, sobre el corazón; duerme envuelta en una cabellera oscura, frondosa y crespa, entre las que gime y se debate. Juan Manuel deposita la lámpara en el suelo, aparta los tules del mosquitero y la toma de la mano. Ella se aferra de sus dedos, y él la ayuda entonces a incorporarse sobre las almohadas, a refluir de su sueño, a vencer el peso de esa cabellera inhumana que debe atraerla hacia quién sabe qué tenebrosas regiones.

Por fin abre los ojos, suspira aliviada y murmura: «Gracias».

—Gracias —repite. Y fijando delante de ella unas pupilas sonámbulas explica—. ¡Oh, era terrible! Estaba en un lugar atroz. En un parque al que a menudo bajo en mis sueños. Un parque. Plantas gigantes. Helechos altos y abiertos como árboles. Y un silencio... no sé cómo explicarlo..., un silencio verde como el del cloroformo. Un silencio desde el fondo del cual se aproxima un ronco zumbido que crece y se acerca. La muerte, es la muerte. Y entonces trato de huir, de despertar. Porque si no despertara, si me alcanzara la muerte en ese parque, tal vez me vería condenada a quedarme allí para siempre, ¿no cree usted?

Juan Manuel no contesta, temeroso de romper aquella intimidad con el sonido de su voz. Yolanda respira hondo y continúa:

—Dicen que durante el sueño volvemos a los sitios donde hemos vivido antes de la existencia que estamos viviendo ahora. Yo suelo también volver a cierta casa criolla. Un cuarto, un patio, un cuarto y otro patio con una fuente en el centro. Voy y...

Enmudece bruscamente y lo mira.

Ha llegado el momento que él tanto temía. El momento en que lúcida, al fin, y libre de todo pavor, se pregunta cómo y por qué está aquel hombre sentado a la orilla de su lecho. Aguarda resignado el: «¡Fuera!» imperioso y el ademán solemne con el cual se dice que las mujeres indican la puerta en esos casos.

Y no. Siente de golpe un peso sobre el corazón. Yolanda ha echado la cabeza sobre su pecho.

Atónito, Juan Manuel permanece inmóvil. ¡Oh, esa sien delicada, y el olor a madreselvas vivas que se desprende de aquella impetuosa mata de pelo que le acaricia los labios! Largo rato permanece inmóvil. Inmóvil, enternecido, maravillado, como si sobre su pecho se hubiera estrellado, al pasar, un inesperado y asustadizo tesoro.

¡Yolanda! Ávidamente la estrecha contra sí. Pero entonces grita, un gritito ronco, extraño, y le sujeta los brazos. Él lucha enredándose entre los largos cabellos perfumados y ásperos. Lucha hasta que logra asirla por la nuca y tumbarla brutalmente hacia atrás.

Jadeante, ella revuelca la cabeza de un lado a otro y llora. Llora mientras Juan Manuel la besa en la boca, mientras le acaricia un seno pequeño y duro como las camelias que ella cultiva. ¡Tantas lágrimas! ¡Cómo se escurren por sus mejillas, apresuradas y silenciosas! ¡Tantas lágrimas! Ahora corren por la almohada intactas, como ardientes perlas hechas de agua, hasta el hueco de su ruda mano de varón crispada bajo el cuello sometido.

Desembriagado, avergonzado casi, Juan Manuel relaja la violencia de su abrazo.

—¿Me odia, Yolanda?

Ella permanece muda, inerte.

—Yolanda. ¿Quiere que me vaya?

Ella cierra los ojos. «Váyase», murmura.

Ya lúcido, se siente enrojecer y un relámpago de vehemencia lo traspasa nuevamente de pies a cabeza. Pero su pasión se ha convertido en ira, en desagrado.

Las maderas del piso crujen bajo sus pasos mientras toma la lámpara y se va, dejando a Yolanda hundida en la sombra.

Al cuarto día, la neblina descuelga a lo largo de la pampa sus telones de algodón y silencio; sofoca y acorta el ruido de las detonaciones que los cazadores descargan a mansalva por las islas, ciega a las cigüeñas acobardadas y ablanda los largos juncos puntiagudos que hieren.

«Yolanda. ¿Qué hará?», se pregunta Juan Manuel. ¿Qué hará mientras él arrastra sus botas pesadas de barro y mata a los pájaros sin razón ni pasión? Tal vez esté en el huerto buscando las últimas fresas o desenterrando los primeros rábanos: *Se los toma fuertemente por las hojas y se los desentierra de un tirón, se los arranca de la tierra oscura como rojos y duros corazoncitos vegetales.* O puede aun que, dentro de la casa, y empinada sobre el taburete arrimado a un armario abierto, reciba de manos de la mucama un atado de sábanas recién planchadas para ordenarlas cuidadosamente en pilas iguales. ¿Y si estuviera con la frente pegada a los vidrios empañados de una ventana acechando su vuelta? Todo es posible en una mujer como Yolanda, en esa mujer extraña, en esa mujer tan parecida a... Pero Juan Manuel se detiene como temeroso de herirla con el pensamiento.

De nuevo el crepúsculo. El cazador echa una mirada por sobre la pampa sumergida tratando de situar en el espacio el monte y la casa. Una luz se enciende en lontananza a través de la neblina, como un grito sofocado que deseara orientarlo. La casa. ¡Allí está!

Aborda en su bote la orilla más cercana y echa a andar por los potreros hacia la luz ahuyentando, a su paso, el manso ganado de pelaje primorosamente rizado por el aliento húmedo de la neblina. Salva alambrados a cuyas púas se agarra la niebla como el vellón de otro ganado. Sortea las anchas matas de cardos que se arrastran plateadas, fosforescentes, en la penumbra; receloso de aquella vegetación a la vez quemante y helada.

Llega a la tranquera, cruza el parque, luego el jardín con sus macizos de camelias; desempaña con su mano enguantada el vidrio de cierta ventana y abre a la altura de sus ojos dos estrellas, como en los cuentos.

Yolanda está desnuda y de pie en el baño, absorta en la contemplación de su hombro derecho.

En su hombro derecho crece y se descuelga un poco hacia la espalda algo liviano y blando. Una ala. O más bien un comienzo de ala. O mejor dicho un muñón de ala. Un pequeño miembro atrofiado que ahora ella palpa cuidadosamente, como con recelo.

El resto del cuerpo es tal cual él se lo había imaginado. Orgulloso, estrecho, blanco.

«Una alucinación. Debo haber sido víctima de una alucinación. La caminata, la neblina, el cansancio y ese estado ansioso en que vivo desde hace días me han hecho ver lo que no existe...», piensa Juan Manuel mientras rueda enloquecido por los caminos agarrado al volante de su coche. ¡Si volviera! ¿Pero cómo explicar su brusca partida? ¿Y cómo explicar su regreso si lograra explicar su huida? No pensar, no pensar hasta Buenos Aires. ¡Es lo mejor!

Ya en el suburbio, una fina llovizna vela de un polvo de agua los vidrios del parabrisas. Echa a andar la aguja de níquel que hace tic tac, tic tac, con la regularidad implacable de su angustia.

Atraviesa Buenos Aires desierto y oscuro bajo un aguacero aún indeciso. Pero cuando empuja la verja y traspone el jardín de su casa, la lluvia se despeña torrencial.

—¿Qué pasa? ¿Por qué vuelves a estas horas?

—¿Y el niño?

—Duerme. Son las once de la noche, Juan Manuel.

—Quiero verlo. Buenas noches, madre.

La vieja señora se encoge de hombros y se aleja resignada, envuelta en su larga bata. No, nunca logrará acostumbrarse a los caprichos de su hijo. Es muy inteligente, un gran abogado. Ella, sin embargo, lo hubiera deseado menos talentoso y un poco más convencional, como los hijos de los demás.

Juan Manuel entra al cuarto del niño y enciende la luz. Acurrucado casi contra la pared, su hijo duerme, hecho un ovillo, con las sábanas por encima de la cabeza. «Duerme como un animalito sin educación. Y eso que tiene ya nueve años. ¡De qué le servirá tener una abuela tan celosa!», piensa Juan Manuel mientras lo destapa.

—¡Billy, despierta!

El niño se sienta en el lecho, pestañea rápido, mira a su padre y le sonríe valientemente a través de su sueño.

—¡Billy, te traigo un regalo!

Billy tiende instantáneamente una mano cándida. Y apremiado por ese ademán Juan Manuel sabe, de pronto, que no ha mentido. Sí, le trae un regalo. Busca en su bolsillo. Extrae un pañuelo atado por las cuatro puntas y lo entrega a su hijo. Billy desata los nudos, extiende el pañuelo y, como no encuentra nada, mira fijamente a su padre, esperando confiado una explicación.

—Era una especie de flor, Billy, una medusa magnífica, te lo juro. La pesqué en la laguna para ti... Y ha desaparecido...

El niño reflexiona un minuto y luego grita triunfante:

—No, no ha desaparecido; es que se ha deshecho, papá, se ha deshecho. Porque las medusas son agua, nada más que agua. Lo aprendí en la geografía nueva que me regalaste.

Afuera, la lluvia se estrella violentamente contra las anchas hojas de la palmera que encoge sus ramas de charol entre los muros del estrecho jardín.

—Tienes razón, Billy. Se ha deshecho.

—... Pero las medusas son del mar, papá. ¿Hay medusas en las lagunas?

—No sé, hijo.

Un gran cansancio lo aplasta de golpe. No sabe nada, no comprende nada.

¡Si telefoneara a Yolanda! Todo le parecería tal vez menos vago, menos pavoroso, si oyera la voz de Yolanda; una voz como todas las voces, lejana y un poco sorprendida por lo inesperado de la llamada.

Arropa a Billy y lo acomoda en las almohadas. Luego baja la solemne escalera de aquella casa tan vasta, fría y fea. El teléfono está en el *hall*; otra ocurrencia de su madre. Descuelga el tubo mientras un relámpago enciende de arriba abajo los altos vitrales. Pide un número. Espera.

El fragor de un trueno inmenso rueda por sobre la ciudad dormida hasta perderse a lo lejos.

Su llamado corre por los alambres bajo la lluvia. Juan Manuel se divierte en seguirlo con la imaginación. «Ahora corre por Rivadavia con su hilera de luces mortecinas, y ahora por el suburbio de calles pantanosas, y ahora toma la carretera que hiere derecha y solitaria la pampa inmensa; y ahora pasa por pueblos chicos, por ciudades de provincia donde el asfalto resplandece como agua detenida bajo la luz de la luna; y ahora entra tal vez de nuevo en la lluvia y llega a una estación de campo, y corre por los potreros hasta el monte, y ahora se escurre a lo largo de una avenida de álamos hasta llegar a las casas de "La Atalaya". Y ahora aletea en timbrazos inseguros que repercuten en el enorme salón desierto donde las maderas crujen y la lluvia gotea en un rincón».

Largo rato el llamado repercute. Juan Manuel lo siente vibrar muy ronco en su oído, pero allá en el salón desierto debe sonar agudamente. Largo rato, con el corazón apretado, Juan Manuel espera. Y de pronto lo esperado se produce: alguien levanta la horquilla al otro extremo de la línea. Pero antes de que una voz diga «Hola» Juan Manuel cuelga violentamente el tubo.

Si le fuera a decir: «No es posible. Lo he pensado mucho. No es posible, créame». Si le fuera a confirmar así aquel horror. Tiene miedo de saber. No quiere saber.

Vuelve a subir lentamente la escalera.

Había, pues, algo más cruel, más estúpido que la muerte. ¡Él que creía que la muerte era el misterio final, el sufrimiento último!

¡La muerte, ese detenerse!

Mientras él envejecía, Elsa permanecía eternamente joven, detenida en los treinta y tres años en que desertó de esta vida. Y vendría también el día en que Billy sería mayor que su madre, sabría más del mundo que lo que supo su madre.

¡La mano de Elsa hecha cenizas, y sus gestos perdurando, sin embargo, en sus cartas, en el *sweater* que le tejiera; y perdurando en retratos hasta el iris cristalino de sus ojos ahora vaciados!... ¡Elsa anulada, detenida en un punto fijo y viviendo, sin embargo, en el recuerdo, moviéndose junto con ellos en la vida cotidiana, como si continuara madurando su espíritu y pudiera reaccionar ante cosas que ignoró y que ignora!

Sin embargo, Juan Manuel sabe ahora que hay algo más cruel, más incomprensible que todos esos pequeños corolarios de la muerte. Conoce un misterio nuevo, un sufrimiento hecho de malestar y de estupor.

La puerta del cuarto de Billy, que se recorta iluminada en el corredor oscuro, lo invita a pasar nuevamente, con la vaga esperanza de encontrar a Billy todavía despierto. Pero Billy duerme. Juan Manuel pesca una mirada por el cuarto buscando algo en que distraerse, algo con que aplazar su angustia. Va hacia el pupitre de colegial y hojea la geografía de Billy.

«... Historia de la Tierra... La fase estelar de la Tierra... La vida en la era primaria...»

Y ahora lee:

> ... Cuán bello sería este paisaje silencioso en el cual los licopodios y equisetos gigantes erguían sus tallos a tanta altura, y los helechos extendían en el aire húmedo sus verdes frondas...

¿Qué paisaje es este? ¡No es posible que lo haya visto antes! ¿Por qué entra entonces en él como en algo conocido? Da vuelta la hoja y lee al azar:

> ... Con todo, en ocasión del carbonífero es cuando los insectos vuelan en gran número por entre la densa vegetación arborescente de la época. En el carbonífero superior había insectos con tres pares de alas. Los más notables de los insectos de la época eran unos muy grandes, semejantes a nuestras libélulas actuales, aun cuando mucho mayores, pues alcanzaba una longitud de sesenta y cinco centímetros la envergadura de sus alas...

Yolanda, los sueños de Yolanda..., el horroroso y dulce secreto de su hombro. ¡Tal vez aquí estaba la explicación del misterio!

Pero Juan Manuel no se siente capaz de remontar los intrincados corredores de la naturaleza hasta aquel origen. Teme confundir las pistas, perder las huellas, caer en algún pozo oscuro y sin salida para su entendimiento. Y abandonando una vez más a Yolanda, cierra el libro, apaga la luz, y se va.

La noche boca arriba

Julio Cortázar (1914-1984)

Narrador y traductor argentino. Considerado uno de los maestros del cuento latinoamericano con amplia proyección en ámbitos distintos de la lengua española. Muchos de sus cuentos se adscriben a la literatura fantástica. Influido, entre otros, por Edgar Allan Poe y Alfred Jarry, la narrativa de Cortázar mezcla lo real y lo cotidiano para revelar las fisuras y la porosidad del mundo a través del uso de lo sobrenatural con interpretación metafísica. El absurdo, la política como telón de fondo y la abolición de tiempos se confunden bajo tramas sólidas y bien desarrolladas. El texto que hemos seleccionado, «La noche boca arriba», es un claro ejemplo de alternancia de planos que conducen a un inesperado final.

LA NOCHE BOCA ARRIBA

JULIO CORTÁZAR

> Y salían en ciertas épocas a cazar enemigos;
> le llamaban la guerra florida.

A mitad del largo zaguán del hotel pensó que debía ser tarde y se apuró a salir a la calle y sacar la motocicleta del rincón donde el portero de al lado le permitía guardarla. En la joyería de la esquina vio que eran las nueve menos diez; llegaría con tiempo sobrado adonde iba. El sol se filtraba entre los altos edificios del centro, y él —porque para sí mismo, para ir pensando, no tenía nombre— montó en la máquina saboreando el paseo. La moto ronroneaba entre sus piernas, y un viento fresco le chicoteaba los pantalones.

Dejó pasar los ministerios (el rosa, el blanco) y la serie de comercios con brillantes vitrinas de la calle Central. Ahora entraba en la parte más agradable del trayecto, el verdadero paseo: una calle larga, bordeada de árboles, con poco tráfico y amplias villas que dejaban venir los jardines hasta las aceras, apenas demarcadas por setos bajos. Quizá algo distraído, pero corriendo por la derecha como correspondía, se dejó llevar por la tersura, por la leve crispación de ese día apenas empezado. Tal vez su involuntario relajamiento le impidió prevenir el accidente. Cuando vio que la mujer parada en la esquina se lanzaba a la calzada a pesar de las luces verdes, ya era tarde para las soluciones fáciles. Frenó con el pie y con la mano, desviándose a

la izquierda; oyó el grito de la mujer, y junto con el choque perdió la visión. Fue como dormirse de golpe.

Volvió bruscamente del desmayo. Cuatro o cinco hombres jóvenes lo estaban sacando de debajo de la moto. Sentía gusto a sal y sangre, le dolía una rodilla y cuando lo alzaron gritó, porque no podía soportar la presión en el brazo derecho. Voces que no parecían pertenecer a las caras suspendidas sobre él, lo alentaban con bromas y seguridades. Su único alivio fue oír la confirmación de que había estado en su derecho al cruzar la esquina. Preguntó por la mujer, tratando de dominar la náusea que le ganaba la garganta. Mientras lo llevaban boca arriba hasta una farmacia próxima, supo que la causante del accidente no tenía más que rasguños en las piernas. «Usté la agarró apenas, pero el golpe le hizo saltar la máquina de costado...». Opiniones, recuerdos, «despacio, éntrenlo de espaldas, así va bien», y alguien con guardapolvo dándole de beber un trago que lo alivió en la penumbra de una pequeña farmacia de barrio.

La ambulancia policial llegó a los cinco minutos, y lo subieron a una camilla blanda donde pudo tenderse a gusto. Con toda lucidez, pero sabiendo que estaba bajo los efectos de un *shock* terrible, dio sus señas al policía que lo acompañaba. El brazo casi no le dolía; de una cortadura en la ceja goteaba sangre por toda la cara. Una o dos veces se lamió los labios para beberla. Se sentía bien, era un accidente, mala suerte; unas semanas quieto y nada más. El vigilante le dijo que la motocicleta no parecía muy estropeada. «Natural —dijo él—. Como que me la ligué encima...». Los dos rieron y el vigilante le dio la mano al llegar al hospital y le deseó buena suerte. Ya la náusea volvía poco a poco; mientras lo llevaban en una camilla de ruedas hasta un pabellón del fondo, pasando bajo árboles llenos de pájaros, cerró los ojos y deseó estar dormido o cloroformado. Pero lo tuvieron largo rato en una pieza con olor a hospital, llenando una ficha, quitándole la ropa y vistiéndolo con una camisa grisácea y dura. Le movían cuidadosamente el brazo, sin que le doliera. Las enfermeras bromeaban todo el tiempo, y si no hubiera sido por las contracciones del estómago se habría sentido muy bien, casi contento.

Lo llevaron a la sala de radio, y veinte minutos después, con la placa todavía húmeda puesta sobre el pecho como una lápida negra, pasó a la sala de operaciones. Alguien de blanco, alto y delgado, se le acercó y se puso a mirar la radiografía. Manos de mujer le acomodaban la cabeza, sintió que lo pasaban de una camilla a otra. El hombre de blanco se le acercó otra vez, sonriendo, con algo que le brillaba en la mano derecha. Le palmeó la mejilla e hizo una seña a alguien parado atrás.

Como sueño era curioso porque estaba lleno de olores y él nunca soñaba olores. Primero un olor a pantano, ya que a la izquierda de la calzada empezaban las marismas, los tembladerales de donde no volvía nadie. Pero el olor cesó, y en cambio vino una fragancia compuesta y oscura como la noche en que se movía huyendo de los aztecas. Y todo era tan natural, tenía que huir de los aztecas que andaban a caza de hombre, y su única probabilidad era la de esconderse en lo más denso de la selva, cuidando de no apartarse de la estrecha calzada que solo ellos, los motecas, conocían.

Lo que más lo torturaba era el olor, como si aun en la absoluta aceptación del sueño algo se revelara contra eso que no era habitual, que hasta entonces no había participado del juego. «Huele a guerra», pensó, tocando instintivamente el puñal de piedra atravesado en su ceñidor de lana tejida. Un sonido inesperado lo hizo agacharse y quedar inmóvil, temblando. Tener miedo no era extraño, en sus sueños abundaba el miedo. Esperó, tapado por las ramas de un arbusto y la noche sin estrellas. Muy lejos, probablemente del otro lado del gran lago, debían estar ardiendo fuegos de vivac; un resplandor rojizo teñía esa parte del cielo. El sonido no se repitió. Había sido como una rama quebrada. Tal vez un animal que escapaba como él del olor a guerra. Se enderezó despacio, venteando. No se oía nada, pero el miedo seguía allí como el olor, ese incienso dulzón de la guerra florida. Había que seguir, llegar al corazón de la selva evitando las ciénagas. A tientas, agachándose a cada instante para tocar el suelo más duro de la calzada, dio algunos pasos. Hubiera querido echar a correr, pero los tembladerales palpitaban a su lado. En el sendero en tinieblas, buscó el rumbo. Entonces sintió una bocanada del olor que más temía, y saltó desesperado hacia adelante.

—Se va a caer de la cama —dijo el enfermo de la cama de al lado—. No brinque tanto, amigazo.

Abrió los ojos y era de tarde, con el sol ya bajo en los ventanales de la larga sala. Mientras trataba de sonreír a su vecino, se despegó casi físicamente de la última visión de la pesadilla. El brazo, enyesado, colgaba de un aparato con pesas y poleas. Sintió sed, como si hubiera estado corriendo kilómetros, pero no querían darle mucha agua, apenas para mojarse los labios y hacer un buche. La fiebre lo iba ganando despacio y hubiera podido dormirse otra vez, pero saboreaba el placer de quedarse despierto, entornados los ojos, escuchando el diálogo de los otros enfermos, respondiendo de cuando en cuando a alguna pregunta. Vio llegar un carrito blanco que pusieron al lado de su cama, una enfermera rubia le frotó con alcohol la cara anterior del muslo, y le clavó una gruesa aguja conectada con un tubo que subía hasta un frasco lleno de líquido opalino. Un médico joven vino con un aparato de metal y cuero que le ajustó al brazo sano para verificar alguna cosa. Caía la noche, y la fiebre lo iba arrastrando blandamente a un estado donde las cosas tenían un relieve como de gemelos de teatro, eran reales y dulces y a la vez ligeramente repugnantes; como estar viendo una película aburrida y pensar que sin embargo en la calle es peor; y quedarse.

Vino una taza de maravilloso caldo de oro oliendo a puerro, a apio, a perejil. Un trocito de pan, más precioso que todo un banquete, se fue desmigajando poco a poco. El brazo no le dolía nada y solamente en la ceja, donde lo habían suturado, chirriaba a veces una punzada caliente y rápida. Cuando los ventanales de enfrente viraron a manchas de un azul oscuro, pensó que no iba a ser difícil dormirse. Un poco incómodo, de espaldas, pero al pasarse la lengua por los labios resecos y calientes sintió el sabor del caldo, y suspiró de felicidad, abandonándose.

Primero fue una confusión, un atraer hacia sí todas las sensaciones por un instante embotadas o confundidas. Comprendía que estaba corriendo en plena oscuridad, aunque arriba el cielo cruzado de copas de árboles era menos negro que el resto. «La calzada —pensó—. Me salí de la calzada». Sus pies se hundían en un colchón de hojas y barro, y ya no podía dar un paso sin que las ramas de los arbustos le azotaran el torso y las piernas. Jadeante, sabiéndose acorralado a pesar de la oscuridad y el silencio, se agachó para escuchar. Tal vez la calzada estaba cerca, con la primera luz del día iba a verla otra vez. Nada podía ayudarlo ahora a encontrarla. La mano que sin saberlo él aferraba el mango del puñal, subió como un escorpión de los pantanos hasta su cuello, donde colgaba el amuleto protector. Moviendo apenas los labios musitó la plegaria del maíz que trae las lunas felices, y la súplica a la Muy Alta, a la dispensadora de los bienes motecas. Pero sentía al mismo tiempo que los tobillos se le estaban hundiendo despacio en el barro, y la espera en la oscuridad del chaparral desconocido se le hacía insoportable. La guerra florida había empezado con la luna y llevaba ya tres días y tres noches. Si conseguía refugiarse en lo profundo de la selva, abandonando la calzada más allá de la región de las ciénagas, quizá los guerreros no le siguieran el rastro. Pensó en la cantidad de prisioneros que ya habrían hecho. Pero la cantidad no contaba, sino el tiempo sagrado. La caza continuaría hasta que los sacerdotes dieran la señal del regreso. Todo tenía su número y su fin, y él estaba dentro del tiempo sagrado, del otro lado de los cazadores.

Oyó los gritos y se enderezó de un salto, puñal en mano. Como si el cielo se incendiara en el horizonte, vio antorchas moviéndose entre las ramas, muy cerca. El olor a guerra era insoportable, y cuando el primer enemigo le saltó al cuello casi sintió placer en hundirle la hoja de piedra en pleno pecho. Ya lo rodeaban las luces y los gritos alegres. Alcanzó a cortar el aire una o dos veces, y entonces una soga lo atrapó desde atrás.

—Es la fiebre —dijo el de la cama de al lado—. A mí me pasaba igual cuando me operé del duodeno. Tome agua y va a ver que duerme bien.

Al lado de la noche de donde volvía, la penumbra tibia de la sala le pareció deliciosa. Una lámpara violeta velaba en lo alto de la pared del fondo como un ojo protector. Se oía toser, respirar fuerte, a veces un diálogo en voz baja. Todo era grato y seguro, sin acoso, sin... Pero no quería seguir pensando en la pesadilla. Había tantas cosas en qué entretenerse. Se puso a mirar el yeso del brazo, las poleas que tan cómodamente se lo sostenían en el aire. Le habían puesto una botella de agua mineral en la mesa de noche. Bebió del gollete, golosamente. Distinguía ahora las formas de la sala, las treinta camas, los armarios con vitrinas. Ya no debía tener tanta fiebre, sentía fresca la cara. La ceja le dolía apenas, como un recuerdo. Se vio otra vez saliendo del hotel, sacando la moto. ¿Quién hubiera pensado que la cosa iba a acabar así? Trataba de fijar el momento del accidente, y le dio rabia advertir que había ahí como un hueco, un vacío que no alcanzaba a rellenar. Entre el choque y el momento en que lo habían levantado del suelo, un desmayo o lo que fuera no le dejaba ver nada. Y al mismo tiempo tenía la sensación de que ese hueco, esa nada, había durado una eternidad. No, ni siquiera tiempo, más bien como si en ese hueco él hubiera pasado a través de algo o recorrido distancias inmensas. El choque, el golpe brutal contra el pavimento. De todas maneras al salir del pozo negro había sentido casi un alivio mientras los hombres lo alzaban del suelo. Con el dolor del brazo roto, la sangre de la ceja partida, la contusión en la rodilla; con todo eso, un alivio al volver al día y sentirse sostenido y auxiliado. Y era raro. Le preguntaría alguna vez al médico de la oficina. Ahora volvía a ganarlo el sueño, a tirarlo despacio hacia abajo. La almohada era tan blanda, y en su garganta afiebrada la frescura del agua mineral. Quizá pudiera descansar de veras, sin las malditas pesadillas. La luz violeta de la lámpara en lo alto se iba apagando poco a poco.

Como dormía de espaldas, no lo sorprendió la posición en que volvía a reconocerse, pero en cambio el olor a humedad, a piedra rezumante de filtraciones, le cerró la garganta y lo obligó a comprender. Inútil abrir los ojos y mirar en todas direcciones; lo envolvía una oscuridad absoluta. Quiso enderezarse y sintió las sogas en las muñecas y los tobillos. Estaba estaqueado en el piso, en un suelo de lajas helado y húmedo. El frío le ganaba la espalda desnuda, las piernas. Con el mentón buscó torpemente el contacto con su amuleto, y supo que se lo habían arrancado. Ahora estaba perdido, ninguna plegaria podía salvarlo del final. Lejanamente, como filtrándose entre las piedras del calabozo, oyó los atabales de la fiesta. Lo habían traído al teocali, estaba en las mazmorras del templo a la espera de su turno.

Oyó gritar, un grito ronco que rebotaba en las paredes. Otro grito, acabando en un quejido. Era él que gritaba en las tinieblas, gritaba porque estaba vivo, todo su cuerpo se defendía con el grito de lo que iba a venir, del final inevitable. Pensó en sus compañeros que llenarían otras mazmorras, y en los que ascendían ya los peldaños del sacrificio. Gritó de nuevo sofocadamente, casi no podía abrir la boca, tenía las mandíbulas agarrotadas y a la vez como si fueran de goma y se abrieran lentamente, con un esfuerzo interminable. El chirriar de los cerrojos lo sacudió como un látigo. Convulso, retorciéndose, luchó por zafarse de las cuerdas que se le hundían en la carne. Su brazo derecho, el más fuerte, tiraba hasta que el dolor se hizo intolerable y hubo que ceder. Vio abrirse la doble puerta, y el olor de las antorchas le llegó antes que la luz. Apenas ceñidos con el taparrabos de la ceremonia, los acólitos de los sacerdotes se le acercaron mirándolo con desprecio. Las luces se reflejaban en los torsos sudados, en el pelo negro lleno de plumas. Cedieron las sogas, y en su lugar lo aferraron manos calientes, duras como el bronce; se sintió alzado, siempre boca arriba, tironeado por los cuatro acólitos que lo llevaban por el pasadizo. Los portadores de antorchas iban adelante, alumbrando vagamente el corredor de paredes mojadas y techo tan bajo que los acólitos debían agachar la cabeza. Ahora lo llevaban, lo llevaban, era el final. Boca arriba, a un metro del techo de roca viva que por momentos se iluminaba con un reflejo de antorcha. Cuando en vez del techo nacieran las estrellas y se alzara ante él la escalinata incendiada de gritos y danzas, sería el fin. El pasadizo no acababa nunca, pero ya iba a acabar, de repente olería el aire libre lleno de estrellas, pero todavía no, andaban llevándolo sin fin en la penumbra roja, tironeándolo brutalmente, y él no quería, pero cómo impedirlo si le habían arrancado el amuleto que era su verdadero corazón, el centro de la vida.

Salió de un brinco a la noche del hospital, al alto cielo raso dulce, a la sombra blanda que lo rodeaba. Pensó que debía haber gritado, pero sus vecinos dormían callados. En la mesa de noche, la botella de agua tenía algo de burbuja, de imagen traslúcida contra la sombra azulada de los ventanales. Jadeó buscando el alivio de los pulmones, el olvido de esas imágenes que seguían pegadas a sus párpados. Cada vez que cerraba los ojos las veía formarse instantáneamente, y se enderezaba aterrado pero gozando a la vez del saber que ahora estaba despierto, que la vigilia lo protegía, que pronto iba a amanecer, con el buen sueño profundo que se tiene a esa hora, sin imágenes, sin nada... Le costaba mantener los ojos abiertos, la modorra era más fuerte que él. Hizo un último esfuerzo, con la mano sana esbozó un gesto hacia la botella de agua; no llegó a tomarla, sus dedos se cerraron en un vacío otra vez negro, y el pasadizo seguía interminable, roca tras roca, con súbitas fulguraciones rojizas, y él boca arriba gimió apagadamente porque el techo iba a acabarse, subía, abriéndose como una boca de sombra, y los acólitos se enderezaban y de la altura una luna menguante le cayó en la cara donde los ojos no querían verla, desesperadamente se cerraban y abrían buscando pasar al otro lado, descubrir de nuevo el cielo raso protector de la sala. Y cada vez que se abrían era la noche y la luna mientras lo subían por la escalinata, ahora con la cabeza colgando hacia abajo, y en lo alto estaban las hogueras, las rojas columnas de rojo perfumado, y de golpe vio la piedra roja, brillante de sangre que chorreaba, y el vaivén de los pies del sacrificado, que arrastraban para tirarlo rodando por las escalinatas del norte. Con una última esperanza apretó los párpados, gimiendo por despertar. Durante un segundo creyó que lo lograría, porque estaba otra vez inmóvil en la cama, a salvo del balanceo cabeza abajo. Pero olía a muerte y cuando abrió los ojos vio la figura ensangrentada del sacrificador que venía hacia él con el cuchillo de piedra en la mano. Alcanzó a cerrar otra vez los párpados, aunque ahora sabía que no iba a despertarse, que estaba despierto, que el sueño maravilloso había sido el otro, absurdo como todos los sueños; un sueño en el que había andado por extrañas avenidas de una ciudad asombrosa, con luces verdes y rojas que ardían sin llama ni humo, con un enorme insecto de metal que zumbaba bajo sus piernas. En la mentira infinita de ese sueño también lo habían alzado del suelo, también alguien se le había acercado con un cuchillo en la mano, a él tendido boca arriba, a él boca arriba con los ojos cerrados entre las hogueras.

¡Diles que no me maten!

Juan Rulfo (1917-1986)

Escritor mexicano con una obra tan breve como contundente. Sus dos únicos libros, la novela *Pedro Páramo* y la colección de cuentos *El llano en llamas*, aún sorprenden por el magistral manejo de un mundo propio e infinito. Nunca dos elementos tan autóctonos como el bajío tapatío y las guerras cristeras se hicieron tan universales. En Rulfo la violencia y lo inevitable parecen medidos con instrumental de experto. No hay un blanco tipográfico o una palabra que sobre en ninguna de esas páginas en donde puede olerse el polvo y sentirse el sol ardiente que cubre a todos los desgraciados de Comala, lugar imaginario en el que se ambienta la novela mencionada. «¡Diles que no me maten!» no es una excepción.

¡DILES QUE NO ME MATEN!

JUAN RULFO

—¡Diles que no me maten, Justino! Anda, vete a decirles eso. Que por caridad. Así diles. Diles que lo hagan por caridad.

—No puedo. Hay allí un sargento que no quiere oír hablar nada de ti.

—Haz que te oiga. Date tus mañas y dile que para sustos ya ha estado bueno. Dile que lo haga por caridad de Dios.

—No se trata de sustos. Parece que te van a matar de a de veras. Y yo ya no quiero volver allá.

—Anda otra vez. Solamente otra vez, a ver qué consigues.

—No. No tengo ganas de eso, yo soy tu hijo. Y si voy mucho con ellos, acabarán por saber quién soy y les dará por afusilarme a mí también. Es mejor dejar las cosas de este tamaño.

—Anda, Justino. Diles que tengan tantita lástima de mí. Nomás eso diles.

Justino apretó los dientes y movió la cabeza diciendo:

—No.

Y siguió sacudiendo la cabeza durante mucho rato.

—Dile al sargento que te deje ver al coronel. Y cuéntale lo viejo que estoy. Lo poco que valgo. ¿Qué ganancia sacará con matarme? Ninguna ganancia. Al fin y al cabo él debe de tener un alma. Dile que lo haga por la bendita salvación de su alma.

Justino se levantó de la pila de piedras en que estaba sentado y caminó hasta la puerta del corral. Luego se dio vuelta para decir:

—Voy, pues. Pero si de perdida me afusilan a mí también, ¿quién cuidará de mi mujer y de los hijos?

—La Providencia, Justino. Ella se encargará de ellos. Ocúpate de ir allá y ver qué cosas haces por mí. Eso es lo que urge.

Lo habían traído de madrugada. Y ahora era ya entrada la mañana y él seguía todavía allí, amarrado a un horcón, esperando. No se podía estar quieto. Había hecho el intento de dormir un rato para apaciguarse, pero el sueño se le había ido. También se le había ido el hambre. No tenía ganas de nada. Solo de vivir. Ahora que sabía bien a bien que lo iban a matar, le habían entrado unas ganas tan grandes de vivir como solo las puede sentir un recién resucitado. Quién le iba a decir que volvería aquel asunto tan viejo, tan rancio, tan enterrado como creía que estaba. Aquel asunto de cuando tuvo que matar a don Lupe. No nada más por nomás, como quisieron hacerle ver los de Alima, sino porque tuvo sus razones. Él se acordaba:

Don Lupe Terreros, el dueño de la Puerta de Piedra, por más señas su compadre. Al que él, Juvencio Nava, tuvo que matar por eso; por ser el dueño de la Puerta de Piedra y que, siendo también su compadre, le negó el pasto para sus animales.

Primero se aguantó por puro compromiso. Pero después, cuando la sequía, en que vio cómo se le morían uno tras otro sus animales hostigados por el hambre y que su compadre don Lupe seguía negándole la yerba de sus potreros, entonces fue cuando se puso a romper la cerca y a arrear la bola de animales flacos hasta las paraneras para que se hartaran de comer. Y eso no le había gustado a don Lupe, que mandó tapar otra vez la cerca para que él, Juvencio Nava, le volviera a abrir otra vez el agujero. Así, de día se tapaba el agujero y de noche se volvía a abrir, mientras el ganado estaba allí, siempre pegado a la cerca, siempre esperando; aquel ganado suyo que antes nomás se vivía oliendo el pasto sin poder probarlo.

Y él y don Lupe alegaban y volvían a alegar sin llegar a ponerse de acuerdo.

Hasta que una vez don Lupe le dijo:

—Mira, Juvencio, otro animal más que metas al potrero y te lo mato.

Y él contestó:

—Mire, don Lupe, yo no tengo la culpa de que los animales busquen su acomodo. Ellos son inocentes. Ahí se lo haiga si me los mata.

«Y me mató un novillo.

»Esto pasó hace treinta y cinco años, por marzo, porque ya en abril andaba yo en el monte, corriendo del exhorto. No me valieron ni las diez vacas que le di al juez, ni el embargo de mi casa para pagarle la salida de la cárcel. Todavía después, se pagaron con lo que quedaba nomás por no perseguirme, aunque de todos modos me perseguían. Por eso me vine a vivir junto con mi hijo a este otro terrenito que yo tenía y que se nombra Palo de Venado. Y mi hijo creció y se casó con la nuera Ignacia y tuvo ya ocho hijos. Así que la cosa ya va para viejo, y según eso debería estar olvidada. Pero, según eso, no lo está.

»Yo entonces calculé que con unos cien pesos quedaba arreglado todo. El difunto don Lupe era solo, solamente con su mujer y los dos muchachitos todavía de a gatas. Y la viuda pronto murió también dizque de pena. Y a los muchachitos se los llevaron lejos, donde unos parientes. Así que, por parte de ellos, no había que tener miedo.

»Pero los demás se atuvieron a que yo andaba exhortado y enjuiciado para asustarme y seguir robándome. Cada vez que llegaba alguien al pueblo me avisaban:

»—Por ahí andan unos fuereños, Juvencio.

»Y yo echaba pal monte, entreverándome entre los madroños y pasándome los días comiendo verdolagas. A veces tenía que salir a la media noche, como si me fueran correteando los perros. Eso duró toda la vida. No fue un año ni dos. Fue toda la vida».

Y ahora habían ido por él, cuando no esperaba ya a nadie, confiado en el olvido en que lo tenía la gente; creyendo que al menos sus últimos días los pasaría tranquilos. «Al menos esto —pensó— conseguiré con estar viejo. Me dejarán en paz».

Se había dado a esta esperanza por entero. Por eso era que le costaba trabajo imaginar morir así, de repente, a estas alturas de su vida, después de tanto pelear para librarse de la muerte; de haberse pasado su mejor tiempo tirando de un lado para otro arrastrado por los sobresaltos y cuando su cuerpo había acabado por ser un puro pellejo correoso curtido por los malos días en que tuvo que andar escondiéndose de todos.

Por si acaso, ¿no había dejado hasta que se le fuera su mujer? Aquel día en que amaneció con la nueva de que su mujer se le había ido, ni siquiera le pasó por la cabeza la intención de salir a buscarla. Dejó que se fuera sin indagar para nada ni con quién ni para dónde, con tal de no bajar al pueblo. Dejó que se le fuera como se le había ido todo lo demás, sin meter las manos. Ya lo único que le quedaba para cuidar era la vida, y esta la conservaría a como diera lugar. No podía dejar que lo mataran. No podía. Mucho menos ahora.

Pero para eso lo habían traído de allá, de Palo de Venado. No necesitaron amarrarlo para que los siguiera. Él anduvo solo, únicamente maniatado por el miedo. Ellos se dieron cuenta de que no podía correr con aquel cuerpo viejo, con aquellas piernas flacas como sicuas secas, acalambradas por el miedo de morir. Porque a eso iba. A morir. Se lo dijeron.

Desde entonces lo supo. Comenzó a sentir esa comezón en el estómago que le llegaba de pronto siempre que veía de cerca la muerte y que le sacaba el ansia por los ojos, y que le hinchaba la boca con aquellos buches de agua agria que tenía que tragarse sin querer. Y esa cosa que le hacía los pies pesados mientras su cabeza se le ablandaba y el corazón le pegaba con todas sus fuerzas en las costillas. No, no podía acostumbrarse a la idea de que lo mataran.

Tenía que haber alguna esperanza. En algún lugar podría aún quedar alguna esperanza. Tal vez ellos se hubieran equivocado. Quizá buscaban a otro Juvencio Nava y no al Juvencio Nava que era él.

Caminó entre aquellos hombres en silencio, con los brazos caídos. La madrugada era oscura, sin estrellas. El viento soplaba despacio, se llevaba la tierra seca y traía más, llena de ese olor como de orines que tiene el polvo de los caminos.

Sus ojos, que se habían apenuscado con los años, venían viendo la tierra, aquí, debajo de sus pies, a pesar de la oscuridad. Allí en la tierra estaba toda su vida. Sesenta años de vivir sobre de ella, de encerrarla entre sus manos, de haberla probado como se prueba el sabor de la carne. Se vino largo rato desmenuzándola con los ojos, saboreando cada pedazo como si fuera el último, sabiendo casi que sería el último.

Luego, como queriendo decir algo, miraba a los hombres que iban junto a él. Iba a decirles que lo soltaran, que lo dejaran que se fuera: «Yo no le he hecho daño a nadie, muchachos», iba a decirles, pero se quedaba callado. «Más adelantito se los diré», pensaba. Y solo los veía. Podía hasta imaginar que eran sus amigos; pero no quería hacerlo. No lo eran. No sabía quiénes eran. Los veía a su lado ladeándose y agachándose de vez en cuando para ver por dónde seguía el camino.

Los había visto por primera vez al pardear de la tarde, en esa hora desteñida en que todo parece chamuscado. Habían atravesado los surcos pisando la milpa tierna. Y él había bajado a eso: a decirles que allí estaba comenzando a crecer la milpa. Pero ellos no se detuvieron.

Los había visto con tiempo. Siempre tuvo la suerte de ver con tiempo todo. Pudo haberse escondido, caminar unas cuantas horas por el cerro mientras ellos se iban y después volver a bajar. Al fin y al cabo la milpa no se lograría de ningún modo. Ya era tiempo de que hubieran venido las aguas y las aguas no aparecían y la milpa comenzaba a marchitarse. No tardaría en estar seca del todo.

Así que ni valía la pena de haber bajado; haberse metido entre aquellos hombres como en un agujero, para ya no volver a salir.

Y ahora seguía junto a ellos, aguantándose las ganas de decirles que lo soltaran. No les veía la cara; solo veía los bultos que se repegaban o se separaban de él. De manera que cuando se puso a hablar, no supo si lo habían oído. Dijo:

—Yo nunca le he hecho daño a nadie —eso dijo.

Pero nada cambió. Ninguno de los bultos pareció darse cuenta. Las caras no se volvieron a verlo. Siguieron igual, como si hubieran venido dormidos.

Entonces pensó que no tenía nada más que decir, que tendría que buscar la esperanza en algún otro lado. Dejó caer otra vez los brazos y entró en las primeras casas del pueblo en medio de aquellos cuatro hombres oscurecidos por el color negro de la noche.

—Mi coronel, aquí está el hombre.

Se habían detenido delante del boquete de la puerta. Él, con el sombrero en la mano, por respeto, esperando ver salir a alguien. Pero solo salió la voz:

—¿Cuál hombre? —preguntaron.

—El de Palo de Venado, mi coronel. El que usted nos mandó a traer.

—Pregúntale que si ha vivido alguna vez en Alima —volvió a decir la voz de allá adentro.

—¡Ey, tú! ¿Que si has habitado en Alima? —repitió la pregunta el sargento que estaba frente a él.

—Sí. Dile al coronel que de allá mismo soy. Y que allí he vivido hasta hace poco.

—Pregúntale que si conoció a Guadalupe Terreros.

—Que dizque si conociste a Guadalupe Terreros.

—¿A don Lupe? Sí. Dile que sí lo conocí. Ya murió.

Entonces la voz de allá adentro cambió de tono:

—Ya sé que murió —dijo. Y siguió hablando como si platicara con alguien allá, al otro lado de la pared de carrizos—. Guadalupe Terreros era mi padre. Cuando crecí y lo busqué me dijeron que estaba muerto. Es algo difícil crecer sabiendo que la cosa de donde podemos agarrarnos para enraizar está muerta. Con nosotros, eso pasó.

»Luego supe que lo habían matado a machetazos, clavándole después una pica de buey en el estómago. Me contaron que duró más de dos días perdido y que, cuando lo encontraron tirado en un arroyo, todavía estaba agonizando y pidiendo el encargo de que le cuidaran a su familia.

»Esto, con el tiempo, parece olvidarse. Uno trata de olvidarlo. Lo que no se olvida es llegar a saber que el que hizo aquello está aún vivo, alimentando su alma podrida con la ilusión de la vida eterna. No podría perdonar a ese, aunque no lo conozco; pero el hecho de que se haya puesto en el lugar donde yo sé que está, me da ánimos para acabar con él. No puedo perdonarle que siga viviendo. No debía haber nacido nunca».

Desde acá, desde fuera, se oyó bien claro cuanto dijo. Después ordenó:

—¡Llévenselo y amárrenlo un rato, para que padezca, y luego fusílenlo!

—¡Mírame, coronel! —pidió él—. Ya no valgo nada. No tardaré en morirme solito, derrengado de viejo. ¡No me mates...!

—¡Llévenselo! —volvió a decir la voz de adentro.

—... Ya he pagado, coronel. He pagado muchas veces. Todo me lo quitaron. Me castigaron de muchos modos. Me he pasado cosa de cuarenta años escondido como un apestado, siempre con el pálpito de que en cualquier rato me matarían. No merezco morir así, coronel. Déjame que, al menos, el Señor me perdone. ¡No me mates! ¡Diles que no me maten!

Estaba allí, como si lo hubieran golpeado, sacudiendo su sombrero contra la tierra. Gritando.

En seguida la voz de allá adentro dijo:

—Amárrenlo y denle algo de beber hasta que se emborrache para que no le duelan los tiros.

Ahora, por fin, se había apaciguado. Estaba allí arrinconado al pie del horcón. Había venido su hijo Justino y su hijo Justino se había ido y había vuelto y ahora otra vez venía.

Lo echó encima del burro. Lo apretaló bien apretado al aparejo para que no se fuese a caer por el camino. Le metió su cabeza dentro de un costal para que no diera mala impresión. Y luego le hizo pelos al burro y se fueron, arrebiatados, de prisa, para llegar a Palo de Venado todavía con tiempo para arreglar el velorio del difunto.

—Tu nuera y los nietos te extrañarán —iba diciéndole—. Te mirarán a la cara y creerán que no eres tú. Se les afigurará que te ha comido el coyote cuando te vean con esa cara tan llena de boquetes por tanto tiro de gracia como te dieron.

El guardagujas

JUAN JOSÉ ARREOLA (1918-2001)

Arreola, escritor mexicano, podría pertenecer, sin problemas, a una sociedad de escritores estrambóticos. Como personaje público todo en él fue excesivo y teatral. Como creador, el espejo siempre reflejó un artista autodidacta con un fino manejo del humor y la ironía, rasgos que supo dominar con tino. Aunque también escribió ensayo y novela, fue en el cuento en donde campó a sus anchas. Sus piezas, por lo general breves, navegaron por diferentes estilos dentro de las aguas del absurdo. Algunos lo señalan como discípulo de Marcel Schwob, de Giovanni Papini o de Franz Kafka. Visto de ese modo, la historia de «El guardagujas» bien pudo ocurrirle a K. en algún lugar de Praga.

EL GUARDAGUJAS

JUAN JOSÉ ARREOLA

El forastero llegó sin aliento a la estación desierta. Su gran valija, que nadie quiso cargar, le había fatigado en extremo. Se enjugó el rostro con un pañuelo, y con la mano en visera miró los rieles que se perdían en el horizonte. Desalentado y pensativo consultó su reloj: la hora justa en que el tren debía partir.

Alguien, salido de quién sabe dónde, le dio una palmada muy suave. Al volverse el forastero se halló ante un viejecillo de vago aspecto ferrocarrilero. Llevaba en la mano una linterna roja, pero tan pequeña, que parecía de juguete. Miró sonriendo al viajero, que le preguntó con ansiedad:

—Usted perdone, ¿ha salido ya el tren?

—¿Lleva usted poco tiempo en este país?

—Necesito salir inmediatamente. Debo hallarme en T. mañana mismo.

—Se ve que usted ignora las cosas por completo. Lo que debe hacer ahora mismo es buscar alojamiento en la fonda para viajeros —y señaló un extraño edificio ceniciento que más bien parecía un presidio.

—Pero yo no quiero alojarme, sino salir en el tren.

—Alquile usted un cuarto inmediatamente, si es que lo hay. En caso de que pueda conseguirlo, contrátelo por mes, le resultará más barato y recibirá mejor atención.

—¿Está usted loco? Yo debo llegar a T. mañana mismo.

—Francamente, debería abandonarlo a su suerte. Sin embargo, le daré unos informes.

—Por favor...

—Este país es famoso por sus ferrocarriles, como usted sabe. Hasta ahora no ha sido posible organizarlos debidamente, pero se han hecho grandes cosas en lo que se refiere a la publicación de itinerarios y a la expedición de boletos. Las guías ferroviarias abarcan y enlazan todas las poblaciones de la nación; se expenden boletos hasta para las aldeas más pequeñas y remotas. Falta solamente que los convoyes cumplan las indicaciones contenidas en las guías y que pasen efectivamente por las estaciones. Los habitantes del país así lo esperan; mientras tanto, aceptan las irregularidades del servicio y su patriotismo les impide cualquier manifestación de desagrado.

—Pero, ¿hay un tren que pasa por esta ciudad?

—Afirmarlo equivaldría a cometer una inexactitud. Como usted puede darse cuenta, los rieles existen, aunque un tanto averiados. En algunas poblaciones están sencillamente indicados en el suelo mediante dos rayas. Dadas las condiciones actuales, ningún tren tiene la obligación de pasar por aquí, pero nada impide que eso pueda suceder. Yo he visto pasar muchos trenes en mi vida y conocí algunos viajeros que pudieron abordarlos. Si usted espera convenientemente, tal vez yo mismo tenga el honor de ayudarle a subir a un hermoso y confortable vagón.

—¿Me llevará ese tren a T.?

—¿Y por qué se empeña usted en que ha de ser precisamente a T.? Debería darse por satisfecho si pudiera abordarlo. Una vez en el tren, su vida tomará efectivamente un rumbo. ¿Qué importa si ese rumbo no es el de T.?

—Es que yo tengo un boleto en regla para ir a T. Lógicamente, debo ser conducido a ese lugar, ¿no es así?

—Cualquiera diría que usted tiene razón. En la fonda para viajeros podrá usted hablar con personas que han tomado sus precauciones, adquiriendo grandes cantidades de boletos. Por regla general, las gentes previsoras compran pasajes para todos los puntos del país. Hay quien ha gastado en boletos una verdadera fortuna...

—Yo creí que para ir a T. me bastaba un boleto. Mírelo usted...

—El próximo tramo de los ferrocarriles nacionales va a ser construido con el dinero de una sola persona que acaba de gastar su inmenso capital en pasajes de ida y vuelta para un trayecto ferroviario, cuyos planos, que incluyen extensos túneles y puentes, ni siquiera han sido aprobados por los ingenieros de la empresa.

—Pero el tren que pasa por T., ¿ya se encuentra en servicio?

—Y no solo ese. En realidad, hay muchísimos trenes en la nación, y los viajeros pueden utilizarlos con relativa frecuencia, pero tomando en cuenta que no se trata de un servicio formal y definitivo. En otras palabras, al subir a un tren, nadie espera ser conducido al sitio que desea.

—¿Cómo es eso?

—En su afán de servir a los ciudadanos, la empresa debe recurrir a ciertas medidas desesperadas. Hace circular trenes por lugares intransitables. Esos convoyes expedicionarios emplean a veces varios años en su trayecto, y la vida de los viajeros sufre algunas transformaciones importantes. Los fallecimientos no son raros en tales casos, pero la empresa, que todo lo ha previsto, añade a esos trenes un vagón capilla ardiente y un vagón cementerio. Es motivo de orgullo para los conductores depositar el cadáver de un viajero lujosamente embalsamado en los andenes de la estación que prescribe su boleto. En ocasiones, estos trenes forzados recorren trayectos en que falta uno de los rieles. Todo un lado de los vagones se estremece lamentablemente con los golpes que dan las ruedas sobre los durmientes. Los viajeros de primera —es otra de las previsiones de la empresa— se colocan del lado en que hay riel. Los de segunda padecen los golpes con resignación. Pero hay otros tramos en que faltan ambos rieles, allí los viajeros sufren por igual, hasta que el tren queda totalmente destruido.

—¡Santo Dios!

—Mire usted: la aldea de F. surgió a causa de uno de esos accidentes. El tren fue a dar en un terreno impracticable. Lijadas por la arena, las ruedas

se gastaron hasta los ejes. Los viajeros pasaron tanto tiempo, que de las obligadas conversaciones triviales surgieron amistades estrechas. Algunas de esas amistades se transformaron pronto en idilios, y el resultado ha sido F., una aldea progresista llena de niños traviesos que juegan con los vestigios enmohecidos del tren.

—¡Dios mío, yo no estoy hecho para tales aventuras!

—Necesita usted ir templando su ánimo; tal vez llegue usted a convertirse en héroe. No crea que faltan ocasiones para que los viajeros demuestren su valor y sus capacidades de sacrificio. Recientemente, doscientos pasajeros anónimos escribieron una de las páginas más gloriosas en nuestros anales ferroviarios. Sucede que en un viaje de prueba, el maquinista advirtió a tiempo una grave omisión de los constructores de la línea. En la ruta faltaba el puente que debía salvar un abismo. Pues bien, el maquinista, en vez de poner marcha atrás, arengó a los pasajeros y obtuvo de ellos el esfuerzo necesario para seguir adelante. Bajo su enérgica dirección, el tren fue desarmado pieza por pieza y conducido en hombros al otro lado del abismo, que todavía reservaba la sorpresa de contener en su fondo un río caudaloso. El resultado de la hazaña fue tan satisfactorio que la empresa renunció definitivamente a la construcción del puente, conformándose con hacer un atractivo descuento en las tarifas de los pasajeros que se atreven a afrontar esa molestia suplementaria.

—¡Pero yo debo llegar a T. mañana mismo!

—¡Muy bien! Me gusta que no abandone usted su proyecto. Se ve que es usted un hombre de convicciones. Alójese por lo pronto en la fonda y tome el primer tren que pase. Trate de hacerlo cuando menos; mil personas estarán para impedírselo. Al llegar un convoy, los viajeros, irritados por una espera demasiado larga, salen de la fonda en tumulto para invadir ruidosamente la estación. Muchas veces provocan accidentes con su increíble falta de cortesía y de prudencia. En vez de subir ordenadamente se dedican a aplastarse unos a otros; por lo menos, se impiden para siempre el abordaje, y el tren se va dejándolos amotinados en los andenes de la estación. Los viajeros, agotados y furiosos, maldicen su falta de educación, y pasan mucho tiempo insultándose y dándose de golpes.

—¿Y la policía no interviene?

—Se ha intentado organizar un cuerpo de policía en cada estación, pero la imprevisible llegada de los trenes hacía tal servicio inútil y sumamente costoso. Además, los miembros de ese cuerpo demostraron muy pronto su venalidad, dedicándose a proteger la salida exclusiva de pasajeros adinerados que les daban a cambio de esa ayuda todo lo que llevaban encima. Se resolvió entonces el establecimiento de un tipo especial de escuelas, donde los futuros viajeros reciben lecciones de urbanidad y un entrenamiento adecuado. Allí se les enseña la manera correcta de abordar un convoy, aunque esté en movimiento y a gran velocidad. También se les proporciona una especie de armadura para evitar que los demás pasajeros les rompan las costillas.

—Pero una vez en el tren, ¿está uno a cubierto de nuevas contingencias?

—Relativamente. Solo le recomiendo que se fije muy bien en las estaciones. Podría darse el caso de que creyera haber llegado a T., y solo fuese una ilusión. Para regular la vida a bordo de los vagones demasiado repletos, la empresa se ve obligada a echar mano de ciertos expedientes. Hay estaciones que son pura apariencia: han sido construidas en plena selva y llevan el nombre de alguna ciudad importante. Pero basta poner un poco de atención para descubrir el engaño. Son como las decoraciones del teatro, y las personas que figuran en ellas están llenas de aserrín. Esos muñecos revelan fácilmente los estragos de la intemperie, pero son a veces una perfecta imagen de la realidad: llevan en el rostro las señales de un cansancio infinito.

—Por fortuna, T. no se halla muy lejos de aquí.

—Pero carecemos por el momento de trenes directos. Sin embargo, no debe excluirse la posibilidad de que usted llegue mañana mismo, tal como desea. La organización de los ferrocarriles, aunque deficiente, no excluye la posibilidad de un viaje sin escalas. Vea usted, hay personas que ni siquiera se han dado cuenta de lo que pasa. Compran un boleto para ir a T. Viene un tren, suben, y al día siguiente oyen que el conductor anuncia: «Hemos llegado a T.». Sin tomar precaución alguna, los viajeros descienden y se hallan efectivamente en T.

—¿Podría yo hacer alguna cosa para facilitar ese resultado?

—Claro que puede usted. Lo que no se sabe es si le servirá de algo. Inténtelo de todas maneras. Suba usted al tren con la idea fija de que va a llegar a T. No trate a ninguno de los pasajeros. Podrán desilusionarlo con sus historias de viaje, y hasta denunciarlo a las autoridades.

—¿Qué está usted diciendo?

—En virtud del estado actual de las cosas los trenes viajan llenos de espías. Estos espías, voluntarios en su mayor parte, dedican su vida a fomentar el espíritu constructivo de la empresa. A veces uno no sabe lo que dice y habla solo por hablar. Pero ellos se dan cuenta en seguida de todos los sentidos que puede tener una frase, por sencilla que sea. Del comentario más inocente saben sacar una opinión culpable. Si usted llegara a cometer la menor imprudencia, sería aprehendido sin más, pasaría el resto de su vida en un vagón cárcel o le obligarían a descender en una falsa estación perdida en la selva. Viaje usted lleno de fe, consuma la menor cantidad posible de alimentos y no ponga los pies en el andén antes de que vea en T. alguna cara conocida.

—Pero yo no conozco en T. a ninguna persona.

—En ese caso redoble usted sus precauciones. Tendrá, se lo aseguro, muchas tentaciones en el camino. Si mira usted por las ventanillas, está expuesto a caer en la trampa de un espejismo. Las ventanillas están provistas de ingeniosos dispositivos que crean toda clase de ilusiones en el ánimo de los pasajeros. No hace falta ser débil para caer en ellas. Ciertos aparatos, operados desde la locomotora, hacen creer, por el ruido y los movimientos, que el tren está en marcha. Sin embargo, el tren permanece detenido semanas enteras, mientras los viajeros ven pasar cautivadores paisajes a través de los cristales.

—¿Y eso qué objeto tiene?

—Todo esto lo hace la empresa con el sano propósito de disminuir la ansiedad de los viajeros y de anular en todo lo posible las sensaciones de traslado. Se aspira a que un día se entreguen plenamente al azar, en manos de una empresa omnipotente, y que ya no les importe saber adónde van ni de dónde vienen.

—Y usted, ¿ha viajado mucho en los trenes?

—Yo, señor, solo soy guardagujas. A decir verdad, soy un guardagujas jubilado, y solo aparezco aquí de vez en cuando para recordar los buenos tiempos. No he viajado nunca, ni tengo ganas de hacerlo. Pero los viajeros me cuentan historias. Sé que los trenes han creado muchas poblaciones además de la aldea de F., cuyo origen le he referido. Ocurre a veces que los tripulantes de un tren reciben órdenes misteriosas. Invitan a los pasajeros a que desciendan de los vagones, generalmente con el pretexto de que admiren las bellezas de un determinado lugar. Se les habla de grutas, de cataratas o de ruinas célebres: «Quince minutos para que admiren ustedes la gruta tal o cual», dice amablemente el conductor. Una vez que los viajeros se hallan a cierta distancia, el tren escapa a todo vapor.

—¿Y los viajeros?

Vagan desconcertados de un sitio a otro durante algún tiempo, pero acaban por congregarse y se establecen en colonia. Estas paradas intempestivas se hacen en lugares adecuados, muy lejos de toda civilización y con riquezas naturales suficientes. Allí se abandonan lores selectos, de gente joven, y sobre todo con mujeres abundantes. ¿No le gustaría a usted pasar sus últimos días en un pintoresco lugar desconocido, en compañía de una muchachita?

El viejecillo sonriente hizo un guiño y se quedó mirando al viajero, lleno de bondad y de picardía. En ese momento se oyó un silbido lejano. El guardagujas dio un brinco, y se puso a hacer señales ridículas y desordenadas con su linterna.

—¿Es el tren? —preguntó el forastero.

El anciano echó a correr por la vía, desaforadamente. Cuando estuvo a cierta distancia, se volvió para gritar:

—¡Tiene usted suerte! Mañana llegará a su famosa estación. ¿Cómo dice que se llama?

—¡X! —contestó el viajero.

En ese momento el viejecillo se disolvió en la clara mañana. Pero el punto rojo de la linterna siguió corriendo y saltando entre los rieles, imprudente, al encuentro del tren.

Al fondo del paisaje, la locomotora se acercaba como un ruidoso advenimiento.

La mujer más pequeña del mundo

CLARICE LISPECTOR (1920-1977)

Esta escritora brasileña de ascendencia ucraniana decía tener un «no-estilo». Sus páginas apelan a la exploración de las sensaciones, al pensamiento, a la interioridad de los personajes. Como en todos los grandes escritores, sus piezas revelan múltiples capas y un halo de misterio que deben decodificar los lectores. Aunque en vida hizo de la escritura un oficio para subsistir —periodista o traductora—, en la actualidad se lleva a cabo una labor de rescate de su obra como muestra de respeto y de valoración de su arte. «La mujer más pequeña del mundo» es un cuento que sugiere varios significados, pero se trata, básicamente, de una reflexión, en clave ficticia, sobre el amor.

LA MUJER MÁS PEQUEÑA DEL MUNDO

CLARICE LISPECTOR

En las profundidades del África Ecuatorial, el explorador francés Marcel Pretre, cazador y hombre de mundo, se topó con una tribu de pigmeos de una pequeñez sorprendente. Mayor fue, pues, su sorpresa cuando le informaron de que existía un pueblo aún más pequeño allende selvas y distancias. Entonces se internó más a fondo.

En el Congo Central descubrió en verdad a los pigmeos más pequeños del mundo. Y —como una caja dentro de una caja dentro de una caja— entre los pigmeos más pequeños del mundo estaba el más pequeño de los pigmeos más pequeños del mundo, obedeciendo quizá a la necesidad que tiene a veces la Naturaleza de excederse a sí misma.

Entre mosquitos y árboles tibios de humedad, entre las hojas ricas del verde más perezoso, Marcel Pretre se halló frente a una mujer de cuarenta y cinco centímetros,[1] madura, negra, callada. «Oscura como un mono», informaría a la prensa, y que vivía en la copa de un árbol con su pequeño concubino. En los cálidos humores silvestres, que redondean pronto las frutas y les dan una dulzura casi intolerable al paladar, la mujer estaba encinta.

1 45 centímetros = 17,7 pulgadas

Así que allí, de pie, estaba la mujer más pequeña del mundo. Por un instante, en el zumbido del calor, fue como si el francés hubiera llegado inesperadamente a la conclusión última. Sin duda solo gracias al hecho de que no estaba loco, su alma no desvarió ni perdió los límites. Con una necesidad inmediata de orden y de nombrar lo que existe, le puso el apodo de Pequeña Flor. Y, para poder clasificarla entre las realidades reconocibles, se puso de inmediato a reunir datos sobre ella.

Su raza de gente está siendo poco a poco exterminada. Quedan unos cuantos ejemplares humanos de esa especie que, de no ser por el taimado peligro de África, sería un pueblo extenso. Además de la enfermedad, el hálito infecto de las aguas, la comida deficiente y las fieras que los rondan, el peor peligro para los escasos likoualas[2] son los salvajes bantús, una amenaza que los rodea silenciosa como en las madrugadas de batalla. Los bantús los cazan con redes, como a los monos. Y se los comen. Así: los cazan con redes y se los comen. Esa pequeña raza de gente, siempre retrocediendo y retrocediendo, terminó por acuartelarse en el corazón de África, donde el explorador afortunado la descubriría. Como medio estratégico de defensa, viven en los árboles más altos. De allí bajan las mujeres para cocinar el maíz, moler la mandioca y cosechar verduras; los hombres, para cazar. Cuando nace un hijo, se le da libertad casi de inmediato. Cierto es que con frecuencia el niño no gozará durante mucho tiempo de esta libertad entre fieras. Pero también es cierto que por lo menos nadie lamentará que, en tan corta vida, el trabajo haya sido largo. Porque incluso el lenguaje que aprende el niño es breve y sencillo, únicamente esencial. Los likoualas usan pocos nombres, llaman las cosas mediante gestos y ruidos animales. Como evolución espiritual, tienen un tambor. Mientras bailan al son del tambor, una pequeña hacha permanece en guardia contra los bantús, que llegarán no se sabe de dónde.

Fue así, pues, como el explorador descubrió, toda de pie y a sus pies, a la cosa humana más pequeña que existe. Le palpitó el corazón porque no había esmeralda tan extraordinaria. Ni las enseñanzas de los sabios de la

2 Likoualas: la autora señala el nombre específico de esta tribu de pigmeos.

India eran tan extraordinarias. Ni el hombre más rico del mundo había puesto jamás los ojos en tanta extraña gracia. Allí estaba una mujer que ni la glotonería del sueño más refinado habría podido imaginar jamás. Fue entonces cuando el explorador dijo, tímidamente y con una delicadeza de sentimientos de la que su esposa nunca lo creería capaz:

—Tú eres Pequeña Flor.

En ese instante Pequeña Flor se rascó donde una no se rasca. El explorador —como si estuviera recibiendo el más alto premio de castidad al que un hombre, siempre tan idealista, osaría aspirar—, el explorador, tan experimentado, desvió los ojos.

La fotografía de Pequeña Flor se publicó a colores en el suplemento dominical de los periódicos, donde cupo en tamaño natural. Envuelta en una tela, con la barriga ya en un estado avanzado. La nariz chata, la cara negra, los ojos hundidos, los pies dilatados. Parecía un perro.

Ese domingo, en un departamento, una mujer, al ver en el periódico abierto el retrato de Pequeña Flor, no quiso mirarlo por segunda ocasión «porque me da ansias».

En otro departamento, una señora sintió tanta perversa ternura ante la pequeñez de la mujer africana que —puesto que es mucho mejor prevenir que lamentar— no habría que dejar nunca a Pequeña Flor sola a merced de la ternura de esa señora. Quién sabe a qué oscuridades de amor puede llegar el cariño. La señora pasó el día alterada, se diría que asaltada por la nostalgia. Era primavera, por cierto; había una bondad peligrosa en el aire.

En otra casa, una niña de cinco años de edad se sorprendió al ver el retrato y escuchar los comentarios. En esa casa de adultos, aquella niña había sido hasta entonces el más pequeño de los seres humanos. Y, aunque esa era la fuente de las mejores caricias, era también la fuente de este primer miedo del amor tirano. La existencia de Pequeña Flor hizo que la niña sintiera —con una vaguedad que solo se concretaría en pensamiento años y años después, por motivos bien distintos—, hizo que la niña sintiera, en una primera sabiduría, que «la desgracia no tiene límites».

En otra casa, durante la consagración de la primavera, una joven novia tuvo un éxtasis de piedad:

—Mamá, mira su foto, ¡pobrecita! ¡Mira qué tristita está!

—Pero —dijo la madre, dura y derrotada y orgullosa—, pero es una tristeza de animal, no es una tristeza humana.

—¡Ah, mamá! —dijo la joven desanimada.

Fue en otra casa donde a un niño malicioso se le ocurrió una idea maliciosa:

—Mamá, ¿y si pusiera a esa mujercita africana en la cama de Paulito mientras está dormido? Qué susto al despertarse, ¿no? ¡Qué grito al verla sentada en la cama! ¡Y jugaríamos mucho con ella! Sería nuestro juguete, ¿no?

En ese instante, la madre del niño estaba rizándose el pelo frente al espejo del baño y se acordó de lo que una cocinera le había contado sobre sus tiempos en el orfanato. Como no tenían muñecas con que jugar, y la maternidad ya pulsaba terrible en el corazón de las huérfanas, las niñas astutas le ocultaron a la monja la muerte de una de sus compañeras. Guardaron el cadáver en un armario hasta que se fue la monja y jugaron con la niña muerta, la bañaron y le hicieron la comidita, la castigaron solo para después poder besarla y consolarla. Eso fue lo que recordó la madre en el baño, y dejó caer las manos llenas de pasadores. Y consideró nuestra cruel necesidad de amar. Consideró la malignidad de nuestro deseo de ser felices. Consideró la ferocidad con que queremos jugar. Y el número de veces que mataremos por amor. Entonces miró a su hijo malicioso como si mirara a un peligroso extraño. Y sintió horror de su propia alma que, más que su cuerpo, había engendrado a aquel ser apto para la vida y la felicidad. Así vio, con mucha atención y un orgullo incómodo, a ese niño al que ya le faltaban dos dientes delanteros, la evolución, la evolución sucediendo, dientes que caen para que nazcan los que mejor muerden. «Le voy a comprar un traje nuevo», decidió mirándolo absorta. Obstinadamente engalanaba a su hijo desdentado con ropa fina, obstinadamente lo quería muy limpio, como si la limpieza pusiera en relieve una superficialidad tranquilizadora, obstinadamente perfeccionando el lado cortés de la belleza. Obstinadamente alejándose, y alejándolo, de alguna cosa que debía ser «oscura como un mono». Entonces, mirando el espejo del baño, la madre sonrió intencionalmente fina y cortés, colocando, entre su cara de líneas abstractas y la cara cruda de Pequeña Flor, la distancia insuperable de milenios. Pero, con años de práctica, sabía que ese sería un domingo en el que tendría que disimular frente a sí misma la ansiedad, el sueño y milenios perdidos.

En otra casa, junto a una pared, se dieron al alegre trabajo de calcular con cinta métrica los cuarenta y cinco centímetros de Pequeña Flor. Y allí mismo, con deleite, quedaron sorprendidos: era aún más pequeña de lo que podría inventar lo más agudo de la imaginación. En el corazón de cada miembro de la familia nació, nostálgico, el deseo de poseer esa cosa chiquita e indomable, esa cosa a salvo de que se la comieran, esa fuente permanente de caridad. El alma ávida de la familia quería entregarse a la devoción. Y, la verdad, ¿quién no ha querido tener un ser humano para sí solo? Cosa que, en realidad, no siempre sería cómoda, hay horas en las que uno no quiere tener sentimientos:

—Seguro que, si viviera aquí, la cosa acabaría en pleito —dijo el padre sentado en el sillón, pasando definitivamente la página del periódico—. En esta casa todo acaba en pleito.

—Tú siempre tan pesimista, José —dijo la madre.

—Mamá, ¿ya pensaste de qué tamaño va a ser su bebito? —dijo ardiente la hija mayor, que tenía trece años.

El padre se movió detrás del periódico.

—Ha de ser el bebé negro más chiquito del mundo —respondió la madre, derritiéndose de gusto—. ¡Imagínatela nada más aquí en la casa, sirviendo la mesa! ¡Y con esa barriguita grande!

—¡Suficiente!—refunfuñó el padre.

—Habrás de convenir —dijo la madre inesperadamente ofendida— en que se trata de una cosa extraordinaria. El insensible eres tú.

¿Y la propia cosa extraordinaria?

Mientras tanto, en África, la propia cosa extraordinaria tenía en el corazón —quién sabe si negro también, pues en una Naturaleza que se ha equivocado una vez ya no es posible volver a confiar—, mientras tanto la propia cosa extraordinaria tenía en el corazón algo aún más extraordinario, algo así como el secreto del propio secreto: un hijo mínimo. Metódicamente el explorador examinó con la mirada la barriguita del más pequeño de los seres humanos maduros. Y en ese instante el explorador, por primera vez desde que la había conocido, en lugar de sentir curiosidad o exaltación o victoria o espíritu científico, el explorador sintió malestar.

Es que la mujer más pequeña del mundo se estaba riendo.

Se estaba riendo, caliente, caliente. Pequeña Flor estaba gozando la vida. La propia cosa extraordinaria estaba teniendo la inefable sensación de no haber sido comida aún. No haber sido comida era algo que, en otros momentos, le daba el ágil impulso para saltar de rama en rama. Pero, en este momento de tranquilidad, entre las espesas hojas del Congo Central, no estaba aplicando ese impulso en una acción, y todo el impulso se había concentrado en la propia pequeñez de la propia cosa extraordinaria. Así que se reía. Era una risa como la que solo puede reír alguien que no habla. Una risa que el explorador, turbado, no pudo clasificar. Y ella siguió disfrutando su propia risa suave, ella, que no estaba siendo devorada. No ser devorado es el sentimiento más perfecto. No ser devorado es el objetivo secreto de toda una vida. Mientras ella no estaba siendo comida, su risa bestial era tan delicada como la alegría. El explorador estaba confundido.

En segundo lugar, si la propia cosa extraordinaria se estaba riendo, era porque, dentro de su pequeñez, una gran oscuridad se había puesto en movimiento.

Es que la propia cosa extraordinaria sentía que le entibiaba el pecho algo que podría llamarse Amor. Amaba a ese explorador amarillo. Si supiera hablar y le dijera que lo amaba, él se inflaría de vanidad. Una vanidad que disminuiría cuando ella añadiera que también amaba mucho al anillo del explorador, y que amaba mucho a las botas del explorador. Y cuando este se desinflara, desilusionado, Pequeña Flor no podría entender por qué. Pues ni de lejos su amor por el explorador —podría decirse incluso su «profundo amor», ya que, a falta de otros recursos, estaba reducida a la profundidad—, pues ni de lejos su profundo amor por el explorador valía menos por el hecho de que amara también a sus botas. Hay un viejo equívoco sobre la palabra «amor» y, aunque muchos hijos nacen de ese equívoco, otros tantos se han perdido del instante único de nacer solo por una susceptibilidad que exige que a quien quieras sea a mí, ¡a mí!, y no a mi dinero. Pero en la humedad de la selva no hay de esos refinamientos crueles, y el amor es no ser comido, el amor es pensar que unas botas son lindas, el amor es sentir atracción por el color extraordinario de un hombre que no es negro, el amor es reírse de amor por un anillo que brilla. Pequeña Flor parpadeaba de amor y se rio caliente, pequeña, encinta, caliente.

El explorador trató de sonreírle de vuelta, sin saber exactamente a qué abismo respondía su sonrisa, y entonces se turbó como solo un hombre de gran tamaño puede turbarse. Lo disimuló acomodándose mejor el sombrero de explorador, se ruborizó púdico. Se volvió lindo su color: de un rosa verdoso, como un limón en la madrugada. El hombre debía ser ácido.

Probablemente fue al acomodarse el casco simbólico cuando el explorador se llamó a sí mismo al orden, recuperó severo la disciplina de trabajo y volvió a tomar notas. Había aprendido a entender algunas de las pocas palabras articuladas de la tribu y a interpretar sus signos. Ya era capaz de hacer preguntas.

Pequeña Flor le contestó que «sí». Que era muy bueno tener un árbol suyo, verdaderamente suyo, donde vivir. Porque —y esto no lo dijo ella, pero sus ojos se pusieron tan oscuros que lo dijeron— porque es bueno poseer, es bueno poseer, es bueno poseer. El explorador parpadeó varias veces.

Marcel Pretre vivió varios momentos difíciles consigo mismo. Pero al menos se mantuvo ocupado tomando notas y notas. Los que no tomaron notas tuvieron que arreglárselas como pudieron:

—Pues mira —declaró de repente una vieja cerrando el periódico con decisión—, pues mira, yo solo te digo una cosa: Dios sabe lo que hace.

Mister Taylor

Augusto Monterroso (1921-2003)

Escritor guatemalteco, autodidacta, que llevó el microrrelato a nuevas cimas de expresividad. En sus cuentos se mezclan fábulas, memorias o biografías apócrifas bajo el signo del humor y la economía en el uso de las palabras. A ratos irónicos, sus personajes e historias aúnan erudición y una aparente simpleza que, en realidad, constituyen profundas críticas a la sociedad y a la historia latinoamericanas. El cuento seleccionado, «Mister Taylor», es vivo ejemplo de un relato clásico que transita por veredas tan conocidas como el colonialismo, el capitalismo y la indolencia.

MISTER TAYLOR

AUGUSTO MONTERROSO

—Menos rara, aunque sin duda más ejemplar —dijo entonces el otro—, es la historia de Mr. Percy Taylor, cazador de cabezas en la selva amazónica.

Se sabe que en 1937 salió de Boston, Massachusetts, en donde había pulido su espíritu hasta el extremo de no tener un centavo. En 1944 aparece por primera vez en América del Sur, en la región del Amazonas, conviviendo con los indígenas de una tribu cuyo nombre no hace falta recordar.

Por sus ojeras y su aspecto famélico pronto llegó a ser conocido allí como «el gringo pobre», y los niños de la escuela hasta lo señalaban con el dedo y le tiraban piedras cuando pasaba con su barba brillante bajo el dorado sol tropical. Pero esto no afligía la humilde condición de Mr. Taylor porque había leído en el primer tomo de las *Obras completas* de William G. Knight que si no se siente envidia de los ricos la pobreza no deshonra.

En pocas semanas los naturales se acostumbraron a él y a su ropa extravagante. Además, como tenía los ojos azules y un vago acento extranjero, el presidente y el ministro de Relaciones Exteriores lo trataban con singular respeto, temerosos de provocar incidentes internacionales.

Tan pobre y mísero estaba, que cierto día se internó en la selva en busca de hierbas para alimentarse. Había caminado cosa de varios metros sin atreverse a volver el rostro, cuando por pura casualidad vio a través de la maleza dos ojos indígenas que lo observaban decididamente. Un largo estremecimiento recorrió la sensitiva espalda de Mr. Taylor. Pero Mr. Taylor, intrépido, arrostró el peligro y siguió su camino silbando como si nada hubiera pasado.

De un salto (que no hay para qué llamar felino) el nativo se le puso enfrente y exclamó:

—*Buy head? Money, money.*

A pesar de que el inglés no podía ser peor, Mr. Taylor, algo indispuesto, sacó en claro que el indígena le ofrecía en venta una cabeza de hombre, curiosamente reducida, que traía en la mano.

Es innecesario decir que Mr. Taylor no estaba en capacidad de comprarla; pero como aparentó no comprender, el indio se sintió terriblemente disminuido por no hablar bien el inglés, y se la regaló pidiéndole disculpas.

Grande fue el regocijo con que Mr. Taylor regresó a su choza. Esa noche, acostado boca arriba sobre la precaria estera de palma que le servía de lecho, interrumpido tan solo por el zumbar de las moscas acaloradas que revoloteaban en torno haciéndose obscenamente el amor, Mr. Taylor contempló con deleite durante un buen rato su curiosa adquisición. El mayor goce estético lo extraía de contar, uno por uno, los pelos de la barba y el bigote, y de ver de frente el par de ojillos entre irónicos que parecían sonreírle agradecidos por aquella deferencia.

Hombre de vasta cultura, Mr. Taylor solía entregarse a la contemplación; pero esta vez en seguida se aburrió de sus reflexiones filosóficas y dispuso obsequiar la cabeza a un tío suyo, Mr. Rolston, residente en Nueva York, quien desde la más tierna infancia había revelado una fuerte inclinación por las manifestaciones culturales de los pueblos hispanoamericanos.

Pocos días después el tío de Mr. Taylor le pidió —previa indagación sobre el estado de su importante salud— que por favor lo complaciera con cinco más. Mr. Taylor accedió gustoso al capricho de Mr. Rolston y —no se sabe de qué modo— a vuelta de correo «tenía mucho agrado en satisfacer sus deseos». Muy reconocido, Mr. Rolston le solicitó otras diez. Mr. Taylor se sintió «halagadísimo de poder servirlo». Pero cuando pasado un mes aquel le rogó el envío de veinte, Mr. Taylor, hombre rudo y barbado pero de refinada sensibilidad artística, tuvo el presentimiento de que el hermano de su madre estaba haciendo negocio con ellas.

Bueno, si lo quieren saber, así era. Con toda franqueza, Mr. Rolston se lo dio a entender en una inspirada carta cuyos términos resueltamente comerciales hicieron vibrar como nunca las cuerdas del sensible espíritu de Mr. Taylor.

De inmediato concertaron una sociedad en la que Mr. Taylor se comprometía a obtener y remitir cabezas humanas reducidas en escala industrial, en tanto que Mr. Rolston las vendería lo mejor que pudiera en su país.

Los primeros días hubo algunas molestas dificultades con ciertos tipos del lugar. Pero Mr. Taylor, que en Boston había logrado las mejores notas con un ensayo sobre Joseph Henry Silliman, se reveló como político y obtuvo de las autoridades no solo el permiso necesario para exportar, sino, además, una concesión exclusiva por noventa y nueve años. Escaso trabajo le costó convencer al guerrero ejecutivo y a los brujos legislativos de que aquel paso patriótico enriquecería en corto tiempo a la comunidad, y de que luego luego estarían todos los sedientos aborígenes en posibilidad de beber (cada vez que hicieran una pausa en la recolección de cabezas), de beber un refresco bien frío, cuya fórmula mágica él mismo proporcionaría.

Cuando los miembros de la Cámara, después de un breve pero luminoso esfuerzo intelectual, se dieron cuenta de tales ventajas, sintieron hervir su amor a la patria y en tres días promulgaron un decreto exigiendo al pueblo que acelerara la producción de cabezas reducidas.

Contados meses más tarde, en el país de Mr. Taylor las cabezas alcanzaron aquella popularidad que todos recordamos. Al principio eran privilegio de las familias más pudientes; pero la democracia es la democracia y, nadie lo va a negar, en cuestión de semanas pudieron adquirirlas hasta los mismos maestros de escuela.

Un hogar sin su correspondiente cabeza teníase por un hogar fracasado. Pronto vinieron los coleccionistas y, con ellos, las contradicciones:

poseer diecisiete cabezas llegó a ser considerado de mal gusto; pero era distinguido tener once. Se vulgarizaron tanto que los verdaderos elegantes fueron perdiendo interés y ya solo por excepción adquirían alguna, si presentaba cualquier particularidad que la salvara de lo vulgar. Una, muy rara, con bigotes prusianos, que perteneciera en vida a un general bastante condecorado, fue obsequiada al Instituto Danfeller, el que a su vez donó, como de rayo, tres y medio millones de dólares para impulsar el desenvolvimiento de aquella manifestación cultural, tan excitante, de los pueblos hispanoamericanos.

Mientras tanto, la tribu había progresado en tal forma que ya contaba con una veredita alrededor del Palacio Legislativo. Por esa alegre veredita paseaban los domingos y el Día de la Independencia los miembros del Congreso, carraspeando, luciendo sus plumas, muy serios, riéndose, en las bicicletas que les había obsequiado la Compañía.

Pero ¿qué quieren? No todos los tiempos son buenos. Cuando menos lo esperaban se presentó la primera escasez de cabezas.

Entonces comenzó lo más alegre de la fiesta.

Las meras defunciones resultaron ya insuficientes. El ministro de Salud Pública se sintió sincero, y una noche caliginosa, con la luz apagada, después de acariciarle un ratito el pecho como por no dejar, le confesó a su mujer que se consideraba incapaz de elevar la mortalidad a un nivel grato a los intereses de la Compañía, a lo que ella le contestó que no se preocupara, que ya vería cómo todo iba a salir bien, y que mejor se durmieran.

Para compensar esa deficiencia administrativa fue indispensable tomar medidas heroicas y se estableció la pena de muerte en forma rigurosa.

Los juristas se consultaron unos a otros y elevaron a la categoría de delito, penado con la horca o el fusilamiento, según su gravedad, hasta la falta más nimia.

Incluso las simples equivocaciones pasaron a ser hechos delictuosos. Ejemplo: si en una conversación banal, alguien, por puro descuido, decía «Hace mucho calor», y posteriormente podía comprobársele, termómetro en mano, que en realidad el calor no era para tanto, se le cobraba un pequeño impuesto y era pasado ahí mismo por las armas, correspondiendo la cabeza a la Compañía y, justo es decirlo, el tronco y las extremidades a los dolientes.

La legislación sobre las enfermedades ganó inmediata resonancia y fue muy comentada por el cuerpo diplomático y por las cancillerías de potencias amigas.

De acuerdo con esa memorable legislación, a los enfermos graves se les concedían veinticuatro horas para poner en orden sus papeles y morirse; pero si en este tiempo tenían suerte y lograban contagiar a la familia, obtenían tantos plazos de un mes como parientes fueran contaminados. Las víctimas de enfermedades leves y los simplemente indispuestos merecían el desprecio de la patria y, en la calle, cualquiera podía escupirles el rostro. Por primera vez en la historia fue reconocida la importancia de los médicos (hubo varios candidatos al premio Nobel) que no curaban a nadie. Fallecer se convirtió en ejemplo del más exaltado patriotismo, no solo en el orden nacional, sino en el más glorioso, en el continental.

Con el empuje que alcanzaron otras industrias subsidiarias (la de ataúdes, en primer término, que floreció con la asistencia técnica de la Compañía) el país entró, como se dice, en un periodo de gran auge económico. Este impulso fue particularmente comprobable en una nueva veredita florida, por la que paseaban, envueltas en la melancolía de las doradas tardes de otoño, las señoras de los diputados, cuyas lindas cabecitas decían que sí, que sí, que todo estaba bien, cuando algún periodista solícito, desde el otro lado, las saludaba sonriente sacándose el sombrero.

Al margen recordaré que uno de estos periodistas, quien en cierta ocasión emitió un lluvioso estornudo que no pudo justificar, fue acusado de extremista y llevado al paredón de fusilamiento. Solo después de su abnegado fin los académicos de la lengua reconocieron que ese periodista era una de las más grandes cabezas del país; pero una vez reducida quedó tan bien que ni siquiera se notaba la diferencia.

¿Y Mr. Taylor? Para ese tiempo ya había sido designado consejero particular del presidente constitucional. Ahora, y como ejemplo de lo que puede el esfuerzo individual, contaba los miles por miles; mas esto no le quitaba el sueño porque había leído en el último tomo de las *Obras completas* de William G. Knight que ser millonario no deshonra si no se desprecia a los pobres.

Creo que con esta será la segunda vez que diga que no todos los tiempos son buenos. Dada la prosperidad del negocio llegó un momento en que del vecindario solo iban quedando ya las autoridades y sus señoras y los periodistas y sus señoras. Sin mucho esfuerzo, el cerebro de Mr. Taylor discurrió que el único remedio posible era fomentar la guerra con las tribus vecinas. ¿Por qué no? El progreso.

Con la ayuda de unos cañoncitos, la primera tribu fue limpiamente descabezada en escasos tres meses. Mr. Taylor saboreó la gloria de extender sus dominios. Luego vino la segunda; después la tercera y la cuarta y la quinta. El progreso se extendió con tanta rapidez que llegó la hora en que, por más esfuerzos que realizaron los técnicos, no fue posible encontrar tribus vecinas a quienes hacer la guerra.

Fue el principio del fin.

Las vereditas empezaron a languidecer. Solo de vez en cuando se veía transitar por ellas a alguna señora, a algún poeta laureado con su libro bajo el brazo. La maleza, de nuevo, se apoderó de las dos, haciendo difícil y espinoso el delicado paso de las damas. Con las cabezas, escasearon las bicicletas y casi desaparecieron del todo los alegres saludos optimistas.

El fabricante de ataúdes estaba más triste y fúnebre que nunca. Y todos sentían como si acabaran de recordar de un grato sueño, de ese sueño formidable en que tú te encuentras una bolsa repleta de monedas de oro y la pones debajo de la almohada y sigues durmiendo y al día siguiente muy temprano, al despertar, la buscas y te hallas con el vacío.

Sin embargo, penosamente, el negocio seguía sosteniéndose. Pero ya se dormía con dificultad, por el temor a amanecer exportado.

En la patria de Mr. Taylor, por supuesto, la demanda era cada vez mayor. Diariamente aparecían nuevos inventos, pero en el fondo nadie creía en ellos y todos exigían las cabecitas hispanoamericanas.

Fue para la última crisis. Mr. Rolston, desesperado, pedía y pedía más cabezas. A pesar de que las acciones de la Compañía sufrieron un brusco descenso, Mr. Rolston estaba convencido de que su sobrino haría algo que lo sacara de aquella situación.

Los embarques, antes diarios, disminuyeron a uno por mes, ya con cualquier cosa, con cabezas de niño, de señoras, de diputados.

De repente cesaron del todo.

Un viernes áspero y gris, de vuelta de la Bolsa, aturdido aún por la gritería y por el lamentable espectáculo de pánico que daban sus amigos, Mr. Rolston se decidió a saltar por la ventana (en vez de usar el revólver, cuyo ruido lo hubiera llenado de terror) cuando al abrir un paquete del correo se encontró con la cabecita de Mr. Taylor, que le sonreía desde lejos, desde el fiero Amazonas, con una sonrisa falsa de niño que parecía decir: «Perdón, perdón, no lo vuelvo a hacer».

El último rostro

ÁLVARO MUTIS (1923-2013)

Poeta y narrador colombiano que supo fusionar lo clásico con lo moderno. Las páginas sobre su personaje Maqroll el Gaviero se cuentan entre lo más celebrado de su obra. Mención especial merece su libro de memorias *Diario de Lecumberri*, que da cuenta de su experiencia carcelaria en México. Mutis siempre se preció de ser un lector voraz y un hombre erudito que intentó liberar la literatura colombiana de las cercas del regionalismo imperante. «El último rostro» es el fragmento de la novela sobre Simón Bolívar, proyecto que abandonó. Esta pieza, sin embargo, es un relato de alto vuelo que demuestra los alcances de su poética narrativa.

EL ÚLTIMO ROSTRO

ÁLVARO MUTIS

El último rostro es el rostro con el que te recibe la muerte.

(De un manuscrito anónimo de la biblioteca del monasterio del Monte Athos, siglo XI).

Las páginas que van a leerse pertenecen a un legajo de manuscritos vendidos en la subasta de un librero de Londres pocos años después de terminada la Segunda Guerra Mundial. Formaron parte estos escritos de los bienes de la familia Nimbourg-Napierski, el último de cuyos miembros murió en Mers el-Kebir combatiendo como oficial de la Francia libre. Los Nimbourg-Napierski llegaron a Inglaterra meses antes de la caída de Francia y llevaron consigo algunos de los más preciados recuerdos de la familia: un sable con mango adornado de rubíes y zafiros, obsequio del mariscal José Poniatowski al coronel de lanceros Miecislaw Napierski, en recuerdo de su heroica conducta en la batalla de Friedland; una serie de bocetos y dibujos de Delacroix comprados al artista por el príncipe de Nimbourg-Boulac, la colección de monedas antiguas del abuelo Nimbourg-Napierski, muerto en Londres pocos días después de emigrar, y los manuscritos del diario del coronel Napierski, ya mencionados.

Por un azar llegaron a nuestras manos los papeles del coronel Napierski y al hojearlos en busca de ciertos detalles sobre la batalla de Bailén, que allí se narra, nuestra vista cayó sobre una palabra y una fecha: Santa Marta, diciembre de 1830. Iniciada su lectura, el interés sobre la derrota de Bailén se esfumó bien pronto a medida que nos internábamos en los apretados renglones de letra amplia y clara del coronel de coraceros. Los folios no estaban ordenados y hubo que buscar entre los ocho tomos de legajos aquellos que, por el color de la tinta y ciertos nombres y fechas, indicaban pertenecer a una misma época.

Miecislaw Napierski había viajado a Colombia para ofrecer sus servicios en los ejércitos libertadores. Su esposa, la condesa Adéhaume de Nimbourg-Boulac, había muerto al nacer su segundo hijo y el coronel, como buen polonés, buscó en América tierras en donde la libertad y el sacrificio alentaran sus sueños de aventura truncados con la caída del Imperio. Dejó sus dos hijos al cuidado de la familia de su esposa y embarcó para Cartagena de Indias. En Cuba, en donde tocó la fragata en que viajaba, fue detenido por una oscura delación y encerrado en el fuerte de Santiago. Allí padeció varios años de prisión hasta cuando logró evadirse y escapar a Jamaica. En Kingston embarcó en la fragata inglesa Shanon que se dirigía a Cartagena.

Por razones que se verán más adelante, se transcriben únicamente las páginas del diario que hacen referencia a ciertos hechos relacionados con un hombre y las circunstancias de su muerte, y se omiten todos los comentarios y relatos de Napierski ajenos a este episodio de la historia de Colombia que diluyen y, a menudo, confunden el desarrollo del dramático fin de una vida.

Napierski escribió esta parte de su diario en español, idioma que dominaba por haberlo aprendido en su estada en España durante la ocupación de los ejércitos napoleónicos. En el tono de ciertos párrafos se nota empero la influencia de los poetas poloneses exiliados en París y de quienes fuera íntimo amigo, en especial de Adam Nickiewiez a quien alojó en su casa.

29 de junio. Hoy conocí al general Bolívar. Era tal mi interés por captar cada una de sus palabras y hasta el menor de sus gestos y tal su poder de comunicación y la intensidad de su pensamiento que, ahora que me siento a fijar en el papel los detalles de la entrevista, me parece haber conocido al Libertador desde hace ya muchos años y servido desde siempre bajo sus órdenes.

La fragata ancló esta mañana frente al fuerte de Pastelillo. Un edecán llegó por nosotros a eso de las diez de la mañana. Desembarcamos el capitán, un agente consular británico de nombre Page y yo. Al llegar a tierra fuimos a un lugar llamado Pie de la Popa por hallarse en las estribaciones del cerro del mismo nombre, en cuya cima se halla una fortaleza que antaño fuera convento de monjas. Bolívar se trasladó allí desde el pueblecito cercano de Turbaco, movido por la ilusión de poder partir en breves días.

Entramos en una amplia casona con patios empedrados llenos de geranios un tanto mustios y gruesos muros que le dan un aspecto de cuartel. Esperamos en una pequeña sala de muebles desiguales y destartalados con las paredes desnudas y manchadas de humedad. Al poco rato entró el señor Ibarra, edecán del Libertador, para decirnos que su excelencia estaba terminando de vestirse y nos recibiría en unos momentos. Poco después se entreabrió una puerta que yo había creído clausurada y asomó la cabeza un negro que llevaba en la mano unas prendas de vestir y una manta e hizo a Ibarra señas de que podíamos entrar.

Mi primera impresión fue de sorpresa al encontrarme en una amplia habitación vacía, con alto techo artesonado, un catre de campaña al fondo, contra un rincón, y una mesa de noche llena de libros y papeles. De nuevo las paredes vacías llenas de churretones causados por la humedad. Una ausencia total de muebles y adornos. Únicamente una silla de alto respaldo, desfondada y descolorida, miraba hacia un patio interior sembrado de naranjos en flor, cuyo suave aroma se mezclaba con el de agua de colonia que predominaba en el ambiente. Pensé, por un instante, que seguiríamos hacia otro cuarto y que esta sería la habitación provisional de algún ayudante cuando una voz hueca pero bien timbrada, que denotaba una extrema debilidad física, se oyó tras de la silla hablando en un francés impecable traicionado apenas por un leve *accent du midi*.

—Adelante, señores, ya traen algunas sillas. Perdonen lo escaso del mobiliario, pero estamos todos aquí un poco de paso. No puedo levantarme, excúsenme ustedes.

Nos acercamos a saludar al héroe mientras unos soldados, todos con acentuado tipo mulato, colocaban unas sillas frente a la que ocupaba el enfermo. Mientras este hablaba con el capitán del velero, tuve oportunidad de observar a Bolívar. Sorprende la desproporción entre su breve talla y la enérgica vivacidad de las facciones. En especial los grandes ojos oscuros y húmedos que se destacan bajo el arco pronunciado de las cejas. La tez es de un intenso color moreno, pero a través de la fina camisa de batista, se advierte un suave tono oliváceo que no ha sufrido las inclemencias del sol y el viento de los trópicos. La frente, pronunciada y magnífica, está surcada por multitud de finas arrugas que aparecen y desaparecen a cada instante y dan al rostro una expresión de atónita amargura, confirmada por el diseño delgado y fino de la boca cercada por hondas arrugas. Me recordó el rostro de César en el busto del Museo Vaticano. El mentón pronunciado y la nariz fina y aguda, borran un tanto la impresión de melancólica amargura, poniendo un sello de densa energía orientada siempre en toda su intensidad hacia el interlocutor del momento. Sorprenden las manos delgadas, ahusadas, largas, con uñas almendradas y pulcramente pulidas, ajenas por completo a una vida de batallas y esfuerzos sobrehumanos cumplidos en la inclemencia de un clima implacable.

Un gesto del Libertador —olvidaba decir que tal es el título con que honró a Bolívar el Congreso de Colombia y con el cual se le conoce siempre más que por su nombre o sus títulos oficiales— me impresionó sobremanera, como si lo hubiera acompañado toda su vida. Se golpea levemente la frente con la palma de la mano y luego desliza esta lentamente hasta sostenerse con ella el mentón entre el pulgar y el índice; así permanece largo rato, mirando fijamente a quien le habla. Estaba yo absorto observando todos sus ademanes cuando me hizo una pregunta, interrumpiendo bruscamente una larga explicación del capitán sobre su itinerario hacia Europa.

—Coronel Napierski, me cuentan que usted sirvió bajo las órdenes del mariscal Poniatowski y que combatió con él en el desastre de Leipzig.

—Sí, excelencia —respondí conturbado al haberme dejado tomar de sorpresa—, tuve el honor de combatir a sus órdenes en el cuerpo de lanceros de la guardia y tuve también el terrible dolor de presenciar su heroica muerte en las aguas del Elster. Yo fui de los pocos que logramos llegar a la otra orilla.

—Tengo una admiración muy grande por Polonia y por su pueblo —me contestó Bolívar—, son los únicos verdaderos patriotas que quedan en Europa. Qué lástima que haya llegado usted tarde. Me hubiera gustado tanto tenerlo en mi Estado Mayor —permaneció un instante en silencio, con la mirada perdida en el quieto follaje de los naranjos—. Conocí al príncipe Poniatowski en el salón de la condesa Potocka, en París. Era un joven arrogante y simpático, pero con ideas políticas un tanto vagas. Tenía debilidad por las maneras y costumbres de los ingleses y a menudo lo ponía en evidencia, olvidando que eran los más acerbos enemigos de la libertad de su patria. Lo recuerdo como una mezcla de hombre valiente hasta la temeridad pero ingenuo hasta el candor. Mezcla peligrosa en los vericuetos que llevan al poder. Murió como un gran soldado. Cuántas veces al cruzar un río (he cruzado muchos en mi vida, coronel) he pensado en él, en su envidiable sangre fría, en su espléndido arrojo. Así se debe morir y no en este peregrinaje vergonzante y penoso por un país que ni me quiere ni piensa que le haya yo servido en cosa que valga la pena.

Un joven general con espesas patillas rojizas, se apresuró respetuosamente a interrumpir al enfermo con voz un tanto quebrada por encontrados sentimientos:

—Un grupo de viles amargados no son toda Colombia, excelencia. Usted sabe cuánto amor y cuánta gratitud le guardamos los colombianos por lo que ha hecho por nosotros.

—Sí —contestó Bolívar con un aire todavía un tanto absorto—, tal vez tenga razón, Carreño, pero ninguno de esos que menciona estaban a mi salida de Bogotá, ni cuando pasamos por Mariquita.

Se me escapó el sentido de sus palabras, pero noté en los presentes una súbita expresión de vergüenza y molestia casi física. Tornó Bolívar a dirigirse a mí con renovado interés:

—Y ahora que sabe que por acá todo ha terminado, ¿qué piensa usted hacer, coronel?

—Regresar a Europa —respondí— lo más pronto posible. Debo poner orden en los asuntos de mi familia y ver de salvar, así sea en parte, mi escaso patrimonio.

—Tal vez viajemos juntos —me dijo, mirando también al capitán.

Este explicó al enfermo que por ahora tendría que navegar hasta La Guaira y que, de allí, regresaría a Santa Marta para partir hacia Europa. Indicó que solo hasta su regreso podría recibir nuevos pasajeros. Esto tomaría dos o tres meses a lo sumo porque en La Guaira esperaba un cargamento que venía del interior de Venezuela. El capitán manifestó que, al volver a Santa Marta, sería para él un honor contarlo como huésped en la Shanon y que, desde ahora, iba a disponer lo necesario para proporcionarle las comodidades que exigía su estado de salud.

El Libertador acogió la explicación del marino con un amable gesto de ironía y comentó:

—Ay, capitán, parece que estuviera escrito que yo deba morir entre quienes me arrojan de su lado. No merezco el consuelo del ciego Edipo que pudo abandonar el suelo que lo odiaba.

Permaneció en silencio un largo rato; solo se escuchaba el silbido trabajoso de su respiración y algún tímido tintineo de un sable o el crujido de alguna de las sillas desvencijadas que ocupábamos. Nadie se atrevió a interrumpir su hondo meditar, evidente en la mirada perdida en el quieto aire del patio. Por fin, el agente consular de su majestad británica se puso en pie. Nosotros le imitamos y nos acercamos al enfermo para despedirnos. Salió apenas de su amargo cavilar sin fondo y nos miró como a sombras de un mundo del que se hallaba por completo ausente. Al estrechar mi mano me dijo sin embargo:

—Coronel Napierski, cuando lo desee venga a hacer compañía a este enfermo. Charlaremos un poco de otros días y otras tierras. Creo que a ambos nos hará mucho bien.

Me conmovieron sus palabras. Le respondí:

—No dejaré de hacerlo, excelencia. Para mí es un placer y una oportunidad muy honrosa y feliz el poder venir a visitarle. El barco demora aquí algunas semanas. No dejaré de aprovechar su invitación.

De repente me sentí envarado y un tanto ceremonioso en medio de este aposento más que pobre y después de la llaneza de buen tono que había usado conmigo el héroe.

Es ya de noche. No corre una brizna de viento. Subo al puente de la fragata en busca de aire fresco. Cruza la sombra nocturna, allá en lo alto, una bandada de aves chillonas cuyo grito se pierde sobre el agua estancada y añeja de la bahía. Allá al fondo, la silueta angulosa y vigilante del fuerte de San Felipe. Hay algo intemporal en todo esto, una extraña atmósfera que me recuerda algo ya conocido no sé dónde ni cuándo. Las murallas y fuertes son una reminiscencia medieval surgiendo entre las ciénagas y lianas del trópico. Muros de Aleppo y San Juan de Acre, *kraks* del Líbano. Esta solitaria lucha de un guerrero admirable con la muerte que lo cerca en una ronda de amargura y desengaño. ¿Dónde y cuándo viví todo esto?

30 de junio. Ayer envié un grumete para que preguntara cómo seguía el Libertador y si podía visitarle en caso de que se encontrara mejor. Regresó con la noticia de que el enfermo había pasado pésima noche y le había aumentado la fiebre. Personalmente, Bolívar me enviaba decir que, si al día siguiente se sentía mejor, me lo haría saber para que fuera a verlo. En efecto, hoy vinieron a buscarme, a la hora de mayor calor, las dos de la tarde, el general Montilla y un oficial cuyo apellido no entendí claramente. «El Libertador se siente hoy un poco mejor y estaría encantado de gozar un rato de su compañía», explicó Montilla repitiendo evidentemente palabras textuales del enfermo. Siempre se advierte en Bolívar el hombre de mundo detrás del militar y el político. Uno de los encantos de sus maneras es que la banalidad del brillante frecuentador de los sajones del consulado ha cedido el paso a cierta llaneza castrense, casi hogareña, que me recuerdan al mariscal McDonald, duque de Tarento o al conde de Fernán Núñez. A esto habría que agregar un personal acento criollo, mezcla de capricho y fogosidad, que lo han hecho, según es bien conocido, hombre en extremo afortunado con las mujeres.

Me llevaron al patio de los naranjos, en donde le habían colgado una hamaca. Dos noches de fiebre marcaban su paso por un rostro que tenía algo de máscara frigia. Me acerco a saludarlo y con la mano me hace señas de que tome asiento en una silla que me han traído en ese momento. No puede hablar. El edecán Ibarra me explica en voz baja que acaba de sufrir un acceso de tos muy violento y que de nuevo ha perdido mucha sangre. Intento retirarme para no importunar al enfermo y este se incorpora un poco y me pide con una voz ronca, que me conmueve por todo el sufrimiento que acusa:

—No, no, por favor, coronel, no se vaya usted. En un momento ya estaré bien y podremos conversar un poco. Me hará mucho bien..., se lo ruego..., quédese.

Cerró los ojos. Por el rostro le cruzan vagas sombras. Una expresión de alivio borra las arrugas de la frente. Suaviza las comisuras de los labios. Casi sonríe. Tomé asiento mientras Ibarra se retiraba en silencio. Transcurrido un cuarto de hora pareció despertar de un largo sueño. Se excusó por haberme hecho llamar creyendo que iba a estar en condiciones de conversar un rato. «Hábleme un poco de usted —agregó—, cuál es su impresión de todo esto», y subrayó estas palabras con un gesto de la mano. Le respondí que me era un poco difícil todavía formular un juicio cierto sobre mis impresiones. Le comenté de mi sensación en la noche, frente a la ciudad amurallada, ese intemporal y vago hundirme en algo vivido no sé dónde, ni cuándo. Empezó entonces a hablarme de América, de estas repúblicas nacidas de su espada y de las cuales, sin embargo, allá en su más íntimo ser, se siente a menudo por completo ajeno.

—Aquí se frustra toda empresa humana —comentó—. El desorden vertiginoso del paisaje, los ríos inmensos, el caos de los elementos, la vastedad de las selvas, el clima implacable, trabajan la voluntad y minan las razones profundas, esenciales, para vivir, que heredamos de ustedes. Esas razones nos impulsan todavía, pero en el camino nos perdemos en la hueca retórica y en la sanguinaria violencia que todo lo arrasa. Queda una conciencia de lo que debimos hacer y no hicimos y que sigue trabajando allá adentro, haciéndonos inconformes, astutos, frustrados, ruidosos, inconstantes. Los que hemos enterrado en estos montes lo mejor de nuestras vidas, conocemos demasiado bien los extremos a que conduce esta inconformidad estéril y retorcida. ¿Sabe usted que cuando yo pedí la libertad para los esclavos, las voces clandestinas que conspiraron contra el proyecto e impidieron su cumplimiento fueron las de mis compañeros de lucha, los mismos que se jugaron la vida cruzando a mi lado los Andes para vencer en el Pantano de Vargas, en Boyacá y en Ayacucho;

los mismos que habían padecido prisión y miserias sin cuento en las cárceles de Cartagena, el Callao y Cádiz de manos de los españoles? ¿Cómo se puede explicar esto si no es por una mezquindad, una pobreza de alma propias de aquellos que no saben quiénes son, ni de dónde son, ni para qué están en la tierra? El que yo haya descubierto en ellos esta condición, el que la haya conocido desde siempre y tratado de modificarla y subsanarla, me ha convertido ahora en un profeta incómodo, en un extranjero molesto. Por esto sobro en Colombia, mi querido coronel, pero un hado extraño dispone que yo muera con un pie en el estribo, indicándome así que tampoco mi lugar, la tumba que me corresponde, está allende el Atlántico.

Hablaba con febril excitación. Me atreví a sugerirle descanso y que tratara de olvidar lo irremediable y propio de toda condición humana. Traje al caso algunos ejemplos harto patentes y dolorosos de la reciente historia de Europa. Se quedó pensativo un momento. Su respiración se regularizó, su mirada perdió la delirante intensidad que me había hecho temer una nueva crisis.

—Da igual, Napierski, da igual, con esto no hay ya nada que hacer —comentó señalando hacia su pecho—; no vamos a detener la labor de la muerte callando lo que nos duele. Más vale dejarlo salir, menos daño ha de hacernos hablándolo con amigos como usted.

Era la primera vez que me trataba con tan amistosa confianza y esto me conmovió, naturalmente. Seguimos conversando. Volví a comentarle de Europa, la desorientación de quienes aún añoraban las glorias del Imperio, la necedad de los gobernantes que intentaban detener con viejas mañas y rutinas de gabinete un proceso irreversible. Le hablé de la tiranía rusa en mi patria, de nuestra frustración de los planes de alzamiento preparados en París. Me escuchaba con interés mientras una vaga sonrisa, un gesto de amable escepticismo, le recorría el rostro.

—Ustedes saldrán de esas crisis, Napierski, siempre han superado esas épocas de oscuridad, ya vendrán para Europa tiempos nuevos de prosperidad y grandeza para todos. Mientras tanto nosotros, aquí en América, nos iremos hundiendo en un caos de estériles guerras civiles, de conspiraciones sórdidas y en ellas se perderán toda la energía, toda la fe, toda la razón necesarias para aprovechar y dar sentido al esfuerzo que nos hizo libres. No tenemos remedio, coronel, así somos, así nacimos...

Nos interrumpió el edecán Ibarra que traía un sobre y lo entregó al enfermo. Reconoció al instante la letra y me explicó sonriente: «Me va a perdonar que lea esta carta ahora, Napierski. La escribe alguien a quien debo la vida y que me sigue siendo fiel con lo mejor de su alma». Me retiré a un rincón para dejarlo en libertad y comenté algunos detalles de mis planes con Ibarra. Cuando Bolívar terminó de leer los dos pliegos, escritos en una letra menuda con grandes mayúsculas semejantes a arabescos, nos llamó a su lado. Estaba muy cambiado, casi dijera que rejuvenecido.

Nos quedamos un largo rato en silencio. Miraba al cielo por entre los naranjos en flor. Suspiró hondamente y me habló con cierto acento de ligereza y hasta de coquetería:

—Esto de morir con el corazón joven tiene sus ventajas, coronel. Contra eso sí no pueden ni la mezquindad de los conspiradores ni el olvido de los próximos ni el capricho de los elementos... ni la ruina del cuerpo. Necesito estar solo un rato. Venga por aquí más a menudo. Usted ya es de los nuestros, coronel, y a pesar de su magnífico castellano a los dos nos sirve practicar un poco el francés que se nos está empolvando.

Me despedí con la satisfacción de ver al enfermo con mejores ánimos. Antes de tornar a la fragata, Ibarra me acompañó a comprar algunas cosas en el centro de la ciudad que tiene algo de Cádiz y mucho de Túnez o Algeciras. Mientras recorríamos las blancas calles en sombra, con casas llenas de balcones y amplios patios a los que invitaba la húmeda frescura de una vegetación espléndida, me contó los amores de Bolívar con una dama ecuatoriana que le había salvado la vida, gracias a su valor y serenidad, cuando se enfrentó, sola, a los conspiradores que iban a asesinar al héroe en sus habitaciones del Palacio de San Carlos en Bogotá. Muchos de ellos eran antiguos compañeros de armas, hechura suya casi todos. Ahora comprendo la amargura de sus palabras esta tarde.

1.° de julio. He decidido quedarme en Colombia, por lo menos hasta el regreso de la fragata. Ciertas vagas razones, difíciles de precisar en el papel, me han decidido a permanecer al lado de este hombre que, desde hoy, se encamina derecho hacia la muerte ante la indiferencia, si no el rencor, de quienes todo le deben.

Si mi propósito era alistarme en el ejército de la Gran Colombia y circunstancias adversas me han impedido hacerlo, es natural que preste al menos el simple servicio de mi compañía y devoción a quien organizó y llevó a la victoria, a través de cinco naciones, esas mismas armas. Si bien es cierto que quienes ahora le rodean, cinco o seis personas, le muestran un afecto y lealtad sin límites, ninguno puede darle el consuelo y el alivio que nuestra afinidad de educación y de recuerdos le proporciona. A pesar de la respetuosa distancia de nuestras relaciones, me doy cuenta de que hay ciertos temas que solo conmigo trata y cuando lo hace es con el placer de quien renueva viejas relaciones de juventud. Lo noto hasta en ciertos giros del idioma francés que le brotan en su charla conmigo y que son los mismos impuestos en los salones del consulado por Barras, Talleyrand y los amigos de Josefina.

El Libertador ha tenido una recaída de la cual, al decir del médico que lo atiende —y sobre cuya preparación tengo cada día mayores dudas—, no volverá a recobrarse. La causa ha sido una noticia que recibió ayer mismo. Estaba en su cuarto, recostado en el catre de campaña en donde descansaba un poco de la silla en donde pasa la mayor parte del tiempo, cuando, tras un breve y agitado murmullo, tocaron a la puerta.

—¿Quién es? —preguntó el enfermo incorporándose.

—Correo de Bogotá, excelencia —contestó Ibarra. Bolívar trató de ponerse en pie pero volvió a recostarse sacudido por un fuerte golpe de tos. Le alcancé un vaso con agua, tomó de ella algunos sorbos e hizo pasar a su edecán. Ibarra traía el rostro descompuesto a pesar del esfuerzo que hacía por dominarse. Bolívar se le quedó mirando y le preguntó intrigado:

—¿Quién trae el correo?

—El capitán Arrázola, excelencia —contestó el otro con voz pastosa y débil.

—¿Arrázola? ¿El que fue ayudante de Santander?... Ese viene más a espiar que a traer noticias. En fin... que entre. ¿Pero qué le pasa a usted, Ibarra? —inquirió preocupado al ver que el edecán no se movía.

—Mi general..., excelencia..., prepárese a recibir una terrible noticia.

Y las lágrimas, a punto de brotarle de los ojos, le obligaron a dar media vuelta y salir. Afuera volvió a hablar con alguien. Se oían carreras y ruidos de gente que se agrupaba alrededor del recién llegado. Bolívar permaneció rígido, mirando hacia la puerta. Entró de nuevo Ibarra seguido por un oficial en uniforme de servicio, con el rostro cruzado por una delgada cicatriz de color oscuro. Su mirada inquieta recorrió la habitación hasta quedarse detenida en el lecho donde le observaban fijamente. Se presentó poniéndose en posición de firmes.

—Capitán Vicente Arrázola, excelencia.

—Siéntese, Arrázola —le invitó Bolívar sin quitarle la vista de encima. Arrázola siguió en pie, rígido—. ¿Qué noticias nos trae de Bogotá? ¿Cómo están las cosas por allá?

—Muy agitadas, excelencia, y le traigo nuevas que me temo van a herirle en forma que me siento culpable de ser quien tenga que dárselas.

Los ojos inmensamente abiertos de Bolívar se fijaron en el vacío.

—Ya hay pocas cosas que puedan herirme, Arrázola. Serénese y dígame de qué se trata.

El capitán dudó un instante, intentó hablar, se arrepintió y sacando una carta del portafolio con el escudo de Colombia que traía bajo el brazo, se la alcanzó al Libertador. Este rasgó el sobre y comenzó a leer unos breves renglones que se veían escritos apresuradamente. En este momento entró en punta de pie el general Mantilla, quien se acercó con los ojos irritados y el rostro pálido. Un gemido de bestia herida partió del catre de campaña sobrecogiéndonos a todos. Bolívar saltó del lecho como un felino y tomando por las solapas al oficial le gritó con voz terrible:

—¡Miserables! ¿Quiénes fueron los miserables que hicieron esto? ¿Quiénes? ¡Dígamelo, se lo ordeno, Arrázola! —Y sacudía al oficial con una fuerza inusitada—. ¿¡Quién pudo cometer tan estúpido crimen!?

Ibarra y Montilla acudieron a separarlo de Arrázola, quien lo miraba espantado y dolorido. De un manotón logró soltarse de los brazos que lo retenían y se fue tambaleando hacia la silla en donde se derrumbó dándonos la espalda. Tras un momento en que no supimos qué hacer, Montilla nos invitó con un gesto a salir del cuarto y dejar solo al Libertador. Al abandonar la habitación me pareció ver que sus hombros bajaban y subían al impulso de un llanto secreto y desolado.

Cuando salí al patio todos los presentes mostraban una profunda congoja. Me acerqué al general Laurencio Silva, con quien he hecho amistad, y le pregunté lo que pasaba. Me informó que habían asesinado en una emboscada al gran mariscal de Ayacucho, don Antonio José de Sucre.

—Es el amigo más estimado del Libertador, a quien quería como a un padre. Por su desinterés en los honores y su modestia, tenía algo de santo y de niño que nos hizo respetarlo siempre y que fuera adorado por la tropa— me explicó mientras pasaba su mano por el rostro en un gesto desesperado. Permanecí toda la tarde en el Pie de la Popa. Vagué por corredores y patios hasta cuando, entrada ya la noche, me encontré con el general Montilla, quien en compañía de Silva y del capitán Arrázola me buscaban para invitarme a cenar con ellos.

—No nos deje ahora, coronel —me pidió Montilla—, ayúdenos a acompañar al Libertador a quien esta noticia le hará más daño que todos los otros dolores de su vida juntos.

Accedí gustoso y nos sentamos en la mesa que habían servido en un comedor que daba al castillo de San Felipe. La sobremesa se alargó sin que nadie se atreviera a importunar al enfermo. Hacia las once, Ibarra entró en el cuarto con una palmatoria y una taza de té. Permaneció allí un rato y cuando salió nos dijo que el Libertador quería que le hiciéramos un rato de compañía. Lo encontramos tendido en el catre, envuelto completamente en una sábana empapada en el sudor de la fiebre, que le había aumentado en forma alarmante. Su rostro tenía de nuevo esa desencajada expresión de máscara funeraria helénica, los ojos abiertos y hundidos desaparecían en las cuencas, y, a la luz de la vela, solo se veían en su lugar dos grandes huecos que daban a un vacío que se suponía amargo y sin sosiego según era la expresión de la fina boca entreabierta.

Me acerqué y le manifesté mi pesar por la muerte del gran mariscal. Sin contestarme, retuvo un instante mi mano en la suya. Nos sentamos alrededor del catre sin saber qué decir ni cómo alejar al enfermo del dolor que le consumía. Con voz honda y cavernosa, que llenó toda la estancia en sombras, preguntó de pronto dirigiéndose a Silva:

—¿Cuántos años tenía Sucre? ¿Usted recuerda?

—Treinta y cinco, excelencia. Los cumplió en febrero.

—Y su esposa, ¿está en Colombia?

—No, excelencia. Le esperaba en Quito. Iba a reunirse con ella.

De nuevo quedaron en silencio un buen rato. Ibarra trajo más té y le hizo tomar al enfermo unas cucharadas que le habían recetado para bajar la temperatura. Bolívar se incorporó en el lecho y le pusimos unos cojines para sostenerlo y que estuviera más cómodo. Iniciábamos una de esas vagas conversaciones de quienes buscan alejarse de un determinado asunto, cuando de repente empezó a hablar un poco para sí mismo y a veces dirigiéndose a mí concretamente:

—Es como si la muerte viniera a anunciarme con este golpe su propósito. Un primer golpe de guadaña para probar el filo de la hoja. Le hubiera usted conocido, Napierski. El calor de su mirada un tanto despistada, su avanzar con los hombros un poco caídos y el cuerpo desgonzado, dando siempre la impresión de cruzar un salón tratando de no ser notado. Y ese gesto suyo de frotar con el dedo cordial el mango de su sable. Su voz chillona y las eses silbadas y huidizas que imitaba tan bien Manuelita haciéndole ruborizar. Sus silencios de tímido. Sus respuestas a veces bruscas, cortantes pero siempre claras y francas... Cómo debió tomarlo por sorpresa la muerte. Cómo se preguntaría con el último aliento de vida, la razón, el porqué del crimen... «Usted y yo moriremos viejos —me dijo una vez en Lima—, ya no hay quién nos mate después de lo que hemos pasado»... Siempre iluso, siempre generoso, siempre crédulo, siempre dispuesto a reconocer en las gentes las mejores virtudes, las mismas que él sin notarlo ni proponérselo, cultivaba en sí mismo tan hermosamente... Berruecos... Berruecos... Un paso oscuro en la cordillera. Un monte sombrío con los chillidos de los monos siguiéndonos todo el día. Mala gente esa... Siempre dieron qué hacer. Nunca se nos sumaron abiertamente. Los más humillados quizá, los menos beneficiados por la Corona y por ello los más sumisos, los menos fuertes. ¡Qué poco han valido todos los años de batallar, ordenar, sufrir, gobernar, construir, para terminar acosados por los mismos imbéciles de siempre, los astutos políticos con alma de peluquero y trucos de notario que saben matar y seguir sonriendo y adulando. Nadie ha entendido aquí nada. La muerte se llevó a los mejores, todo queda en manos de los más listos, los más sinuosos que ahora derrochan la herencia ganada con tanto dolor y tanta muerte...

Recostó la cabeza en la almohada. La fiebre le hacía temblar levemente. Volvió a mirar a Ibarra.

—No habrá tal viaje a Francia. Aquí nos quedamos aunque no nos quieran.

Una arcada de náuseas lo dobló sobre el catre. Vomitó entre punzadas que casi le hacían perder el sentido. Una mancha de sangre comenzó a extenderse por las sábanas y a gotear pausadamente en el piso. Con la mirada perdida murmuraba delirante: «Berruecos... Berruecos... ¿Por qué a él?... ¿Por qué así?».

Y se desplomó sin sentido. Alguien fue por el médico quien, después de un examen detenido, se limitó a explicarnos que el enfermo se hallaba al final de sus fuerzas y era aventurado predecir la marcha del mal, cuya identidad no podía diagnosticar.

Me quedé hasta las primeras horas de la madrugada cuando regresé a la fragata. He meditado largamente en mi camarote y acabo de comunicar al capitán mi decisión de quedarme en Cartagena y esperar aquí su regreso de Venezuela, que calcula será dentro de dos meses. Mañana hablaré con mi amigo el general Silva para que me ayude a buscar alojamiento en la ciudad. El calor aumenta y de las murallas viene un olor de frutas en descomposición y de húmeda carroña salobre.

El rastro de tu sangre en la nieve

GABRIEL GARCÍA MÁRQUEZ (1927-2014)

A este premio Nobel colombiano la fama nunca se le resistió en vida. Erróneamente calificado como padre del realismo mágico, García Márquez llevó esta corriente a sus momentos más inspirados. No existe un cuento, una novela o una pieza periodística escrita por él que no se someta a estudio ahora mismo en cualquier lugar del mundo. Fue un maestro de muchos géneros, y uno de los narradores innatos que mejor supieron titular sus obras. Hizo de su pueblo imaginario, Macondo, un espacio tan único que llegó incluso a contener trasuntos históricos, culturales e ideológicos de toda América Latina. El cuento seleccionado, «El rastro de tu sangre en la nieve», es buena muestra en la que se marida lo elegante con lo estrambótico.

EL RASTRO DE TU SANGRE EN LA NIEVE

GABRIEL GARCÍA MÁRQUEZ

Al anochecer, cuando llegaron a la frontera, Nena Daconte se dio cuenta de que el dedo con el anillo de bodas le seguía sangrando. El guardia civil con una manta de lana cruda sobre el tricornio de charol examinó los pasaportes a la luz de una linterna de carburo, haciendo un grande esfuerzo para que no lo derribara la presión del viento que soplaba de los Pirineos. Aunque eran dos pasaportes diplomáticos en regla, el guardia levantó la linterna para comprobar que los retratos se parecían a las caras. Nena Daconte era casi una niña, con unos ojos de pájaro feliz y una piel de melaza que todavía irradiaba la resolana del Caribe en el lúgubre anochecer de enero, y estaba arropada hasta el cuello con un abrigo de nucas de visón que no podía comprarse con el sueldo de un año de toda la guarnición fronteriza. Billy Sánchez de Ávila, su marido, que conducía el coche, era un año menor que ella, y casi tan bello, y llevaba una chaqueta de cuadros escoceses y una gorra de pelotero. Al contrario de su esposa, era alto y atlético y tenía las mandíbulas de hierro de los matones tímidos. Pero lo que revelaba mejor la condición de ambos era el automóvil platinado, cuyo interior exhalaba un aliento de bestia viva, como no se había visto otro por aquella frontera de pobres. Los asientos posteriores iban atiborrados de maletas demasiado nuevas y muchas cajas de regalos todavía sin abrir. Ahí estaba, además, el saxofón tenor que había sido la pasión dominante en la vida de Nena Daconte antes de que sucumbiera al amor contrariado de su tierno pandillero de balneario.

Cuando el guardia le devolvió los pasaportes sellados, Billy Sánchez le preguntó dónde podía encontrar una farmacia para hacerle una cura en el dedo a su mujer, y el guardia le gritó contra el viento que preguntaran en Indaya, del lado francés. Pero los guardias de Hendaya estaban sentados a la mesa en mangas de camisa, jugando barajas mientras comían pan mojado en tazones de vino dentro de una garita de cristal cálida y bien alumbrada, y les bastó con ver el tamaño y la clase del coche para indicarles por señas que se internaran en Francia. Billy Sánchez hizo sonar varias veces la bocina, pero los guardias no entendieron que los llamaban, sino que uno de ellos abrió el cristal y les gritó con más rabia que el viento:

—*Merde! Allez-vous-en!*

Entonces Nena Daconte salió del automóvil envuelta con el abrigo hasta las orejas, y le preguntó al guardia en un francés perfecto dónde había una farmacia. El guardia contestó por costumbre con la boca llena de pan que eso no era asunto suyo. Y menos con semejante borrasca, y cerró la ventanilla.

Pero luego se fijó con atención en la muchacha que se chupaba el dedo herido envuelta en el destello de los visones naturales, y debió confundirla con una aparición mágica en aquella noche de espantos, porque al instante cambió de humor. Explicó que la ciudad más cercana era Biarritz, pero que en pleno invierno y con aquel viento de lobos, tal vez no hubiera una farmacia abierta hasta Bayona, un poco más adelante.

—¿Es algo grave? —preguntó.

—Nada —sonrió Nena Daconte, mostrándole el dedo con la sortija de diamantes en cuya yema era apenas perceptible la herida de la rosa—. Es solo un pinchazo.

Antes de Bayona volvió a nevar. No eran más de las siete, pero encontraron las calles desiertas y las casas cerradas por la furia de la borrasca, y al cabo de muchas vueltas sin encontrar una farmacia decidieron seguir adelante. Billy Sánchez se alegró con la decisión. Tenía una pasión insaciable por los automóviles raros y un papá con demasiados sentimientos de culpa y recursos de sobra para complacerlo, y nunca había conducido nada igual a aquel Bentley convertible de regalo de bodas. Era tanta su embriaguez en el volante, que cuanto más andaba menos cansado se sentía. Estaba dispuesto a llegar esa noche a Burdeos, donde tenían reservada la *suite* nupcial del hotel Splendid, y no habría vientos contrarios ni bastante nieve en el cielo para impedirlo. Nena Daconte, en cambio, estaba agotada, sobre todo por el último tramo de la carretera desde Madrid, que era una cornisa de cabras azotada por el granizo. Así que después de Bayona se enrolló un pañuelo en el anular apretándolo bien para detener la sangre que seguía fluyendo, y se durmió a fondo. Billy Sánchez no lo advirtió sino al borde de la media noche, después de que acabó de nevar y el viento se paró de pronto entre los pinos, y el cielo de las landas se llenó de estrellas glaciales. Había pasado frente a las luces dormidas de Burdeos, pero solo se detuvo para llenar el tanque en una estación de la carretera pues aún le quedaban ánimos para llegar hasta París sin tomar aliento. Era tan feliz con su juguete grande de 25 000 libras esterlinas, que ni siquiera se preguntó si lo sería también la criatura radiante que dormía a su lado con la venda del anular empapada de sangre, y cuyo sueño de adolescente, por primera vez, estaba atravesado por ráfagas de incertidumbre.

Se habían casado tres días antes, a 10 000 kilómetros de allí, en Cartagena de Indias, con el asombro de los padres de él y la desilusión de los de ella, y la bendición personal del arzobispo primado. Nadie, salvo ellos mismos, entendía el fundamento real ni conoció el origen de ese amor imprevisible. Había empezado tres meses antes de la boda, un domingo de mar en que la pandilla de Billy Sánchez se tomó por asalto los vestidores de mujeres de los balnearios de Marbella. Nena Daconte había cumplido apenas dieciocho años, acababa de regresar del internado de la Châtellenie, en Saint-Blaise, Suiza, hablando cuatro idiomas sin acento y con un dominio maestro del saxofón tenor, y aquel era su primer domingo de mar desde el regreso. Se había desnudado por completo para ponerse el traje de baño cuando empezó la estampida de pánico y los gritos de abordaje en las casetas vecinas, pero no entendió lo que ocurría hasta que la aldaba de su puerta saltó en astillas y vio parado frente a ella al bandolero más hermoso que se podía concebir. Lo único que llevaba puesto era un calzoncillo lineal de falsa piel de leopardo, y tenía el cuerpo apacible y elástico y el color dorado de la gente de mar. En el puño derecho, donde tenía una esclava metálica de gladiador romano, llevaba enrollada una cadena de hierro que le servía de arma mortal, y tenía colgada del cuello una medalla sin santo que palpitaba en silencio con el susto del corazón. Habían estado juntos en la escuela primaria y habían roto muchas piñatas en las fiestas de cumpleaños, pues ambos pertenecían a la estirpe provinciana que manejaba a su arbitrio el destino de la ciudad desde los tiempos de la Colonia, pero habían dejado de verse tantos años que no se reconocieron a primera vista. Nena Daconte permaneció de pie, inmóvil, sin hacer nada por ocultar su desnudez intensa. Billy Sánchez cumplió entonces con su rito pueril: se bajó el calzoncillo de leopardo y le mostró su respetable animal erguido. Ella lo miró de frente y sin asombro.

—Los he visto más grandes y más firmes —dijo, dominando el terror—, de modo que piensa bien lo que vas a hacer, porque conmigo te tienes que comportar mejor que un negro.

En realidad, Nena Daconte no solo era virgen sino que nunca hasta entonces había visto un hombre desnudo, pero el desafío le resultó eficaz. Lo único que se le ocurrió a Billy Sánchez fue tirar un puñetazo de rabia contra la pared con la cadena enrollada en la mano, y se astilló los huesos. Ella lo llevó en su coche al hospital, lo ayudó a sobrellevar la convalecencia, y al final aprendieron juntos a hacer el amor de la buena manera. Pasaron las tardes difíciles de junio en la terraza interior de la casa donde habían muerto seis generaciones de próceres en la familia de Nena Daconte, ella tocando canciones de moda en el saxofón, y él con la mano escayolada contemplándola desde el chinchorro con un estupor sin alivio. La casa tenía numerosas ventanas de cuerpo entero que daban al estanque de podredumbre de la bahía, y era una de las más grandes y antiguas del barrio de la Manga, y sin duda la más fea. Pero la terraza de baldosas ajedrezadas donde Nena Daconte tocaba el saxofón era un remanso en el calor de las cuatro, y daba a un patio de sombras grandes con palos de mango y matas de guineo, bajo los cuales había una tumba con una losa sin nombre, anterior a la casa y a la memoria de la familia. Aun los menos entendidos en música pensaban que el sonido del saxofón era anacrónico en una casa de tanta alcurnia. «Suena como un buque», había dicho la abuela de Nena Daconte cuando lo oyó por primera vez. Su madre había tratado en vano de que lo tocara de otro modo, y no como ella lo hacía por comodidad, con la falda recogida hasta los muslos y las rodillas separadas, y con una sensualidad que no le parecía esencial para la música. «No me importa qué instrumento toques —le decía— con tal de que lo toques con las piernas cerradas». Pero fueron esos aires de adioses de buques y ese encarnizamiento de amor los que le permitieron a Nena Daconte romper la cáscara amarga de Billy Sánchez. Debajo de la triste reputación de bruto que él tenía muy bien sustentada por la confluencia de dos apellidos ilustres, ella descubrió un huérfano asustado y tierno. Llegaron a conocerse tanto mientras se le soldaban los huesos de la mano, que él mismo se asombró de la fluidez con que ocurrió el amor cuando ella lo llevó a su cama de doncella una tarde de lluvias en que se quedaron solos en la casa. Todos los días a esa hora, durante casi dos semanas, retozaron desnudos bajo la mirada atónita de los retratos de guerreros civiles y abuelas insaciables que los habían precedido en el paraíso de aquella cama histórica. Aun en las pausas del amor permanecían desnudos con las ventanas abiertas respirando la brisa de escombros de barcos de la bahía, su olor a mierda, oyendo en el silencio del saxofón los ruidos cotidianos del patio, la nota única del sapo bajo las matas de guineo, la gota de agua en la tumba de nadie, los pasos naturales de la vida que antes no habían tenido tiempo de conocer.

Cuando los padres de Nena Daconte regresaron a la casa, ellos habían progresado tanto en el amor que ya no les alcanzaba el mundo para otra cosa, y lo hacían a cualquier hora y en cualquier parte, tratando de inventarlo otra vez cada vez que lo hacían. Al principio lo hicieron como mejor podían en los carros deportivos con que el papá de Billy trataba de apaciguar sus propias culpas. Después, cuando los coches se les volvieron demasiado fáciles, se metían por la noche en las casetas desiertas de

Marbella donde el destino los había enfrentado por primera vez, y hasta se metieron disfrazados durante el carnaval de noviembre en los cuartos de alquiler del antiguo barrio de esclavos de Getsemaní, al amparo de las mamasantas que hasta hacía pocos meses tenían que padecer a Billy Sánchez con su pandilla de cadeneros. Nena Daconte se entregó a los amores furtivos con la misma devoción frenética que antes malgastaba en el saxofón, hasta el punto de que su bandolero domesticado terminó por entender lo que ella quiso decirle cuando le dijo que tenía que comportarse como un negro. Billy Sánchez le correspondió siempre y bien, y con el mismo alborozo. Ya casados, cumplieron con el deber de amarse mientras las azafatas dormían en mitad del Atlántico, encerrados a duras penas y más muertos de risa que de placer en el retrete del avión. Solo ellos sabían entonces, 24 horas después de la boda, que Nena Daconte estaba encinta desde hacía dos meses. De modo que cuando llegaron a Madrid se sentían muy lejos de ser dos amantes saciados, pero tenían bastantes reservas para comportarse como recién casados puros. Los padres de ambos lo habían previsto todo. Antes del desembarco, un funcionario de protocolo subió a la cabina de primera clase para llevarle a Nena Daconte el abrigo de visón blanco con franjas de un negro luminoso, que era el regalo de bodas de sus padres. A Billy Sánchez le llevó una chaqueta de cordero que era la novedad de aquel invierno, y las llaves sin marca de un coche de sorpresa que le esperaba en el aeropuerto.

La misión diplomática de su país los recibió en el salón oficial. El embajador y su esposa no solo eran amigos desde siempre de la familia de ambos, sino que él era el médico que había asistido al nacimiento de Nena Daconte, y la esperó con un ramo de rosas tan radiantes y frescas, que hasta las gotas de rocío parecían artificiales. Ella los saludó a ambos con besos de burla, incómoda con su condición un poco prematura de recién casada, y luego recibió las rosas. Al cogerlas se pinchó el dedo con una espina del tallo, pero sorteó el percance con un recurso encantador.

—Lo hice adrede —dijo— para que se fijaran en mi anillo.

En efecto, la misión diplomática en pleno admiró el esplendor del anillo, calculando que debía costar una fortuna no tanto por la clase de los diamantes como por su antigüedad bien conservada. Pero nadie advirtió que el dedo empezaba a sangrar. La atención de todos derivó después hacia el coche nuevo. El embajador había tenido el buen humor de llevarlo al aeropuerto, y de hacerlo envolver en papel celofán con un enorme lazo dorado. Billy Sánchez no apreció su ingenio. Estaba tan ansioso por conocer el coche que desgarró la envoltura de un tirón y se quedó sin aliento. Era el Bentley convertible de ese año con tapicería de cuero legítimo. El cielo parecía un manto de ceniza, el Guadarrama mandaba un viento cortante y helado, y no se estaba bien a la intemperie, pero Billy Sánchez no tenía todavía la noción del frío. Mantuvo a la misión diplomática en el estacionamiento sin techo, inconsciente de que se estaban congelando por cortesía, hasta que terminó de reconocer el coche en sus detalles recónditos. Luego el embajador se sentó a su lado para guiarlo hasta la residencia oficial donde estaba previsto un almuerzo. En el trayecto le fue indicando los lugares más conocidos de la ciudad, pero él solo parecía atento a la magia del coche.

Era la primera vez que salía de su tierra. Había pasado por todos los colegios privados y públicos, repitiendo siempre el mismo curso, hasta que se quedó flotando en un limbo de desamor. La primera visión de una ciudad distinta de la suya, los bloques de casas cenicientas con las luces encendidas a pleno día, los árboles pelados, el mar distante, todo le iba aumentando un sentimiento de desamparo que se esforzaba por mantener al margen del corazón. Sin embargo, poco después cayó sin darse cuenta en la primera trampa del olvido. Se había precipitado una tormenta instantánea y silenciosa, la primera de la estación, y cuando salieron de la casa del embajador después del almuerzo para emprender el viaje hacia Francia, encontraron la ciudad cubierta de una nieve radiante. Billy Sánchez se olvidó entonces del coche, y en presencia de todos, dando gritos de júbilo y echándose puñados de polvo de nieve en la cabeza, se revolcó en mitad de la calle con el abrigo puesto.

Nena Daconte se dio cuenta por primera vez de que el dedo estaba sangrando, cuando salieron de Madrid en una tarde que se había vuelto diáfana después de la tormenta. Se sorprendió, porque había acompañado con el saxofón a la esposa del embajador, a quien le gustaba cantar arias de ópera en italiano después de los almuerzos oficiales, y apenas si notó la molestia en el anular. Después, mientras le iba indicando a su marido las rutas más cortas hacia la frontera, se chupaba el dedo de un modo inconsciente cada vez que le sangraba, y solo cuando llegaron a los Pirineos se le ocurrió buscar una farmacia. Luego sucumbió a los sueños atrasados de los últimos días, y cuando despertó de pronto con la impresión de pesadilla de que el coche andaba por el agua, no se acordó más durante un largo rato del pañuelo amarrado en el dedo. Vio en el reloj luminoso del tablero que eran más de las tres, hizo sus cálculos mentales, y solo entonces comprendió que habían seguido de largo por Burdeos, y también por Angulema y Poitiers, y estaban pasando por el dique de Loira inundado por la creciente. El fulgor de la luna se filtraba a través de la neblina, y las siluetas de los castillos entre los pinos parecían de cuentos de fantasmas. Nena Daconte, que conocía la región de memoria, calculó que estaban ya a unas tres horas de París, y Billy Sánchez continuaba impávido en el volante.

—Eres un salvaje —le dijo—. Llevas más de once horas manejando sin comer nada.

Estaba todavía sostenido en vilo por la embriaguez del coche nuevo. A pesar de que en el avión había dormido poco y mal, se sentía despabilado y con fuerzas de sobra para llegar a París al amanecer.

—Todavía me dura el almuerzo de la embajada —dijo. Y agregó sin ninguna lógica—: Al fin y al cabo, en Cartagena están saliendo apenas del cine. Deben ser como las diez.

Con todo Nena Daconte temía que él se durmiera conduciendo. Abrió una caja de entre los tantos regalos que les habían hecho en Madrid y trató de meterle en la boca un pedazo de naranja azucarada. Pero él la esquivó.

—Los machos no comen dulces —dijo.

Poco antes de Orleáns se desvaneció la bruma, y una luna muy grande iluminó las sementeras nevadas, pero el tráfico se hizo más difícil por la confluencia de los enormes camiones de legumbres y cisternas de vinos que se dirigían a París. Nena Daconte hubiera querido ayudar a su marido en el volante, pero ni siquiera se atrevió a insinuarlo, porque él le había advertido desde la primera vez en que salieron juntos que no hay humillación más grande para un hombre que dejarse conducir por su mujer. Se sentía lúcida después de casi cinco horas de buen sueño, y estaba además contenta de no haber parado en un hotel de la provincia de Francia, que conocía desde muy niña en numerosos viajes con sus padres. «No hay paisajes más bellos en el mundo —decía—, pero uno puede morirse de sed sin encontrar a nadie que le dé gratis un vaso de agua». Tan convencida estaba, que a última hora había metido un jabón y un rollo de papel higiénico en el maletín de mano, porque en los hoteles de Francia nunca había jabón, y el papel de los retretes eran los periódicos de la semana anterior cortados en cuadritos y colgados de un gancho. Lo único que lamentaba en aquel momento era haber desperdiciado una noche entera sin amor. La réplica de su marido fue inmediata.

—Ahora mismo estaba pensando que debe ser del carajo tirar en la nieve —dijo—. Aquí mismo, si quieres.

Nena Daconte lo pensó en serio. Al borde de la carretera, la nieve bajo la luna tenía un aspecto mullido y cálido, pero a medida que se acercaban a los suburbios de París el tráfico era más intenso, y había núcleos de fábricas iluminadas y numerosos obreros en bicicleta. De no haber sido invierno, estarían ya en pleno día.

—Ya será mejor esperar hasta París —dijo Nena Daconte—. Bien calienticos y en una cama con sábanas limpias, como la gente casada.

—Es la primera vez que me fallas —dijo él.

—Claro —replicó ella—. Es la primera vez que somos casados.

Poco antes de amanecer se lavaron la cara y orinaron en una fonda del camino, y tomaron café con *croissants* calientes en el mostrador donde los camioneros desayunaban con vino tinto. Nena Daconte se había dado cuenta en el baño de que tenía manchas de sangre en la blusa y la falda, pero no intentó lavarlas. Tiró en la basura el pañuelo empapado, se cambió el anillo matrimonial para la mano izquierda y se lavó bien el dedo herido con agua y jabón. El pinchazo era casi invisible. Sin embargo, tan pronto como regresaron al coche volvió a sangrar, de modo que Nena Daconte dejó el brazo colgando fuera de la ventana, convencida de que el aire glacial de las sementeras tenía virtudes de cauterio. Fue otro recurso vano pero todavía no se alarmó. «Si alguien nos quiere encontrar será muy fácil —dijo con su encanto natural—. Solo tendrá que seguir el rastro de mi sangre en la nieve». Luego pensó mejor en lo que había dicho y su rostro floreció en las primeras luces del amanecer.

—Imagínate —dijo—: un rastro de sangre en la nieve desde Madrid hasta París. ¿No te parece bello para una canción?

No tuvo tiempo de volverlo a pensar. En los suburbios de París, el dedo era un manantial incontenible, y ella sintió de veras que se le estaba yendo el alma por la herida. Había tratado de segar el flujo con el rollo de papel higiénico que llevaba en el maletín, pero más tardaba en vendarse el dedo que en arrojar por la ventana las tiras del papel ensangrentado. La ropa que llevaba puesta, el abrigo, los asientos del coche, se iban empapando poco a poco de un modo irreparable. Billy Sánchez se asustó en serio e insistió en buscar una farmacia, pero ella sabía entonces que aquello no era asunto de boticarios.

—Estamos casi en la Puerta de Orleáns —dijo—. Sigue por la avenida del General Leclerc, que es la más ancha y con muchos árboles, y después yo te voy diciendo lo que haces.

Fue el trayecto más arduo de todo el viaje. La avenida del General Leclerc era un nudo infernal de automóviles pequeños y bicicletas, embotellados en ambos sentidos, y de los camiones enormes que trataban de llegar a los mercados centrales. Billy Sánchez se puso tan nervioso con el estruendo inútil de las bocinas, que se insultó a gritos en lengua de cadeneros con varios conductores y hasta trató de bajarse del coche para pelearse con uno, pero Nena Daconte logró convencerlo de que los franceses eran la gente más grosera del mundo, pero no se golpeaban nunca. Fue una prueba más de su buen juicio, porque en aquel momento Nena Daconte estaba haciendo esfuerzos para no perder la conciencia.

Solo para salir de la glorieta del León de Belfort necesitaron más de una hora. Los cafés y almacenes estaban iluminados como si fuera la media noche, pues era un martes típico de los eneros de París, encapotados y sucios y con una llovizna tenaz que no alcanzaba a concretarse en nieve.

Pero la avenida Denfer-Rochereau estaba más despejada, y al cabo de unas pocas cuadras Nena Daconte le indicó a su marido que doblara a la derecha, y estacionó frente a la entrada de emergencia de un hospital enorme y sombrío.

Necesitó ayuda para salir del coche, pero no perdió la serenidad ni la lucidez. Mientras llegaba el médico de turno, acostada en la camilla rodante, contestó a la enfermera el cuestionario de rutina sobre su identidad y sus antecedentes de salud. Billy Sánchez le llevó el bolso y le apretó la mano izquierda donde entonces llevaba el anillo de bodas, y la sintió lánguida y fría, y sus labios habían perdido el color. Permaneció a su lado, con la mano en la suya, hasta que llegó el médico de turno y le hizo un examen rápido al anular herido. Era un hombre muy joven, con la piel del color del cobre antiguo y la cabeza pelada. Nena Daconte no le prestó atención sino que dirigió a su marido una sonrisa lívida.

—No te asustes —le dijo, con su humor invencible—. Lo único que puede suceder es que este caníbal me corte la mano para comérsela.

El médico concluyó el examen, y entonces los sorprendió con un castellano muy correcto aunque con raro acento asiático.

—No, muchachos —dijo—. Este caníbal prefiere morirse de hambre antes que cortar una mano tan bella.

Ellos se ofuscaron pero el médico los tranquilizó con un gesto amable. Luego ordenó que se llevaran la camilla, y Billy Sánchez quiso seguir con ella cogido de la mano de su mujer. El médico lo detuvo por el brazo.

—Usted no —le dijo—. Va para cuidados intensivos.

Nena Daconte le volvió a sonreír al esposo, y le siguió diciendo adiós con la mano hasta que la camilla se perdió en el fondo del corredor. El médico se retrasó estudiando los datos que la enfermera había escrito en una tablilla. Billy Sánchez lo llamó.

—Doctor —le dijo—. Ella está encinta.

—¿Cuánto tiempo?

—Dos meses.

El médico no le dio la importancia que Billy Sánchez esperaba. «Hizo bien en decírmelo», dijo, y se fue detrás de la camilla. Billy Sánchez se quedó parado en la sala lúgubre olorosa a sudores de enfermos, se quedó sin saber qué hacer mirando el corredor vacío por donde se habían llevado a Nena Daconte, y luego se sentó en el escaño de madera donde había otras personas esperando. No supo cuánto tiempo estuvo ahí, pero cuando decidió salir del hospital era otra vez de noche y continuaba la llovizna, y él seguía sin saber ni siquiera qué hacer consigo mismo, abrumado por el peso del mundo.

Nena Daconte ingresó a las 9:30 del martes 7 de enero, según lo pude comprobar años después en los archivos del hospital. Aquella primera noche, Billy Sánchez durmió en el coche estacionado frente a la puerta de urgencias y muy temprano al día siguiente se comió seis huevos cocidos y dos tazas de café con leche en la cafetería que encontró más cerca, pues no había hecho una comida completa desde Madrid. Después volvió a la sala de urgencias para ver a Nena Daconte pero le hicieron entender que debía dirigirse a la entrada principal. Allí consiguieron, por fin, un asturiano del servicio que lo ayudó a entenderse con el portero, y este comprobó que en efecto Nena Daconte estaba registrada en el hospital, pero que solo se permitían visitas los martes de nueve a cuatro. Es decir, seis días después. Trató de ver al médico que hablaba castellano, a quien describió como un negro con la cabeza pelada, pero nadie le dio razón con dos detalles tan simples.

Tranquilizado con la noticia de que Nena Daconte estaba en el registro, volvió al lugar donde había dejado el coche, y un agente de tránsito lo obligó a estacionar dos cuadras más adelante, en una calle muy estrecha y del lado de los números impares. En la acera de enfrente había un edificio restaurado con un letrero: «Hotel Nicole». Tenía una sola estrella, y una sala de recibo muy pequeña donde no había más que un sofá y un viejo piano vertical, pero el propietario de voz aflautada podía entenderse con los clientes en cualquier idioma a condición de que tuvieran con qué pagar. Billy Sánchez se instaló con once maletas y nueve cajas de regalos en el único cuarto libre, que era una mansarda triangular en el noveno piso, a donde se llegaba sin aliento por una escalera en espiral que olía a espuma de coliflores hervidas. Las paredes estaban forradas de colgaduras tristes y por la única ventana no cabía nada más que la claridad turbia del patio interior. Había una cama para dos, un ropero grande, una silla simple, un bidé portátil y un aguamanil con su platón y su jarra, de modo que la única manera de estar dentro del cuarto era acostado en la cama. Todo era peor que viejo, desventurado, pero también muy limpio, y con un rastro saludable de medicina reciente.

A Billy Sánchez no le habría alcanzado la vida para descifrar los enigmas de ese mundo fundado en el talento de la cicatería. Nunca entendió el misterio de la luz de la escalera que se apagaba antes de que él llegara a su piso, ni descubrió la manera de volver a encenderla. Necesitó media mañana para aprender que en el rellano de cada piso había un cuartito con un excusado de cadena, y ya había decidido usarlo en las tinieblas cuando descubrió por casualidad que la luz se encendía al pasar el cerrojo por dentro, para que nadie la dejara encendida por olvido. La ducha, que estaba en el extremo del corredor y que él se empeñaba en usar dos veces al día como en su tierra, se pagaba aparte y de contado, y el agua caliente, controlada desde la administración, se acababa a los tres minutos. Sin embargo, Billy Sánchez tuvo bastante claridad de juicio para comprender que aquel orden tan distinto del suyo era de todos modos mejor que la intemperie de enero, se sentía además tan ofuscado y solo que no podía entender cómo pudo vivir alguna vez sin el amparo de Nena Daconte.

Tan pronto como subió al cuarto, la mañana del miércoles, se tiró bocabajo en la cama con el abrigo puesto pensando en la criatura de prodigio que continuaba desangrándose en la acera de enfrente, y muy pronto sucumbió en un sueño tan natural que cuando despertó eran las cinco en el reloj, pero no pudo deducir si eran las cinco de la tarde o del amanecer, ni de qué día de la semana ni en qué ciudad de vidrios azotados por el viento y la lluvia. Esperó despierto en la cama, siempre pensando en Nena Daconte, hasta que pudo comprobar que en realidad amanecía. Entonces fue a desayunar a la misma cafetería del día anterior, y allí pudo establecer que era jueves. Las luces del hospital estaban encendidas y había dejado de llover, de modo que permaneció recostado en el tronco de un castaño frente a la entrada principal, por donde entraban y salían médicos y enfermeras de batas blancas, con la esperanza de encontrar al médico asiático que había recibido a Nena Daconte. No lo vio, ni tampoco esa tarde después del almuerzo, cuando tuvo que desistir de la espera porque se estaba congelando. A las siete se tomó otro café con leche y se comió dos huevos duros que él mismo cogió en el aparador después de cuarenta y ocho horas de estar comiendo la misma cosa en el mismo lugar. Cuando volvió al hotel para acostarse, encontró su coche solo en una acera y todos los demás en la acera de enfrente, y tenía puesta la noticia de una multa en el parabrisas. Al portero del Hotel Nicole le costó trabajo explicarle que en los días impares del mes se podía estacionar en la acera de números impares, y al día siguiente en la acera contraria. Tantas artimañas racionalistas resultaban incomprensibles para un Sánchez de Ávila de los más acendrados que apenas dos años antes se había metido en un cine de barrio con el automóvil oficial del alcalde mayor, y había causado estragos de muerte ante los policías impávidos. Entendió menos todavía cuando el portero del hotel le aconsejó que pagara la multa, pero que no cambiara el coche de lugar a esa hora, porque tendría que cambiarlo otra vez a las doce de la noche. Aquella madrugada, por primera vez, no pensó solo en Nena Daconte, sino que daba vueltas en la cama sin poder dormir, pensando en sus propias noches de pesadumbre en las cantinas de maricas del mercado público de Cartagena del Caribe. Se acordaba del sabor del pescado frito y el arroz de coco en las fondas del muelle donde atracaban las goletas de Aruba. Se acordó de su casa con las paredes cubiertas de trinitarias, donde serían apenas las siete de la noche de ayer, y vio a su padre con una pijama de seda leyendo el periódico en el fresco de la terraza.

Se acordó de su madre, de quien nunca se sabía dónde estaba a ninguna hora, su madre apetitosa y lenguaraz, con un traje de domingo y una rosa en la oreja desde el atardecer, ahogándose de calor por el estorbo de sus tetas espléndidas. Una tarde, cuando él tenía siete años, había entrado de pronto en el cuarto de ella y la había sorprendido desnuda en la cama con uno de sus amantes casuales. Aquel percance del que nunca había hablado, estableció entre ellos una relación de complicidad que era más útil que el amor. Sin embargo, él no fue consciente de eso, ni de tantas cosas terribles de su soledad de hijo único, hasta esa noche en que se encontró dando vueltas en la cama de una mansarda triste de París, sin nadie a quién contarle su infortunio, y con una rabia feroz contra sí mismo porque no podía soportar las ganas de llorar.

Fue un insomnio provechoso. El viernes se levantó estropeado por la mala noche, pero resuelto a definir su vida. Se decidió por fin a violar la cerradura de su maleta para cambiarse de ropa, pues las llaves de todas estaban en el bolso de Nena Daconte, con la mayor parte del dinero y la libreta de teléfonos donde tal vez hubiera encontrado el número de algún conocido de París. En la cafetería de siempre se dio cuenta de que había aprendido a saludar en francés y a pedir sanduiches de jamón y café con leche. También sabía que nunca le sería posible ordenar mantequilla ni huevos en ninguna forma, porque nunca los aprendería a decir, pero la mantequilla la servían siempre con el pan, y los huevos duros estaban a la vista en el aparador y se cogían sin pedirlos. Además, al cabo de tres días, el personal de servicio se había familiarizado con él, y lo ayudaban a explicarse. De modo que el viernes al almuerzo, mientras trataba de poner la cabeza en su puesto, ordenó un filete de ternera con papas fritas y una botella de vino. Entonces se sintió tan bien que pidió otra botella, la bebió hasta la mitad, y atravesó la calle con la resolución firme de meterse en el hospital por la fuerza. No sabía dónde encontrar a Nena Daconte, pero en su mente estaba fija la imagen providencial del médico asiático, y estaba seguro de encontrarlo. No entró por la puerta principal sino por la de urgencias, que le había parecido menos vigilada, pero no alcanzó a llegar más allá del corredor donde Nena Daconte le había dicho adiós con la mano. Un guardián con la bata salpicada de sangre le preguntó algo al pasar, y él no le prestó atención. El guardián lo siguió, repitiendo siempre la misma pregunta en francés, y por último lo agarró del brazo con tanta fuerza que lo detuvo en seco. Billy Sánchez trató de sacudírselo con un recurso de cadenero, y entonces el guardián se cagó en su madre en francés, le torció el brazo en la espalda con una llave maestra, y sin dejar de cagarse mil veces en su puta madre lo llevó casi en vilo hasta la puerta, rabiando de dolor, y lo tiró como un bulto de papas en la mitad de la calle.

Aquella tarde, dolorido por el escarmiento, Billy Sánchez empezó a ser adulto. Decidió, como lo hubiera hecho Nena Daconte, acudir a su embajador. El portero del hotel, que a pesar de su catadura huraña era muy servicial, y además muy paciente con los idiomas, encontró el número y la dirección de la embajada en el directorio telefónico, y se los anotó en una tarjeta. Contestó una mujer muy amable, en cuya voz pausada y sin brillo reconoció Billy Sánchez de inmediato la dicción de los Andes. Empezó por anunciarse con su nombre completo, seguro de impresionar a la mujer con sus dos apellidos, pero la voz no se alteró en el teléfono. La oyó explicar la lección de memoria de que el señor embajador no estaba por el momento en su oficina, que no lo esperaban hasta el día siguiente, pero que de todos modos no podía recibirlo sino con cita previa y solo para un caso especial. Billy Sánchez comprendió entonces que por ese camino tampoco llegaría hasta Nena Daconte, y agradeció la información con la misma amabilidad con que se la habían dado. Luego tomó un taxi y se fue a la embajada.

Estaba en el número 22 de la calle Elíseo, dentro de uno de los sectores más apacibles de París, pero lo único que le impresionó a Billy Sánchez, según él mismo me contó en Cartagena de Indias muchos años después, fue que el sol estaba tan claro como en el Caribe por la primera vez desde su llegada, y que la Torre Eiffel sobresalía por encima de la ciudad en un cielo radiante. El funcionario que lo recibió en lugar del embajador parecía apenas restablecido de una enfermedad mortal, no solo por el vestido de paño negro, el cuello opresivo y la corbata de luto, sino también por el sigilo de sus ademanes y la mansedumbre de la voz. Entendió la ansiedad de Billy Sánchez, pero le recordó, sin perder la dulzura, que estaban en un país civilizado cuyas normas estrictas se fundamentaban en criterios muy antiguos y sabios, al contrario de las Américas bárbaras, donde bastaba con sobornar al portero para entrar en los hospitales. «No, mi querido joven», le dijo. No había más remedio que someterse al imperio de la razón, y esperar hasta el martes.

—Al fin y al cabo, ya no faltan sino cuatro días —concluyó—. Mientras tanto, vaya al Louvre. Vale la pena.

Al salir Billy Sánchez se encontró sin saber qué hacer en la Plaza de la Concordia. Vio la Torre Eiffel por encima de los tejados, y le pareció tan cercana que trató de llegar hasta ella caminando por los muelles. Pero muy pronto se dio cuenta de que estaba más lejos de lo que parecía, y que además cambiaba de lugar a medida que la buscaba. Así que se puso a pensar en Nena Daconte sentado en un banco de la orilla del Sena. Vio pasar los remolcadores por debajo de los puentes, y no le parecieron barcos sino casas errantes con techos colorados y ventanas con tiestos de flores en el alféizar, y alambres con ropa puesta a secar en los planchones. Contempló durante un largo rato a un pescador inmóvil, con la caña inmóvil y el hilo inmóvil en la corriente, y se cansó de esperar a que algo se moviera, hasta que empezó a oscurecer y decidió tomar un taxi para regresar al hotel. Solo entonces cayó en la cuenta de que ignoraba el nombre y la dirección y de que no tenía la menor idea del sector de París en donde estaba el hospital.

Ofuscado por el pánico, entró en el primer café que encontró, pidió un coñac y trató de poner sus pensamientos en orden. Mientras pensaba se vio repetido muchas veces y desde ángulos distintos en los espejos numerosos de las paredes, y se encontró asustado y solitario, y por primera vez desde su nacimiento pensó en la realidad de la muerte. Pero con la segunda copa se sintió mejor, y tuvo la idea providencial de volver a la embajada. Buscó la tarjeta en el bolsillo para recordar el nombre de la calle, y descubrió que en el dorso estaba impreso el nombre y la dirección del hotel. Quedó tan mal impresionado con aquella experiencia, que durante el fin de semana no volvió a salir del cuarto sino para comer, y para cambiar el coche a la acera correspondiente. Durante tres días cayó sin pausas la misma llovizna sucia de la mañana en que llegaron. Billy Sánchez, que nunca había leído un libro completo, hubiera querido tener uno para no aburrirse tirado en la cama, pero los únicos que encontró en las maletas de su esposa eran en idiomas distintos del castellano. Así que siguió esperando el martes, contemplando los pavorreales repetidos en el papel de las paredes y sin dejar de pensar un solo instante en Nena Daconte. El lunes puso un poco de orden en el cuarto, pensando en lo que diría ella si lo encontraba en ese estado, y solo entonces descubrió que el abrigo de visón estaba manchado de sangre seca. Pasó la tarde lavándolo con el jabón de olor que encontró en el maletín de mano, hasta que logró dejarlo otra vez como lo habían subido al avión en Madrid.

El martes amaneció turbio y helado, pero sin la llovizna, y Billy Sánchez se levantó desde las seis, y esperó en la puerta del hospital junto con una muchedumbre de parientes de enfermos cargados de paquetes de regalos y ramos de flores. Entró con el tropel, llevando en el brazo el abrigo de visón, sin preguntar nada y sin ninguna idea de dónde podía estar Nena Daconte, pero sostenido por la certidumbre de que había de encontrar al médico asiático. Pasó por un patio interior muy grande con flores y pájaros silvestres, a cuyos lados estaban los pabellones de los enfermos: las mujeres, a la derecha, y los hombres, a la izquierda. Siguiendo a los visitantes, entró en el pabellón de mujeres. Vio una larga hilera de enfermas sentadas en las camas con el camisón de trapo del hospital, iluminadas por las luces grandes de las ventanas, y hasta pensó que todo aquello era más alegre de lo que se podía imaginar desde fuera. Llegó hasta el extremo del corredor, y luego lo recorrió de nuevo en sentido inverso, hasta convencerse de que ninguna de las enfermas era Nena Daconte. Luego recorrió otra vez la galería exterior mirando por la ventana de los pabellones masculinos, hasta que creyó reconocer al médico que buscaba.

Era él, en efecto. Estaba con otros médicos y varias enfermeras, examinando a un enfermo. Billy Sánchez entró en el pabellón, apartó a una de las enfermeras del grupo, y se paró frente al médico asiático, que estaba inclinado sobre el enfermo. Lo llamó. El médico levantó sus ojos desolados, pensó un instante, y entonces lo reconoció.

—¡Pero dónde diablos se había metido usted! —dijo.

Billy Sánchez se quedó perplejo.

—En el hotel —dijo—. Aquí a la vuelta.

Entonces lo supo. Nena Daconte había muerto desangrada a las 7:10 de la noche del jueves 9 de enero, después de setenta horas de esfuerzos inútiles de los especialistas mejor calificados de Francia. Hasta el último instante había estado lúcida y serena, y dio instrucciones para que buscaran a su marido en el hotel Plaza Athenée, tenían una habitación reservada, y dio los datos para que se pusieran en contacto con sus padres. La embajada había sido informada el viernes por un cable urgente de su cancillería, cuando ya los padres de Nena Daconte volaban hacia París. El embajador en persona se encargó de los trámites de embalsamamiento y los funerales, y permaneció en contacto con la Prefectura de Policía de París para localizar a Billy Sánchez. Un llamado urgente con sus datos personales fue transmitido desde la noche del viernes hasta la tarde del domingo a través de la radio y la televisión, y durante esas 40 horas fue el hombre más buscado de Francia. Su retrato, encontrado en el bolso de Nena Daconte, estaba expuesto por todas partes. Tres Bentleys convertibles del mismo modelo habían sido localizados, pero ninguno era el suyo.

Los padres de Nena Daconte habían llegado el sábado al mediodía, y velaron el cadáver en la capilla del hospital esperando hasta última hora encontrar a Billy Sánchez. También los padres de este habían sido informados, y estuvieron listos para volar a París, pero al final desistieron por una confusión de telegramas. Los funerales tuvieron lugar el domingo a las dos de la tarde, a solo doscientos metros del sórdido cuarto del hotel donde Billy Sánchez agonizaba de soledad por el amor de Nena Daconte. El funcionario que lo había atendido en la embajada me dijo años más tarde que él mismo recibió el telegrama de su cancillería una hora después de que Billy Sánchez salió de su oficina, y que estuvo buscándolo por los bares sigilosos del Faubourg Saint-Honoré. Me confesó que no le había puesto mucha atención cuando lo recibió, porque nunca se hubiera imaginado que aquel costeño aturdido con la novedad de París, y con un abrigo de cordero tan mal llevado, tuviera a su favor un origen tan ilustre. El mismo domingo por la noche, mientras él soportaba las ganas de llorar de rabia, los padres de Nena Daconte desistieron de la búsqueda y se llevaron el cuerpo embalsamado dentro de un ataúd metálico, y quienes alcanzaron a verlo siguieron repitiendo durante muchos años que no habían visto nunca una mujer más hermosa, ni viva ni muerta. De modo que cuando Billy Sánchez entró por fin al hospital, el martes por la mañana, ya se había consumado el entierro en el triste panteón de la Manga, a muy pocos metros de la casa donde ellos habían descifrado las primeras claves de la felicidad. El médico asiático que puso a Billy Sánchez al corriente de la tragedia quiso darle unas pastillas calmantes en la sala del hospital, pero él las rechazó. Se fue sin despedirse, sin nada que agradecer, pensando que lo único que necesitaba con urgencia era encontrar a alguien a quien romperle la madre a cadenazos para desquitarse de su desgracia. Cuando salió del hospital, ni siquiera se dio cuenta de que estaba cayendo del cielo una nieve sin rastros de sangre, cuyos copos tiernos y nítidos parecían plumitas de palomas, y que en las calles de París había un aire de fiesta, porque era la primera nevada grande en diez años.

Chac Mool

Carlos Fuentes (1928-2012)

Uno de los narradores mexicanos más importantes de la segunda mitad del siglo xx. La obra de Fuentes es vasta y ambiciosa. Ha escrito textos en varios géneros y formatos: ensayo, dramaturgia, artículos de prensa, guiones de cine, memorias, ópera, novela y cuento. Heredero estilístico de William Faulkner y de John Dos Passos, Carlos Fuentes indagó en la historia y costumbres de su país para construir un corpus con sólidos cimientos. «Chac Mool», pese a ser un relato que publicó a sus veintiséis años, impresiona por la madurez del argumento y por los recursos estilísticos exhibidos.

CHAC MOOL

Carlos Fuentes

Hace poco tiempo, Filiberto murió ahogado en Acapulco. Sucedió en Semana Santa. Aunque había sido despedido de su empleo en la Secretaría, Filiberto no pudo resistir la tentación burocrática de ir, como todos los años, a la pensión alemana, comer el *choucrout* endulzado por los sudores de la cocina tropical, bailar el Sábado de Gloria en La Quebrada y sentirse «gente conocida» en el oscuro anonimato vespertino de la Playa de Hornos. Claro, sabíamos que en su juventud había nadado bien; pero ahora, a los cuarenta, y tan desmejorado como se le veía, ¡intentar salvar, a la medianoche, el largo trecho entre Caleta y la isla de la Roqueta! Frau Müller no permitió que se le velara, a pesar de ser un cliente tan antiguo, en la pensión; por el contrario, esa noche organizó un baile en la terracita sofocada, mientras Filiberto esperaba, muy pálido dentro de su caja, a que saliera el camión matutino de la terminal, y pasó acompañado de huacales y fardos la primera noche de su nueva vida. Cuando llegué, muy temprano, a vigilar el embarque del féretro, Filiberto estaba bajo un túmulo de cocos: el chofer dijo que lo acomodáramos rápidamente en el toldo y lo cubriéramos con lonas, para que no se espantaran los pasajeros, y a ver si no le habíamos echado la sal al viaje.

Salimos de Acapulco a la hora de la brisa tempranera. Hasta Tierra Colorada nacieron el calor y la luz. Mientras desayunaba huevos y chorizo abrí el cartapacio de Filiberto, recogido el día anterior, junto con sus otras pertenencias, en la pensión de los Müller. Doscientos pesos. Un periódico derogado de la ciudad de México. Cachos de lotería. El pasaje de ida —¿solo de ida? Y el cuaderno barato, de hojas cuadriculadas y tapas de papel mármol.

Me aventuré a leerlo, a pesar de las curvas, el hedor a vómitos y cierto sentimiento natural de respeto por la vida privada de mi difunto amigo. Recordaría —sí, empezaba con eso— nuestra cotidiana labor en la oficina; quizá sabría, al fin, por qué fue declinado, olvidando sus deberes, por qué dictaba oficios sin sentido, ni número, ni «Sufragio Efectivo No Reelección». Por qué, en fin, fue corrido, olvidaba la pensión, sin respetar los escalafones.

«Hoy fui a arreglar lo de mi pensión. El licenciado, amabilísimo. Salí tan contento que decidí gastar cinco pesos en un café. Es el mismo al que íbamos de jóvenes y al que ahora nunca concurro, porque me recuerda que a los veinte años podía darme más lujos que a los cuarenta. Entonces todos estábamos en un mismo plano, hubiéramos rechazado con energía cualquier opinión peyorativa hacia los compañeros; de hecho, librábamos la batalla por aquellos a quienes en la casa discutían por su baja extracción o falta de elegancia. Yo sabía que muchos de ellos (quizá los más humildes) llegarían muy alto y aquí, en la Escuela, se iban a forjar las amistades duraderas en cuya compañía cursaríamos el mar bravío. No, no fue así. No hubo reglas. Muchos de los humildes se quedaron allí, muchos llegaron más arriba de lo que pudimos pronosticar en aquellas fogosas, amables tertulias. Otros, que parecíamos prometerlo todo, nos quedamos a la mitad del camino, destripados en un examen extracurricular, aislados por una zanja invisible de los que triunfaron y de los que nada alcanzaron. En fin, hoy volví a sentarme en las sillas modernizadas —también hay, como barricada de una invasión, una fuente de sodas— y pretendí leer expedientes. Vi a muchos antiguos compañeros, cambiados, amnésicos, retocados de luz neón, prósperos. Con el café que casi no reconocía, con la ciudad misma, habían ido cincelándose a ritmo distinto del mío. No, ya no me reconocían; o no me querían reconocer. A lo sumo —uno o dos— una mano gorda y rápida sobre el hombro. Adiós, viejo, qué tal. Entre ellos y yo mediaban los dieciocho agujeros del Country Club. Me disfracé detrás de los expedientes. Desfilaron en mi memoria los años de las grandes ilusiones, de los pronósticos felices y, también todas las omisiones que impidieron su realización. Sentí la angustia de no poder meter los dedos en el pasado y pegar los trozos de algún rompecabezas abandonado; pero el arcón de los juguetes se va olvidando y, al cabo, ¿quién sabrá dónde fueron a dar los soldados de plomo, los cascos, las espadas de madera? Los disfraces tan queridos, no fueron más que eso. Y sin embargo, había habido constancia, disciplina, apego al deber. ¿No era suficiente, o sobraba? En ocasiones me asaltaba el recuerdo de Rilke. La gran recompensa de la aventura de juventud debe ser la muerte; jóvenes, debemos partir con todos nuestros secretos. Hoy, no tendría que volver la mirada a las ciudades de sal. ¿Cinco pesos? Dos de propina».

«Pepe, aparte de su pasión por el derecho mercantil, gusta de teorizar. Me vio salir de Catedral, y juntos nos encaminamos a Palacio. Él es descreído, pero no le basta; en media cuadra tuvo que fabricar una teoría. Que si yo no fuera mexicano, no adoraría a Cristo y... "No, mira, parece evidente. Llegan los españoles y te proponen adorar a un Dios muerto hecho un coágulo, con el costado herido, clavado en una cruz. Sacrificado. Ofrendado. ¿Qué cosa más natural que aceptar un sentimiento tan cercano a todo tu ceremonial, a toda tu vida?... figúrate, en cambio, que México hubiera sido conquistado por budistas o por mahometanos. No es concebible que nuestros indios veneraran a un individuo que murió de indigestión. Pero un Dios al que no le basta que se sacrifiquen por él, sino que incluso va a que le arranquen el corazón, ¡caramba, jaque mate a Huitzilopochtli! El cristianismo, en su sentido cálido, sangriento, de sacrificio y liturgia, se vuelve una prolongación natural y novedosa de la religión indígena. Los aspectos caridad, amor y la otra mejilla, en cambio, son rechazados. Y todo en México es eso: hay que matar a los hombres para poder creer en ellos".

»Pepe conocía mi afición, desde joven, por ciertas formas de arte indígena mexicano. Yo colecciono estatuillas, ídolos, cacharros. Mis fines de semana los paso en Tlaxcala o en Teotihuacán. Acaso por esto le guste relacionar todas las teorías que elabora para mi consumo con estos temas. Por cierto que busco una réplica razonable del Chac Mool desde hace tiempo, y hoy Pepe me informa de un lugar en La Lagunilla donde venden uno de piedra y parece que barato. Voy a ir el domingo.

»Un guasón pintó de rojo el agua del garrafón en la oficina, con la consiguiente perturbación de las labores. He debido consignarlo al director, a quien solo le dio mucha risa. El culpable se ha valido de esta circunstancia para hacer sarcasmos a mis costillas el día entero, todos en torno al agua. Ch...».

«Hoy domingo, aproveché para ir a La Lagunilla. Encontré el Chac Mool en la tienducha que me señaló Pepe. Es una pieza preciosa, de tamaño natural, y aunque el marchante asegura su originalidad, lo dudo. La piedra es corriente, pero ello no aminora la elegancia de la postura o lo macizo del bloque. El desleal vendedor le ha embarrado salsa de tomate en la barriga al ídolo para convencer a los turistas de la sangrienta autenticidad de la escultura.

»El traslado a la casa me costó más que la adquisición. Pero ya está aquí, por el momento en el sótano mientras reorganizo mi cuarto de trofeos a fin de darle cabida. Estas figuras necesitan sol vertical y fogoso; ese fue su elemento y condición. Pierde mucho mi Chac Mool en la oscuridad del sótano; allí, es un simple bulto agónico, y su mueca parece reprocharme que le niegue la luz. El comerciante tenía un foco que iluminaba verticalmente en la escultura, recortando todas sus aristas y dándole una expresión más amable. Habrá que seguir su ejemplo».

«Amanecí con la tubería descompuesta. Incauto, dejé correr el agua de la cocina y se desbordó, corrió por el piso y llegó hasta el sótano, sin que me percatara. El Chac Mool resiste la humedad, pero mis maletas sufrieron. Todo esto, en día de labores, me obligó a llegar tarde a la oficina».

«Vinieron, por fin, a arreglar la tubería. Las maletas, torcidas. Y el Chac Mool, con lama en la base».

«Desperté a la una: había escuchado un quejido terrible. Pensé en ladrones. Pura imaginación».

«Los lamentos nocturnos han seguido. No sé a qué atribuirlo, pero estoy nervioso. Para colmo de males, la tubería volvió a descomponerse, y las lluvias se han colado, inundando el sótano».

«El plomero no viene; estoy desesperado. Del Departamento del Distrito Federal, más vale no hablar. Es la primera vez que el agua de las lluvias no obedece a las coladeras y viene a dar a mi sótano. Los quejidos han cesado: vaya una cosa por otra».

«Secaron el sótano, y el Chac Mool está cubierto de lama. Le da un aspecto grotesco, porque toda la masa de la escultura parece padecer de una erisipela verde, salvo los ojos, que han permanecido de piedra. Voy a aprovechar el domingo para raspar el musgo. Pepe me ha recomendado cambiarme a una casa de apartamentos, y tomar el piso más alto, para evitar estas tragedias acuáticas. Pero yo no puedo dejar este caserón, ciertamente es muy grande para mí solo, un poco lúgubre en su arquitectura porfiriana. Pero es la única herencia y recuerdo de mis padres. No sé qué me daría ver una fuente de sodas con sinfonola en el sótano y una tienda de decoración en la planta baja».

«Fui a raspar el musgo del Chac Mool con una espátula. Parecía ser ya parte de la piedra; fue labor de más de una hora, y solo a las seis de la tarde pude terminar. No se distinguía muy bien la penumbra; al finalizar el trabajo, seguí con la mano los contornos de la piedra. Cada vez que lo repasaba, el bloque parecía reblandecerse. No quise creerlo: era ya casi una pasta. Este mercader de La Lagunilla me ha timado. Su escultura precolombina es puro yeso, y la humedad acabará por arruinarla. Le he echado encima unos trapos; mañana la pasaré a la pieza de arriba, antes de que sufra un deterioro total».

«Los trapos han caído al suelo, increíble. Volví a palpar el Chac Mool. Se ha endurecido pero no vuelve a la consistencia de la piedra. No quiero escribirlo: hay en el torso algo de la textura de la carne, al apretar los brazos los siento de goma, siento que algo circula por esa figura recostada... Volví a bajar en la noche. No cabe duda: el Chac Mool tiene vello en los brazos».

«Esto nunca me había sucedido. Tergiversé los asuntos en la oficina, giré una orden de pago que no estaba autorizada, y el director tuvo que llamarme la atención. Quizá me mostré hasta descortés con los compañeros. Tendré que ver a un médico, saber si es mi imaginación o delirio o qué, y deshacerme de ese maldito Chac Mool».

Hasta aquí la escritura de Filiberto era la antigua, la que tantas veces vi en formas y memoranda, ancha y ovalada. La entrada del 25 de agosto, sin embargo, parecía escrita por otra persona. A veces como niño, separando trabajosamente cada letra; otras, nerviosa, hasta diluirse en lo ininteligible. Hay tres días vacíos, y el relato continúa:

«Todo es tan natural; y luego se cree en lo real... pero esto lo es, más que lo creído por mí. Si es real un garrafón, y más, porque nos damos mejor cuenta de su existencia, o estar, si un bromista pinta el agua de rojo... Real bocanada de cigarro efímera, real imagen monstruosa en un espejo de circo, reales, ¿no lo son todos los muertos, presentes y olvidados?... si un hombre atravesara el paraíso en un sueño, y le dieran una flor como prueba de que había estado allí, y si al despertar encontrara esa flor en su mano... ¿entonces, qué?... Realidad: cierto día la quebraron en mil pedazos, la cabeza fue a dar allá, la cola aquí y nosotros no conocemos más que uno de los trozos desprendidos de su gran cuerpo. Océano libre y ficticio, solo real cuando se le aprisiona en el rumor de un caracol marino. Hasta hace tres días, mi realidad lo era al grado de haberse borrado hoy; era movimiento reflejo, rutina, memoria, cartapacio. Y luego, como la tierra que un día tiembla para que recordemos su poder, o como la muerte que un día llegará, recriminando mi olvido de toda la vida, se presenta otra realidad: sabíamos que estaba allí, mostrenca; ahora nos sacude para hacerse viva y presente. Pensé, nuevamente, que era pura imaginación: el Chac Mool, blando y elegante, había cambiado de color en una noche; amarillo, casi dorado, parecía indicarme que era un dios, por ahora laxo, con las rodillas menos tensas que antes, con la sonrisa más benévola. Y ayer, por fin, un despertar sobresaltado, con esa seguridad espantosa de que hay dos respiraciones en la noche, de que en la oscuridad laten más pulsos que el propio. Sí, se escuchaban pasos en la escalera. Pesadilla. Vuelta a dormir... No sé cuánto tiempo pretendí dormir. Cuando volvía a abrir los ojos, aún no amanecía. El cuarto olía a horror, a incienso y sangre. Con la mirada negra, recorrí la recámara, hasta detenerme en dos orificios de luz parpadeante, en dos flámulas crueles y amarillas.

»Casi sin aliento, encendí la luz.

»Allí estaba Chac Mool, erguido, sonriente, ocre, con su barriga encarnada. Me paralizaron los dos ojillos casi bizcos, muy pegados al caballete de la nariz triangular. Los dientes inferiores mordían el labio superior, inmóviles; solo el brillo del casuelón cuadrado sobre la cabeza anormalmente voluminosa, delataba vida. Chac Mool avanzó hacia mi cama; entonces empezó a llover».

Recuerdo que a fines de agosto, Filiberto fue despedido de la Secretaría, con una recriminación pública del director y rumores de locura y hasta de robo. Esto no lo creí. Sí pude ver unos oficios descabellados, preguntándole al oficial mayor si el agua podía olerse, ofreciendo sus servicios al secretario de Recursos Hidráulicos para hacer llover en el desierto. No supe qué explicación darme a mí mismo; pensé que las lluvias excepcionalmente fuertes, de ese verano, habían enervado a mi amigo. O que alguna depresión moral debía producir la vida en aquel caserón antiguo, con la mitad de los cuartos bajo llave y empolvados, sin criados ni vida de familia. Los apuntes siguientes son de fines de septiembre:

«Chac Mool puede ser simpático cuando quiere, "...un gluglú de agua embelesada"... Sabe historias fantásticas sobre los monzones, las lluvias ecuatoriales y el castigo de los desiertos; cada planta arranca de su paternidad mítica: el sauce es su hija descarriada, los lotos, sus niños mimados; su suegra, el cacto. Lo que no puedo tolerar es el olor, extrahumano, que emana de esa carne que no lo es, de las sandalias flamantes de vejez. Con risa estridente, Chac Mool revela cómo fue descubierto por Le Plongeon y puesto físicamente en contacto de hombres de otros símbolos. Su espíritu ha vivido en el cántaro y en la tempestad, naturalmente; otra cosa es su piedra, y haberla arrancado del escondite maya en el que yacía es artificial y cruel. Creo que Chac Mool nunca lo perdonará. Él sabe de la inminencia del hecho estético.

»He debido proporcionarle Sapolio para que se lave el vientre que el mercader, al creerlo azteca, le untó de salsa kétchup. No pareció gustarle mi pregunta sobre su parentesco con Tlaloc,[1] y cuando se enoja, sus dientes, de por sí repulsivos, se afilan y brillan. Los primeros días, bajó a dormir al sótano; desde ayer, lo hace en mi cama».

«Ha empezado la temporada seca. Ayer, desde la sala donde ahora duermo, comencé a oír los mismos lamentos roncos del principio, seguidos de ruidos terribles. Subí; entreabrí la puerta de la recámara: Chac Mool estaba rompiendo las lámparas, los muebles; al verme, saltó hacia la puerta con las manos arañadas, y apenas pude cerrar e irme a esconder al baño. Luego bajó, jadeante, y pidió agua; todo el día tiene corriendo los grifos, no queda un centímetro seco en la casa. Tengo que dormir muy abrigado, y le he pedido que no empape más la sala».[2]

«El Chac inundó hoy la sala. Exasperado, le dije que lo iba a devolver al mercado de La Lagunilla. Tan terrible como su risilla —horrorosamente distinta a cualquier risa de hombre o de animal— fue la bofetada que me dio, con ese brazo cargado de pesados brazaletes. Debo reconocerlo: soy su prisionero. Mi idea original era bien distinta: yo dominaría a Chac Mool, como se domina a un juguete; era, acaso, una prolongación de mi seguridad infantil; pero la niñez —¿quién lo dijo?— es fruto comido por los años, y yo no me he dado cuenta... Ha tomado mi ropa y se pone la bata cuando empieza a brotarle musgo verde. El Chac Mool está acostumbrado a que se le obedezca, desde siempre y para siempre; yo, que nunca he debido mandar, solo puedo doblegarme ante él. Mientras no llueva —¿y su poder mágico?— vivirá colérico e irritable».

«Hoy decidí que en las noches Chac Mool sale de la casa. Siempre, al oscurecer, canta una tonada chirriona y antigua, más vieja que el canto mismo. Luego cesa. Toqué varias veces a su puerta, y como no me contestó, me atreví a entrar. No había vuelto a ver la recámara desde el día en que la estatua trató de atacarme: está en ruinas, y allí se concentra ese olor a

1 Deidad azteca de la lluvia.

2 Filiberto no explica en qué lengua se entendía con el Chac Mool.

incienso y sangre que ha permeado la casa. Pero detrás de la puerta, hay huesos: huesos de perros, de ratones y gatos. Esto es lo que roba en la noche el Chac Mool para sustentarse. Esto explica los ladridos espantosos de todas las madrugadas».

«Febrero, seco. Chac Mool vigila cada paso mío; me ha obligado a telefonear a una fonda para que diariamente me traigan un portaviandas. Pero el dinero sustraído de la oficina ya se va a acabar. Sucedió lo inevitable: desde el día primero, cortaron el agua y la luz por falta de pago. Pero Chac Mool ha descubierto una fuente pública a dos cuadras de aquí; todos los días hago diez o doce viajes por agua, y él me observa desde la azotea. Dice que si intento huir me fulminará: también es dios del rayo. Lo que él no sabe es que estoy al tanto de sus correrías nocturnas... Como no hay luz, debo acostarme a las ocho. Ya debería estar acostumbrado al Chac Mool, pero hace poco, en la oscuridad, me topé con él en la escalera, sentí sus brazos helados, las escamas de su piel renovada y quise gritar».

«Si no llueve pronto, el Chac Mool va a convertirse otra vez en piedra. He notado sus dificultades recientes para moverse; a veces se reclina durante horas, paralizado, contra la pared y parece ser, de nuevo, un ídolo inerme, por más dios de la tempestad y el trueno que se le considere. Pero estos reposos solo le dan nuevas fuerzas para vejarme, arañarme como si pudiese arrancar algún líquido de mi carne. Ya no tienen lugar aquellos intermedios amables durante los cuales relataba viejos cuentos; creo notar en él una especie de resentimiento concentrado. Ha habido otros indicios que me han puesto a pensar: los vinos de mi bodega se están acabando; Chac Mool acaricia la seda de la bata; quiere que traiga una criada a la casa, me ha hecho enseñarle a usar jabón y lociones. Incluso hay algo viejo en su cara que antes parecía eterna. Aquí puede estar mi salvación: si el Chac cae en tentaciones, si se humaniza, posiblemente todos sus siglos de vida se acumulen en un instante y caiga fulminado por el poder aplazado del tiempo. Pero también me pongo a pensar en algo terrible: el Chac no querrá que yo asista a su derrumbe, no querrá un testigo..., es posible que desee matarme».

«Hoy aprovecharé la excursión nocturna de Chac para huir. Me iré a Acapulco; veremos qué puede hacerse para conseguir trabajo y esperar la muerte de Chac Mool; sí, se avecina; está canoso, abotagado. Yo necesito asolearme, nadar y recuperar fuerzas. Me quedan cuatrocientos pesos. Iré a la Pensión Müller, que es barata y cómoda. Que se adueñe de todo Chac Mool: a ver cuánto dura sin mis baldes de agua».

Aquí termina el diario de Filiberto. No quise pensar más en su relato; dormí hasta Cuernavaca. De ahí a México pretendí dar coherencia al escrito, relacionarlo con exceso de trabajo, con algún motivo sicológico. Cuando, a las nueve de la noche, llegamos a la terminal, aún no podía explicarme la locura de mi amigo. Contraté una camioneta para llevar el féretro a casa de Filiberto, y después de allí ordenar el entierro.

Antes de que pudiera introducir la llave en la cerradura, la puerta se abrió. Apareció un indio amarillo, en bata de casa, con bufanda. Su aspecto no podía ser más repulsivo; despedía un olor a loción barata, quería cubrir las arrugas con la cara polveada; tenía la boca embarrada de lápiz labial mal aplicado, y el pelo daba la impresión de estar teñido.

—Perdone... no sabía que Filiberto hubiera...

—No importa; lo sé todo. Dígale a los hombres que lleven el cadáver al sótano.

El huésped

Amparo Dávila (1928-2020)

Escritora inclasificable, Dávila fue una poeta y narradora mexicana que destacó sobre todo como cuentista. La esencia de su obra, en apariencia de corte fantástico, suele ser un dolor de cabeza para los críticos al momento de analizarla; sus historias, a menudo oscuras, se hallan ancladas firmemente en la realidad, pese a los juegos narrativos que pudieran hacer pensar lo contrario. Este estilo fue alabado por sus contemporáneos y ubicó la propuesta de Dávila en lugar privilegiado. «El huésped» es un relato donde la intriga se mezcla con ambientes tenebrosos bajo la guía de una narradora cuya cordura genera dudas.

EL HUÉSPED

AMPARO DÁVILA

Nunca olvidaré el día en que vino a vivir con nosotros. Mi marido lo trajo al regreso de un viaje.

Llevábamos entonces cerca de tres años de matrimonio, teníamos dos niños y yo no era feliz. Representaba para mi marido algo así como un mueble, que se acostumbra uno a ver en determinado sitio, pero que no causa la menor impresión. Vivíamos en un pueblo pequeño, incomunicado y distante de la ciudad. Un pueblo casi muerto o a punto de desaparecer.

No pude reprimir un grito de horror, cuando lo vi por primera vez. Era lúgubre, siniestro. Con grandes ojos amarillentos, casi redondos y sin parpadeo, que parecían penetrar a través de las cosas y de las personas.

Mi vida desdichada se convirtió en un infierno. La misma noche de su llegada supliqué a mi marido que no me condenara a la tortura de su compañía. No podía resistirlo; me inspiraba desconfianza y horror. «Es completamente inofensivo —dijo mi marido mirándome con marcada indiferencia—. Te acostumbrarás a su compañía y, si no lo consigues...». No hubo manera de convencerlo de que se lo llevara. Se quedó en nuestra casa.

No fui la única en sufrir con su presencia. Todos los de la casa —mis niños, la mujer que me ayudaba en los quehaceres, su hijito— sentíamos pavor de él. Solo mi marido gozaba teniéndolo allí.

Desde el primer día mi marido le asignó el cuarto de la esquina. Era esta una pieza grande, pero húmeda y oscura. Por esos inconvenientes yo nunca la ocupaba. Sin embargo él pareció sentirse contento con la habitación. Como era bastante oscura, se acomodaba a sus necesidades. Dormía hasta el oscurecer y nunca supe a qué hora se acostaba.

Perdí la poca paz de que gozaba en la casona. Durante el día, todo marchaba con aparente normalidad. Yo me levantaba siempre muy temprano, vestía a los niños que ya estaban despiertos, les daba el desayuno y los entretenía mientras Guadalupe arreglaba la casa y salía a comprar el mandado.

La casa era muy grande, con un jardín en el centro y los cuartos distribuidos a su alrededor. Entre las piezas y el jardín había corredores que protegían las habitaciones del rigor de las lluvias y del viento que eran frecuentes. Tener arreglada una casa tan grande y cuidado el jardín, mi diaria ocupación de la mañana, era tarea dura. Pero yo amaba mi jardín. Los corredores estaban cubiertos por enredaderas que floreaban casi todo el año. Recuerdo cuánto me gustaba, por las tardes, sentarme en uno de aquellos corredores a coser la ropa de los niños, entre el perfume de las madreselvas y de las bugambilias.

En el jardín cultivaba crisantemos, pensamientos, violetas de los Alpes, begonias y heliotropos. Mientras yo regaba las plantas, los niños se entretenían buscando gusanos entre las hojas. A veces pasaban horas, callados y muy atentos, tratando de coger las gotas de agua que se escapaban de la vieja manguera.

Yo no podía dejar de mirar, de vez en cuando, hacia el cuarto de la esquina. Aunque pasaba todo el día durmiendo no podía confiarme. Hubo veces que, cuando estaba preparando la comida, veía de pronto su sombra proyectándose sobre la estufa de leña. Lo sentía detrás de mí... yo arrojaba al suelo lo que tenía en las manos y salía de la cocina corriendo y gritando como una loca. Él volvía nuevamente a su cuarto, como si nada hubiera pasado.

Creo que ignoraba por completo a Guadalupe, nunca se acercaba a ella ni la perseguía. No así a los niños y a mí. A ellos los odiaba y a mí me acechaba siempre.

Cuando salía de su cuarto comenzaba la más terrible pesadilla que alguien pueda vivir. Se situaba siempre en un pequeño cenador, enfrente de la puerta de mi cuarto. Yo no salía más. Algunas veces, pensando que aún dormía, yo iba hacia la cocina por la merienda de los niños, de pronto lo descubría en algún oscuro rincón del corredor, bajo las enredaderas. «¡Allí está ya, Guadalupe!», gritaba desesperada.

Guadalupe y yo nunca lo nombrábamos, nos parecía que al hacerlo cobraba realidad aquel ser tenebroso. Siempre decíamos: «allí está, ya salió, está durmiendo, él, él, él...».

Solamente hacía dos comidas, una cuando se levantaba al anochecer y otra, tal vez, en la madrugada antes de acostarse. Guadalupe era la encargada de llevarle la bandeja, puedo asegurar que la arrojaba dentro del cuarto, pues la pobre mujer sufría el mismo terror que yo. Toda su alimentación se reducía a carne, no probaba nada más.

Cuando los niños se dormían, Guadalupe me llevaba la cena al cuarto. Yo no podía dejarlos solos, sabiendo que se había levantado o estaba por hacerlo. Una vez terminadas sus tareas, Guadalupe se iba con su pequeño a dormir y yo me quedaba sola, contemplando el sueño de mis hijos. Como la puerta de mi cuarto quedaba siempre abierta, no me atrevía a acostarme, temiendo que en cualquier momento pudiera entrar y atacarnos. Y no era posible cerrarla; mi marido llegaba siempre tarde y al no encontrarla abierta habría pensado... Y llegaba bien tarde. Que tenía mucho trabajo, dijo alguna vez. Pienso que otras cosas también lo entretenían...

Una noche estuve despierta hasta cerca de las dos de la mañana, oyéndolo afuera... Cuando desperté, lo vi junto a mi cama, mirándome con su mirada fija, penetrante... Salté de la cama y le arrojé la lámpara de gasolina que dejaba encendida toda la noche. No había luz eléctrica en aquel pueblo y no hubiera soportado quedarme a oscuras, sabiendo que en cualquier momento... Él se libró del golpe y salió de la pieza. La lámpara se estrelló en el piso de ladrillo y la gasolina se inflamó rápidamente. De no haber sido por Guadalupe que acudió a mis gritos, habría ardido toda la casa.

Mi marido no tenía tiempo para escucharme ni le importaba lo que sucediera en la casa. Solo hablábamos lo indispensable. Entre nosotros, desde hacía tiempo el afecto y las palabras se habían agotado.

Vuelvo a sentirme enferma cuando recuerdo... Guadalupe había salido a la compra y dejó al pequeño Martín dormido en un cajón donde lo acostaba durante el día. Fui a verlo varias veces, dormía tranquilo. Era cerca del mediodía. Estaba peinando a mis niños cuando oí el llanto del pequeño mezclado con extraños gritos. Cuando llegué al cuarto lo encontré golpeando cruelmente al niño. Aún no sabría explicar cómo le quité al pequeño y cómo me lancé contra él con una tranca que encontré a la mano, y lo ataqué con toda la furia contenida por tanto tiempo. No sé si llegué a causarle mucho daño, pues caí sin sentido. Cuando Guadalupe volvió del mandado, me encontró desmayada y a su pequeño lleno de golpes y de araños que sangraban. El dolor y el coraje que sintió fueron terribles. Afortunadamente el niño no murió y se recuperó pronto.

Temí que Guadalupe se fuera y me dejara sola. Si no lo hizo, fue porque era una mujer noble y valiente que sentía gran afecto por los niños y por mí. Pero ese día nació en ella un odio que clamaba venganza.

Cuando conté lo que había pasado a mi marido, le exigí que se lo llevara, alegando que podía matar a nuestros niños como trató de hacerlo con el pequeño Martín. «Cada día estás más histérica, es realmente doloroso y deprimente contemplarte así... te he explicado mil veces que es un ser inofensivo».

Pensé entonces en huir de aquella casa, de mi marido, de él... Pero no tenía dinero y los medios de comunicación eran difíciles. Sin amigos ni parientes a quienes recurrir, me sentía tan sola como un huérfano.

Mis niños estaban atemorizados, ya no querían jugar en el jardín y no se separaban de mi lado. Cuando Guadalupe salía al mercado, me encerraba con ellos en mi cuarto.

—Esta situación no puede continuar —le dije un día a Guadalupe.

—Tendremos que hacer algo y pronto —me contestó.

—¿Pero qué podemos hacer las dos solas?

—Solas, es verdad, pero con un odio...

Sus ojos tenían un brillo extraño. Sentí miedo y alegría.

La oportunidad llegó cuando menos la esperábamos. Mi marido partió para la ciudad a arreglar unos negocios. Tardaría en regresar, según me dijo, unos veinte días.

No sé si él se enteró de que mi marido se había marchado, pero ese día despertó antes de lo acostumbrado y se situó frente a mi cuarto. Guadalupe y su niño durmieron en mi cuarto y por primera vez pude cerrar la puerta.

Guadalupe y yo pasamos casi toda la noche haciendo planes. Los niños dormían tranquilamente. De cuando en cuando oíamos que llegaba hasta la puerta del cuarto y la golpeaba con furia...

Al día siguiente dimos de desayunar a los tres niños y, para estar tranquilas y que no nos estorbaran en nuestros planes, los encerramos en mi cuarto. Guadalupe y yo teníamos muchas cosas por hacer y tanta prisa en realizarlas que no podíamos perder tiempo ni en comer.

Guadalupe cortó varias tablas, grandes y resistentes, mientras yo buscaba martillo y clavos. Cuando todo estuvo listo, llegamos sin hacer ruido hasta el cuarto de la esquina. Las hojas de la puerta estaban entornadas. Conteniendo la respiración, bajamos los pasadores, después cerramos la puerta con llave y comenzamos a clavar las tablas hasta clausurarla totalmente. Mientras trabajábamos, gruesas gotas de sudor nos corrían por la frente. No hizo entonces ruido, parecía que estaba durmiendo profundamente. Cuando todo estuvo terminado, Guadalupe y yo nos abrazamos llorando.

Los días que siguieron fueron espantosos. Vivió muchos días sin aire, sin luz, sin alimento... Al principio golpeaba la puerta, tirándose contra ella, gritaba desesperado, arañaba... Ni Guadalupe ni yo podíamos comer ni dormir, ¡eran terribles los gritos...! A veces pensábamos que mi marido regresaría antes de que hubiera muerto. ¡Si lo encontrara así...! Su resistencia fue mucha, creo que vivió cerca de dos semanas...

Un día ya no se oyó ningún ruido. Ni un lamento... Sin embargo, esperamos dos días más, antes de abrir el cuarto.

Cuando mi marido regresó, lo recibimos con la noticia de su muerte repentina y desconcertante.

La insignia

JULIO RAMÓN RIBEYRO (1929-1994)

A menudo se considera a este peruano uno de los grandes maestros del relato, pero también lo fue en el manejo de formas más breves (como el aforismo) y de las memorias. Sus libros *Prosas apátridas* y *La tentación del fracaso* dan cuenta de sus destrezas. De carácter taciturno quizá un poco opacado por un bisoño Mario Vargas Llosa, quien, por los años de mayor producción de Ribeyro, entraba por la puerta grande del *boom* de la narrativa hispanoamericana. Su dominio de las tramas, la precisión en el uso del lenguaje y las dosis de ironía contenidas en su acendrado estilo demostraron una y otra vez que su literatura es digna de figurar en cualquier liga superior de escritores. «La insignia» es una buena bandera que ondea a su favor.

LA INSIGNIA

JULIO RAMÓN RIBEYRO

Hasta ahora recuerdo aquella tarde en que al pasar por el malecón divisé en un pequeño basural un objeto brillante. Con una curiosidad muy explicable en mi temperamento de coleccionista, me agaché y después de recogerlo lo froté contra la manga de mi saco. Así pude observar que se trataba de una menuda insignia de plata, atravesada por unos signos que en ese momento me parecieron incomprensibles. Me la eché al bolsillo y, sin darle mayor importancia al asunto, regresé a mi casa. No puedo precisar cuánto tiempo estuvo guardada en aquel traje que usaba poco. Solo recuerdo que en una oportunidad lo mandé a lavar y, con gran sorpresa mía, cuando el dependiente me lo devolvió limpio, me entregó una cajita, diciéndome: «Esto debe ser suyo, pues lo he encontrado en su bolsillo».

Era, naturalmente, la insignia y este rescate inesperado me conmovió a tal extremo que decidí usarla.

Aquí empieza realmente el encadenamiento de sucesos extraños que me acontecieron. Lo primero fue un incidente que tuve en una librería de viejo. Me hallaba repasando añejas encuadernaciones cuando el patrón, que desde hacía rato me observaba desde el ángulo más oscuro de su librería, se

me acercó y, con un tono de complicidad, entre guiños y muecas convencionales, me dijo: «Aquí tenemos libros de Feifer». Yo lo quedé mirando intrigado porque no había preguntado por dicho autor, el cual, por lo demás, aunque mis conocimientos de literatura no son muy amplios, me era enteramente desconocido. Y acto seguido añadió: «Feifer estuvo en Pilsen». Como yo no saliera de mi estupor, el librero terminó con un tono de revelación, de confidencia definitiva: «Debe usted saber que lo mataron. Sí, lo mataron de un bastonazo en la estación de Praga». Y dicho esto se retiró hacia el ángulo de donde había surgido y permaneció en el más profundo silencio. Yo seguí revisando algunos volúmenes maquinalmente pero mi pensamiento se hallaba preocupado en las palabras enigmáticas del librero. Después de comprar un libro de mecánica salí, desconcertado, del negocio.

Durante algún tiempo estuve razonando sobre el significado de dicho incidente, pero como no pude solucionarlo acabé por olvidarme de él. Mas, pronto, un nuevo acontecimiento me alarmó sobremanera. Caminaba por una plaza de los suburbios cuando un hombre menudo, de faz hepática y angulosa, me abordó intempestivamente y antes de que yo pudiera reaccionar, me dejó una tarjeta entre las manos, desapareciendo sin pronunciar palabra. La tarjeta, en cartulina blanca, solo tenía una dirección y una cita que rezaba: SEGUNDA SESIÓN: MARTES 4. Como es de suponer, el martes 4 me dirigí a la numeración indicada. Ya por los alrededores me encontré con varios sujetos extraños que merodeaban y que, por una coincidencia que me sorprendió, tenían una insignia igual a la mía. Me introduje en el círculo y noté que todos me estrechaban la mano con gran familiaridad. En seguida ingresamos a la casa señalada y en una habitación grande tomamos asiento. Un señor de aspecto grave emergió tras un cortinaje y, desde un estrado, después de saludarnos, empezó a hablar interminablemente. No sé precisamente sobre qué versó la conferencia ni si aquello era efectivamente una conferencia. Los recuerdos de niñez anduvieron hilvanados con las más agudas especulaciones filosóficas, y a unas digresiones sobre el cultivo de la remolacha fue aplicado el mismo método expositivo que a la organización del Estado. Recuerdo que finalizó pintando unas rayas rojas en una pizarra, con una tiza que extrajo de su bolsillo.

Cuando hubo terminado, todos se levantaron y comenzaron a retirarse, comentando entusiasmados el buen éxito de la charla. Yo, por condescendencia, sumé mis elogios a los suyos, mas, en el momento en que me disponía a cruzar el umbral, el disertante me pasó la voz con una interjección, y al volverme me hizo una seña para que me acercara.

—Es usted nuevo, ¿verdad? —me interrogó, un poco desconfiado.

—Sí —respondí, después de vacilar un rato, pues me sorprendió que hubiera podido identificarme entre tanta concurrencia—. Tengo poco tiempo.

—¿Y quién lo introdujo?

Me acordé de la librería, con gran suerte de mi parte.

—Estaba en la librería de la calle Amargura, cuando el...

—¿Quién? ¿Martín?

—Sí, Martín.

—¡Ah, es un colaborador nuestro!

—Yo soy un viejo cliente suyo.

—¿Y de qué hablaron?

—Bueno... de Feifer.

—¿Qué le dijo?

—Que había estado en Pilsen. En verdad... yo no lo sabía.

—¿No lo sabía?

—No —repliqué con la mayor tranquilidad.

—¿Y no sabía tampoco que lo mataron de un bastonazo en la estación de Praga?

—Eso también me lo dijo.

—¡Ah, fue una cosa espantosa para nosotros!

—En efecto —confirmé—. Fue una pérdida irreparable.

Mantuvimos una charla ambigua y ocasional, llena de confidencias imprevistas y de alusiones superficiales, como la que sostienen dos personas extrañas que viajan accidentalmente en el mismo asiento de un ómnibus. Recuerdo que mientras yo me afanaba en describirle mi operación de las amígdalas, él, con grandes gestos, proclamaba la belleza de los paisajes nórdicos. Por fin, antes de retirarme, me dio un encargo que no dejó de llamarme la atención.

—Tráigame en la próxima semana —dijo— una lista de todos los teléfonos que empiecen con 38.

Prometí cumplir lo ordenado y, antes del plazo concedido, concurrí con la lista.

—¡Admirable! —exclamó—. Trabaja usted con rapidez ejemplar.

Desde aquel día cumplí una serie de encargos semejantes, de lo más extraños. Así, por ejemplo, tuve que conseguir una docena de papagayos a los que ni más volví a ver. Más tarde fui enviado a una ciudad de provincia a levantar un croquis del edificio municipal. Recuerdo que también me ocupé de arrojar cáscaras de plátano en la puerta de algunas residencias escrupulosamente señaladas, de escribir un artículo sobre los cuerpos celestes, que nunca vi publicado, de adiestrar a un menor en gestos parlamentarios, y aun de cumplir ciertas misiones confidenciales, como llevar cartas que jamás leí o espiar a mujeres exóticas que generalmente desaparecían sin dejar rastros.

De este modo, poco a poco, fui ganando cierta consideración. Al cabo de un año, en una ceremonia emocionante, fui elevado de rango. «Ha ascendido usted un grado», me dijo el superior de nuestro círculo, abrazándome efusivamente. Tuve, entonces, que pronunciar una breve alocución, en la que me referí en términos vagos a nuestra tarea común, no obstante lo cual, fui aclamado con estrépito.

En mi casa, sin embargo, la situación era confusa. No comprendían mis desapariciones imprevistas, mis actos rodeados de misterio, y las veces que me interrogaron evadí las respuestas porque, en realidad, no encontraba una satisfactoria. Algunos parientes me recomendaron, incluso, que me hiciera revisar por un alienista, pues mi conducta no era precisamente la de un hombre sensato. Sobre todo, recuerdo haberlos intrigado mucho un día que me sorprendieron fabricando una gruesa de bigotes postizos, pues había recibido dicho encargo de mi jefe.

Esta beligerancia doméstica no impidió que yo siguiera dedicándome, con una energía que ni yo mismo podría explicarme, a las labores de nuestra sociedad. Pronto fui relator, tesorero, adjunto de conferencias, asesor administrativo, y conforme me iba sumiendo en el seno de la organización aumentaba mi desconcierto, no sabiendo si me hallaba en una secta religiosa o en una agrupación de fabricantes de paños.

A los tres años me enviaron al extranjero. Fue un viaje de lo más intrigante. No tenía yo un céntimo; sin embargo, los barcos me brindaban sus camarotes, en los puertos había siempre alguien que me recibía y me prodigaba atenciones, y en los hoteles me obsequiaban sus comodidades sin exigirme nada. Así me vinculé con otros cofrades, aprendí lenguas foráneas, pronuncié conferencias, inauguré filiales a nuestra agrupación y vi cómo extendía la insignia de plata por todos los confines del continente. Cuando regresé, después de un año de intensa experiencia humana, estaba tan desconcertado como cuando ingresé a la librería de Martín.

Han pasado diez años. Por mis propios méritos he sido designado presidente. Uso una toga orlada de púrpura con la que aparezco en los grandes ceremoniales. Los afiliados me tratan de vuecencia. Tengo una renta de cinco mil dólares, casas en los balnearios, sirvientes con librea que me respetan y me temen, y hasta una mujer encantadora que viene a mí por las noches sin que yo la llame. Y a pesar de todo esto, ahora, como el primer día y como siempre, vivo en la más absoluta ignorancia, y si alguien me preguntara cuál es el sentido de nuestra organización, yo no sabría qué responderle. A lo más, me limitaría a pintar rayas rojas en una pizarra negra, esperando confiado los resultados que produce en la mente humana toda explicación que se funda inexorablemente en la cábala.

MENCIONES

LEOPOLDO LUGONES, «Yzur»
© Leopoldo Lugones

HORACIO QUIROGA, «La insolación»
© Horacio Quiroga

MARTÍN LUIS GUZMÁN, «La fiesta de las balas»
Incluido en *El águila y la serpiente*, de Martín Luis Guzmán, págs. 152-162
D. R. © 2023, Fondo de Cultura Económica. Carretera Picacho Ajusco 227, 14110 Ciudad de México

JULIO GARMENDIA, «El difunto yo»
© Julio Garmendia

JORGE LUIS BORGES, «El libro de arena», *El libro de arena*
© 1975, Mariana del Socorro Kodama, Martín Nicolás Kodama, María Victoria Kodama, Matías Kodama y María Belén Kodama

ROBERTO ARLT, «El jorobadito»
© Roberto Arlt

SILVINA OCAMPO, «La expiación»
© Herederos de Silvina Ocampo, «La expiación», en: *Las invitadas*, 1961, por acuerdo con Literarische Agentur Mertin Inh. Nicole Witt e. K., Frankfurt am Main, Alemania

Alejo Carpentier, «Viaje a la semilla», *La guerra del tiempo. Tres relatos y una novela*

Juan Carlos Onetti, «Bienvenido, Bob», *Tan triste como ella y otros cuentos*

María Luisa Bombal, «Las islas nuevas»
Aparecido originalmente en *La última niebla*

Julio Cortázar, «La noche boca arriba», *Final del juego*

Juan Rulfo, «¡Diles que no me maten!», *El llano en llamas*

Juan José Arreola, «El guardagujas»

Clarice Lispector, «A menor mulher do mundo», *Laços de familia*

Traducción al español de Paula Abramo

Augusto Monterroso, «Mister Taylor»

Álvaro Mutis, «El último rostro», *La mansión de la araucaíma*